ロレイン・ヒース/著
伊勢由比子/訳

侯爵の甘く不埒な賭け

Just Wicked Enough

JN266702

扶桑社ロマンス
1282

JUST WICKED ENOUGH
by Lorraine Heath
Copyright © 2007 by Jan Nowasky
Japanese translation rights arranged with
HarperCollins Publishers
through Japan UNI Agency, Inc., Tokyo

ピートラとカレンへ
息子たちを笑顔にしてくれるから

侯爵の甘く不埒な賭け

登場人物

ケイト・ローズ ―――――――― ローズ夫妻の次女

第四代ファルコンリッジ侯爵 ―― 本名マイケル・トレメイン

第五代ホークハースト公爵 ――― 本名ランドルフ・セルウィン

第六代レイヴンスレイ伯爵 ――― 本名アレックス・ウェントワース
ルイザの兄

ホークハースト公爵夫人 ―――― ルイザ。レイヴンスレイ伯爵の妹

ジェイムズ・ローズ ――――――― アメリカ人の銀行家

ジェニー・ローズ ―――――――― ケイトの姉

ジェレミー・ローズ ――――――― ケイトの兄

ローズ夫人 ――――――――――― ジェイムズの妻

ファルコンリッジ侯爵未亡人 ―― マイケルの母

ウェスリー・ウィギンズ ――――― ウィギンズ子爵の三男

ペンバートン公爵 ―――――――― ジェニーの花婿候補者

1

一八八八年　ロンドン

第四代ファルコンリッジ侯爵マイケル・トレメインは、ずっと公の場でも私的な場でも、ジェイン・オースティンは間違っていると主張してきた。〝十分な財産を持つアメリカの女相続人は、称号を持つ夫を必要としているに違いない〟と書いてあったなら、彼女が軽はずみに述べた普遍的な事実ももっと正確なものになっていただろうに。

姿見に映る姿をじっと見つめたマイケルは少しも満足しなかったが、それは内面を掘り下げる傾向があるからだった。きっぱりと、目に見える飾り以上のものは強いて見ないようにした。そうすれば欠点を見ないですむ。

彼はこの大切な機会のためにわざわざ夜会服を買い求めていた――銀色のベスト、糊《のり》のきいた白いシャツ、銀色の幅広ネクタイ《クラバット》、黒い絹のズボン、黒いエナメルの靴。

豊かな黒髪は後ろへとなでつけられているが、反抗的にうねる巻き毛が自由を取り戻して面倒なことになるのは時間の問題だった。最近みんながしているようなもっと短めの髪型にすべきなのだろうが、人と同じでは気に入らない。手に負えない巻き毛が、自分自身だと気づかせてくれるのだ――たとえそれが、すばらしい利益を得るために投げ捨てられようとしていたとしても。

がっしりした顎には前もって、よく切れる剃刀《かみそり》を当てておいた。どんなほころびもないように、細心の注意を払って。これから果たす役割がうまくこなせないしるしはないし、ほんのわずかでも不安を感じている兆しもない。もはや従者に世話をしてもらう余裕もないことをはっきりさせたかったわけでもない。

彼は特別なコロンも買い求めていた――ライラックとライムとシトラスの混ざり合った麝香《じゃこう》の香り。それを気前よく、息苦しいほどに振りかけた。ゆるやかな丘に馬を走らせたあとの大地の匂《にお》いのほうが好きなのだが、この午後の計画を成功させるには洗練された身だしなみが必要だった。きちんとした育ちで、大事な事柄はすべて教育を受けていることに、疑問の余地がないようにしたかった。

黒いダブルのモーニングを――これも新しく買い求めたものだが――広い肩にするりとはおって整える。わざわざボタンはかけずに、今風に開けたままにしておく。少し前から最新流行の服で装っている。すでにかなりの額の借金があるときに、出入りの仕立屋相手にさらに信用貸しを増やすには、ずいぶん甘言を弄《ろう》する必要があった。だが、マイケルは仕立屋が気前よく理解してくれるように魅力的な割増金を約束したのだった。

さらに注意深く自分の姿を見つめ、その仕上がりにいたく満足した。魅了できるように飾りたてるんだ、誰も包装紙をはがして中をのぞきたいと思わないように。そう、ありのままの心でいるときですら、その心を飾り気のない外見に隠しているのだし、信用を失った男が成功を約束されているのだ。信用があるように見せるには、体にぴったり合った服を着て、とびきりのおしゃれをする以上に、よい方法はない。この瞬間のために、ずいぶん苦心した。何がなんでも必要なもの――十分な財産を持つアメリカの女相続人を手に入れるために。

運がよければ、今月の末までにマイケルの負債はゼロになっているだろう。いや、必要なのは運じゃない。ずるさと利口さと、必要なことはなんでもするという意欲だ……どんなに難しくても、未来に待ち構えているものにどんなにはらわたを締めつけられようとも。

扉をたたく鋭い音がした。

「最後の方がお見えになりました」執事が告げた。マイケルはなんとか、執事と家政婦と料理人、そして従僕をひとり雇いつづけていた。外まわりの使用人は、園丁と御者と馬丁だけだ。体面を保つためには必要な人員だが、その数はかつてこの家と家族の用向きに当たっていた二十四人の召使の数とはかけ離れている。

「よし、ベクソール。ファーンズワースに、すぐに行くと伝えてくれ」恰幅《かっぷく》のよい事務弁護士のファーンズワースが、これからの出来事を取り仕切ることになっている。

「かしこまりました」

足音が消えると、マイケルは頭を垂れ、ふうっと長く息を吐き出した。これからの出来事に立ち向かうのに必要な不屈の精神をかき集める。臆病《おくびょう》者の道を選んで、結論が出るまで寝室にこもっていられればどんなにかいいだろうが、招待した紳士たちに秘密の競売の条件を話すときにはその場にいるのが大事だと思った。

戯言《ざれごと》を言ったりいちゃついたりして誘惑するのはやめて、今の状況に向き合うことにしたのは、アメリカの女相続人が何を求めているか決定的な確信があったからだ。マイケルは真実を受け入れ、踊らされるのをやめた。彼は売られ、彼女たちは買うのだ。金がものを言う。そうでないふりをするなんてばかげている。

そのうえ、求愛するには大変な努力が必要だし、失敗する可能性もある。たとえうまくいったとしても、結局は女相続人の父親に会って結婚の許可を得なければならない。それから何日か、ひょっとしたら何週間か、合意のために詳細をつめる退屈な作業をし、結果的には初めと違うものになりかねない。求愛の努力を――長い退屈な仕事を始めても、なんの保証もない。努力は十分報われるべきなのに。要するに、レディを勝ち取る試みすべてがとてつもなく面倒で、満足のいく結果が出る保証などないのだ。それは賭《かけ》だ。きちんとした関係を持とうとするのは、いつだって賭だ。

その一例。信頼する友、ホークハースト公爵は、裕福なアメリカの女相続人ジェニー・ローズの愛情を手に入れようと大変な努力をしたあげく、気づけば彼女の付添人と結婚していた。どちらの評判も危うく台無しにするスキャンダルを引き起こして。そしてレイヴンスレイ伯爵は、ジェニー・ローズへの思いを守るために、長年の友と自分の妹を裏切ることになった――彼の裏切りがスキャンダルをさらにあおったのだ。伯爵が今どこにいるのか、マイケルは知らない。

気にもしていない。目下のところ、自分自身の苦境の心配で手いっぱいだ。

顔を上げ、鏡の中のエメラルドのように硬い緑の目を見て、背筋を伸ばす。「おまえにはほかに選択肢はないぞ。さあ、それを手にするんだ」

身震いしながら息をつき、もう一度自分にうなずきかけてから、大またに部屋を出て階段を下り、図書室へと向かった。

ふたりの友の計画も判断も、ずいぶんお粗末だった。だが、マイケルは彼らの轍《てつ》を踏むつもりはない。少しばかり先を見通して準備し、慎重に重要人物をそろえて、成功がたやすく手に入るところなのだから。

そのために、この午後この図書室で、秘密の競売が行われる。アメリカ人たちがお互いを出し抜きたがっているのは有名だった。まさにそうするのにぴったりの機会を提供するつもりだ。彼らの前に出し物を置き、それを競い合わせる。予想どおりにいけば、マイケルは好きなことがなんでもできるだけの金を持つ勝利者になるのだ。

マイケルが到着するとすぐに、従僕が図書室の扉を開けた。部屋の中へ大またに進む姿は、ほんの一瞬のちに課せられることをまったく感じさせないものだった。ひとりが立ち上がると、五人の紳士全員が、大きなマホガニーの机を囲む椅子から立ち上がった。

事務弁護士が茶器のそばから離れてやって来た。「侯爵」ファーンズワースは軽くうなずきながら言った。「ちょうど客人にお茶を注ごうとしていたところです。まずみなさんを紹介させていただければと存じます」

マイケルが気づいたのは、紳士たちがみな、高級仕立屋が一針一針着る人を思い描いて縫い上げた成果を身にまとっているということだけだった。憤りがわき上がったが、顔にも目にも出しはしなかった。何年もの間に、自分の思いや感情を見せないという完璧《かんぺき》な技を身につけたのだ。彼らとかかわる場面では、マイケルは利己的な輩《やから》だった。彼らとは何も分かち合うつもりはない。

「侯爵、ニューヨークのミスター・ジェファーズをご紹介させていただきます。鉄道事業に投資なさっています」ファーンズワースが言った。

事務弁護士が目の前に立つ男についてさらに賞賛の言葉を述べたが、マイケルはほとんど注意を払わなかった。すでに調査をし、ファーンズワースと私立探偵の両方から上がってきた報告書を読んでいた。探偵には仕事がすべて終わったら魅力的な金額を支払うと約束して。ここに招待した人物については、彼らの財産と彼らの娘に関しては、はっきりとわかっていた。

「光栄なことに、この社交シーズンの初めに、お嬢さまのリオノーラと踊っていただきました。美しいレディですね」馬のような顔の。だが、暗い寝室ではどんな女も同じに見えるさ。

ジェファーズにはあとふたり娘がいる。最近結婚したメラニーと、次のシーズン、結婚適齢期の女相続人の列に並ぶエミリーだ。もし噂《うわさ》が正しければだが。

「ありがとうございます。彼女は母親似なんです」ジェファーズが言った。

ジェファーズの女の好みがよくわかるというものだ。それはマイケルと同じ線上にある――美しさより富――ジェファーズは妻がもたらしてくれた金で、鉄道事業に投資できたのだ。ジェファーズの決断に愛が入り込む余地はなかった。そのことに、買ったばかりの上着を賭《か》けてもいいとマイケルは思った。

「侯爵、ボストンのミスター・ブレアです。ホテル業と馬に情熱を注いでおいでです」

そして娘のエリザベスに情熱を注いでいるということは、誰もが知っている。娘がひとりだけだから、一度しか貴族階級に入り込むチャンスがない。ほかの紳士のように洗練されていないし、彼の妻は社交界での野心を抱いている。ブレアはただ妻が示した勘定書を支払うだけだ。ブレアが社交的な場を避けているからといってとがめているわけではない。つい最近まで、マイケルも同じだった。退屈なくだらない会話ですぐにいらいらさせる陽気な主人の類《たぐい》より、親しい数人と宵を過ごすほうがいい。

「ニューヨークのミスター・ローズです。ウォール街で投資をされている銀行家です」

ジェイムズ・ローズは誰よりも、とんでもなく裕福だ。ニューヨークの邸宅の床は金で覆われ、シャンデリアはダイヤモンドで彫られ、家具は世界じゅうから取り寄せられたものだと噂されている。

彼は、マイケルのふたりの親友を転落させる原因となったジェニーの父親でもある。ジェニーは情熱を求め、ふたりともそれをかなえると決めた。マイケルは、情熱が好きな妻も悪くないと思った。その点については期待に沿う自信もある。

ローズにはもうひとり、ケイトという娘がいる。社交シーズンの初めに、マイケルは彼女とダンスをした。あの夜、彼女のはしばみ色の瞳は輝いていた。また別の機会に、ローン・テニスもした。微笑《ほほえ》みかけ、ほんの少しいちゃついたりもしたが、結局、彼女はどこかの紳士のいい妻になるだろうという印象を残しただけだった。その紳士が彼女の求めるひとつのもの——愛を惜しみなく与えるならば。

マイケルのただ一度の経験からすると、感情はひどい苦痛をもたらすだけだ。女性がそれを求める理由は理解できない。そして、彼にはそれをかなえる力はまったくない。

「ミスター・キーン……ウォール街……」

義理の父親候補の列の前を進みながらも、マイケルはほとんど聞いていなかった。キーンが大金をうまく投資したのは知っている。妥協しない男だ。子作りにおいても。彼にはエマ、メアリー、ヘレン、フローレンスという四人の娘がいる。彼女たちの中であれば誰でも同じだ。ほとんど区別がつかないからだった。全員金髪碧眼《へきがん》で、目を見張るようなところもなければ、ぞっとするところもなかった気がする。

「……ミスター・ハドック……」

彼は食料雑貨卸の帝国を築き上げた人物で、特にすばらしい生まれではないが、その成果は誰もが認めるところだ。ハドックにはリリー、アリス、エイダという三人の娘がいる。まだ会ったことはないが誰でもいい。ひとつだけ必要な条件——いい父親がいることを満たしているのだから。

「みなさま」マイケルが言った。「本日はお集まりくださって嬉《うれ》しく存じます。みなさまのお時間が貴重であることは承知しておりますので、必要以上にいただくつもりはありません。しかしながら、ミスター・ファーンズワース、この際お茶よりブランディのほうがふさわしいだろうね。始める前に頼むよ」

愛国心がないように見えるかもしれないが、マイケルはイギリス人のお茶好きが理解できなかった。しかし、オースティンに対する意見とは違って、注がれたお茶の風味が好きではないことは決して公にしなかった。イギリスの男がそんな意見を持っているのは許されないと考える人物もいるだろう。

マイケルは肩越しに見た。「ぼくはいらないよ、ミスター・ファーンズワース」今はこわばった胃が何も受けつけそうにない。客たちに向かってもう一度うなずくと、彼は手入れの行き届いた庭が見渡せる窓のところに歩いていった。称号のおかげで信用貸しの支払いを延ばすことができ、ロンドンで窮状をさらさずにすんでいたが、すべての人の寛容さが終わりに近づいているのはわかっていた。

ため息をついて、背中にまわした両手をきつく握りしめる。この興行の役もすぐに終わる。

ファーンズワースが席に着き、机の向こうの椅子が寄木細工の床をこする音が聞こえた。ほかの椅子がきしむ音がして、父親たちも座ったのがわかった。細心の注意を払って準備した瞬間が始まる。マイケルは最も価値があるものを競りにかけようとしているのだ。

ファーンズワースが出品物の価値を入念に説明する間、マイケルはぼんやりと興味もなく聞いていた。それにはなじみが深く、価値もきちんとわかっているから、注意を払う必要もなかった。

マイケルはどっしりした革の椅子に座る紳士たちから顔をそむけていたので、ファーンズワースが出品物の価値を粉飾していることはもらさずにすんだ。どの点が粉飾かということについても明らかにせずにすんだ。

あまり早く、あまり多くを暴露するものではない。

ある意味、競りにかけられる出品物の価値はとても小さく、そして同時に、すべての価値を持っている。

奇妙なのは、マイケルただひとりが本当に競りにかけられるものを知っているということだ。比類なき血統、誰もが熱望する、信じられない遺産、と美辞麗句を並べたてるファーンズワースでさえ、わかっていない。

「何かご質問はございますか?」ファーンズワースがたった今、尋ねた。

何が競りにかけられるかだけでなく、この特異な競売がどのように行われるかを説明したあとなのだから、もちろん質問などなかった。

閉じられた扉の向こうで、できる限りの威厳を持って、完全に秘密裏で。

だがマイケルにとって、威厳など幻であり、見せかけだった。この会合のあとでは本当は二度と持つことができず、ただうわべだけ所有することになるものだ。そう、外は威厳があるように見せられる、たとえ中にはわずかな威厳さえなくても。

「結構です」ファーンズワースが言った。「簡素化するために、侯爵はアメリカドルで値をつけることを承認なさっています。みなさまアメリカの方々には最もなじみのある通貨ですから」

小槌《こづち》が机上の木のブロックをどんどんとたたくのを聞いて——ファーンズワースは芝居がかった言動が好みなのだ——マイケルは深く息を吸い込み、目を閉じ、指が手のひらにひどく食い込むのを感じながら待ち構えた。競売を中止したかった。ふざけて道化芝居をしただけだと言いたかった。手放したくはない——。

「みなさま、競りを始めましょうか」ファーンズワースが促す。すぐに値がつけられなかったことに対して、大胆にもちょっと苛立《いらだ》ちを見せている。

まるでみな息を止めてしまったかのような、静かな沈黙の時が続き——。

「千」

「二千」

「五千」

「一万」

「みなさま」ファーンズワースが競りを止めて言った。「とても価値のあるものですから、侯爵は少なくとも十万ドルはお考えです」

再び沈黙が広がる。マイケルは彼らのほうを向いて財布の紐《ひも》をゆるめさせようかと思ったが、結局そのまま動かずにいた。唯一残された価値のあるものを競りにかける羽目になった絶望感を見られたくなかったのだ。もし真実を知られたら、優位には立てなくなる。

「十万」ついに声があがった。

「二十万――」

「五十万――」

「くそっ」ジェイムズ・ローズのうなり声だとわかった。競りの開始以来初めてだった。「こんなペースじゃ一日じゅうここにいることになるぞ。百万だ」

マイケルは胸に一撃を受けたように感じた。ああ、なんてことだ。その半分ぐらいだと思っていたのに。

「二百万」ほかの誰かが歯をきしらせて言う。

マイケルの膝が本当にぐらついた。

「三百万――」

「百万」ローズが強調するように宣言する。

「恐れ入りますが、ミスター・ローズ、もうそれ以上の額になっておりますので」ファーンズワースが言い、マイケルは事務弁護士のその声に有頂天の気配を感じた。最終落札額の五パーセントが彼の懐に入ることになっているのだから。

「百万」ローズが繰り返す。「娘が彼の妻でいる限り、毎年だ。娘は二十歳になったばかりだから、侯爵は長期にわたって十分な額を手にすることになる」

気前のよい、比較にならない提案のあと、沈黙がおりた。ついにファーンズワースが二回咳払《せきばら》いをしてから口を開いたが、その声は興奮に震えていた。「毎年百万が現在の値です。それ以上はございませんか？」

「それだと、もし彼女が半年以内に亡くなった場合は百万しか手にできないわけだが、わたしは今すぐ三百万を前払いで出そう」

「くそっ、ジェファーズ」ローズが言いかける。

「実に妥当なご指摘です」ファーンズワースがさえぎる。「明日の百より今日の五十というわけですね」

「それならわかった。最初の五年分の五百万を前払いにしよう」

マイケルは立っているのがやっとだった。

ファーンズワースが咳払いをする。「それ以上はございませんか？」

マイケルはかすかなつぶやきと、ののしりの言葉と、うめき声を聞いた。そして、ついに沈黙が訪れた。

「結構です」ファーンズワースが言った。「ミスター・ローズ、お嬢さまのためにすばらしい称号を持つイギリス貴族をお買い上げになりました」

そう言うと、ファーンズワースは最後にもう一度小槌をたたく。マイケルの耳にはそれが弔いの鐘のように響いた。

「おめでとうございます」ファーンズワースが大声で言う。「みなさまがたと仕事をさせていただけて光栄です。ミスター・ローズはしばらく侯爵とおふたりだけになりたいでしょうから、ほかの方々はわたくしがご案内いたします」

ファーンズワースのしきりで小さな集団が去っていく音を聞きながら、マイケルは今感じている思いは顔に出さないようにして、そのまま突っ立っていた。安堵《あんど》、喪失感、自暴自棄によってこんな結末に導かれた屈辱感。扉がかちりと閉まる音がするのを待って、ようやく彼は振り返った。

ローズは椅子のところから机の端まで来て、その角に腰をおろし、鋭い目をじっとマイケルに注いでいた。口ひげにぴったりの白髪交じりの髪は後ろになでつけられている。額に落ちかかってきたりしないのだろうか、とマイケルは思った。実際は不運な男に向き合っているのは妙な気がしたが、彼がライオンのごとく情け容赦がないことはよくわかっている。

「何人かの女相続人の父親に、この社交シーズンの夫探しをさっさと終わらせる機会を与えるなんて、本当に賢いな」ローズが言った。

「ぼくはただ現実を直視したんですよ、ミスター・ローズ。高級な舞踏会や晩餐《ばんさん》で飾りたてることはできますが、われわれ男たちはみな投機には夢中になるものです。ぼくは何が売り物になるかわかっていて、特別な父上がたは何を買おうとしているかちゃんと理解してくださると知っていただけです。あなたがたアメリカ人は称号を買う。われわれイギリス人はそれを売る」

「金はわたしにはなんの意味もないんだ、ファルコンリッジ」

ありあまるほど自由にできるものを持っているときに、そう言うのは簡単だ。

「家族がすべてだ」ローズが続ける。「わたしは妻に、娘たちを貴族と結婚させると約束した」彼は、マイケルが動物園で見たバイソンのように頭を振った。「彼女がなぜ突拍子もない態度をとるのかは知らなくていいんだ。わたしがきみをケイトの夫として手に入れるために法外な額を支払ったのは、妻のためだ。妻を幸せにする以上に大切なことは何もない」

マイケルの胃は競りが始まる前より締めつけられていた。もしそんなことがあるとすればだが。うずくまらないのが不思議なほどだ。

「失礼ながら、ジェニーのほうがふさわしいと思うのですが」情熱なら与えられるが、愛は無理だ。

ローズはその可能性を考えているようだったが、やがて悲しげな様子でまた首を振った。「妻は、姉のジェニーには公爵をと決めているようだ。興味を示している人物もいる。きみの相手はケイトだけだ」

マイケルは黙って頭を下げた。「ケイトはうまくやってくれると思います」

「あせるんじゃないよ、お若いの。この取り決めは、ケイトが幸せだという条件つきだ。そうでなければ支払いはしない」

「あなたが落札者です。条件を決めてくだされば、それを守ります」自分の立場を貫くために、すでにあまりにも多くのものを手放した。この状況を早く終わらすことができるのなら、マイケルはなんでも喜んでするつもりだった。

ローズは机の端へと身をすべらせて立ち上がった。社会での自分の立場に自信を持っている男なのだ。「午前中に、弁護士と詳細をつめよう」

「ミスター・ファーンズワースとぼくはいつでも結構ですから」

ローズは部屋から大またに出ていった。そのあと、マイケルは庭に向き直ると、頭を垂れ、目を閉じ、ローズを呼び戻して取引を中止したいという思いと闘っていた。

彼は、ただそこに突っ立ったままだった。両手をこぶしに固め、どれほどの代償を支払ったかという思いに胸を締めつけられていた。

称号を競りにかけたわけではない。自尊心を競りにかけたのだ……。

これまで決して彼を愛することのなかった女性のために……そして、この先決して彼を愛することのないもうひとりの女性のために。

2

まるで神経質な蝶《ちょう》のようにメイドがまわりを飛びまわっている間、ケイト・ローズは鏡の前に立って、彼女の母親なら――もし母が真面目《まじめ》に取り組んだなら――イングランド女王を説得して悪魔を王室に迎え入れることさえできるのではないかと考えていた。結局、彼女の母親は、ファルコンリッジ侯爵は下の娘にのぼせ上がっているからできるだけ早く結婚させるしかないと、ロンドンじゅうの人々を納得させてしまったのだ。

そして、娘たちがイギリスに到着したらすぐに貴族と結婚すると疑いもしなかった母親は、二週間もしないうちに壮大な結婚式の準備をすっかり整えたのだった。

結婚予告はなかったが、特別結婚許可証は手に入れた。費用は問題ではなかった。ケイトもよくわかっているとおり、底なしの金の井戸はどんなものでも確実に手に入れられる。

ウエディングドレスはワースの傑作だった。春に、ケイトの年間二万ドルの衣装一式を完成させたとき、ワース自らがデザインしたものだ。おしゃれな午後の結婚式と、それに続く花嫁の両親の家での晩餐《ばんさん》会、その豪華な招待状はすでに送られていた。教会と大司教も手配された。礼拝堂はアメリカン・ビューティの薔薇《ばら》で満たされた。客たちには、新郎新婦が退場するときにかける真紅の花びらが入った小さな白い籠《かご》が渡された。

万事がすばやく円滑に行われた。ケイトの母親は、娘が誰かに気に入られるとわかっていたし——ただそう思っていただけだが——そして今、侯爵がそのとおり夢中になったのだから。

すべてがとてもロマンチックで、信じられないくらいわくわくする。ケイトと未来のだんなさまはロンドンの噂《うわさ》の的だ。ふたりのロマンスは誰にも気づかれることなく、みなの目の前で一気に花開いた。

ああ、ファルコンリッジ侯爵はなんて秘密主義なのかしら！

実際、社交シーズンの初めのころ以来、ケイトと会うこともないほど秘密主義だった。ふたりが最後に会ったのは、姉のジェニーが開いたスポーツを交えた午後のお茶会のときだ。ローン・テニスでケイトはファルコンリッジをすっかり打ち負かした。それ以来、彼をまったく見ていない。彼はスポーツマンではないのだ。

たぶん彼は、わたしは派手な結婚式の準備に忙しくて、彼のために割く時間などないと思っているのだろう。それとも、わたしが疑っているように、彼は花嫁より財産分与の契約に興味があるのかもしれない。利口な男は、ほかの人間がまだわかっていないことに間違いなく気づいている。娘を手に入れるためには、母親に近づきさえすればいい、ということに。

ローズ家の娘たちは早くから、自分たちが結婚するときに母親が社交界での野心を実現するのだとわかっていた。夫選びに関してケイトが意見さえ求められないのは奇妙かもしれないが、実際、高圧的な母親が思いどおりにすると決めたのだ。娘をなんとしても称号を持つ夫と結婚させると言い張るアメリカ人は、何も彼女だけではない。そして、母は欲しいと思ったものは手に入れる。

母の望みに従う以外に、わたしに選択の余地などあるだろうか？　なんの能力もないし、母の慈悲なしではお金もない。反抗すれば、一文無しで勘当されるだろう。正直言って、路上生活にはまったく魅力を感じない。甘やかされてきたのはわかっている。今、その甘やかしの代償を支払っているのだ。

小間使いがベールを小さな白い薔薇のついた飾り輪で留めると、ケイトは母のすばらしい演出に感動せずにはいられなかった。詳細はすべて聞かされていた。侯爵が彼女と結婚したがっているという事実も含めて。彼はわざわざわたしに申し込みさえしなかった。自分で言いもしなかったし、手紙すら書いてこなかった。まるでこの結婚において、わたしの存在は取るに足りないものであるかのように。

ケイトの両親がこのひどい結婚を手配したのだ。ふたりがいまいましい侯爵に話をし、彼がふたりに話をし、そして今、わたしはここにいて鏡に映る自分を見つめている。顔色はウエディングドレスと同じくらい真っ白だった。

「こんなことしなくてもいいのよ、ケイト」姉が背後から静かに言った。

いまだに自分の意思を貫いているジェニーなら、そう思うだろう。ケイトは姉がかわいそうに思えた。姉の自由な本質が、母親の大志に押しつぶされる日が来るとわかっているから。ケイトの場合は三年前、ひどく痛々しく押しつぶされた。

「たいしたことじゃないわよ、ジェニー」

「でも、あなたは愛を求めていた」

「愛は永遠に失われたの」

「あらまあ、ケイト。そんなメロドラマみたいなのはやめて。知りもしないのに」

「いいえ、知っているわ。ウェスリーが結婚したの」

これまで決して言わなかったその言葉を口にすると、思いがけない痛みを感じて真実味が増した。ケイトは現実を直視させられ、もう少しで屈伏しそうになった。涙がこみ上げ、体がばらばらにならないように自分のウエストに腕を巻きつける。ジェニーが動いたことには気づかなかったが、突然彼女が目の前に立ってケイトをしっかり抱きしめた。そして、静かに二言三言ささやいて小間使いを下がらせた。

「ああ、ケイト」ふたりだけになると、ジェニーは優しく言った。「ここのところあなたがひどくふさぎ込んでいたのは、そのせいなの？」

「ふさぎ込む？　それはお姉さまが楽しみをすべて奪われたときに言うことじゃないの？　ああ、ジェニー、わたしはずっと踏みにじられてきたわ。彼の結婚は最後の裏切り、わたしの幸せが粉々にされてお棺に入れられたのよ」

「ああ、ケイト、それほどひどいことじゃないわ」

「その一千倍もひどいことよ」

「どうして何か言わなかったの？」

悲しみに胸をふさがれたケイトは、頭を振りながら近くの椅子へ導かれたとたん、そこにくずおれた。ジェニーは目の前に膝をつき、両手をとって、緑の瞳に同情の涙を浮かべて妹を見た。「ああ、かわいいケイト、かわいそうでたまらないわ」

「ママがウェスリーとの仲を引き裂いたときから思っていたの。わたしがずっと誰にも興味を示さずに、ひどく惨めな様子だったら、ママは態度を和らげて彼と一緒になることを許してくれるって」頬をぬらす温かい涙は顎に落ちるときには冷たくなっていた。「ジェニー、彼は待っててくれなかった。わたしはずっと苦しんでいたの、ママが正しかったのかもしれないって。彼はわたしを愛していなかったの？　わたしを愛したことなど一度もなかったの？」

「もちろん、あなたを愛していたわよ、おばかさん」ジェニーは厳しく言った。「違うなんて考えるべきじゃないわ。でも、まったく希望がないとわかって彼が別の人生を歩みだしたからといって責めちゃいけない。子爵の三男坊との結婚なんて、ママが絶対に許すはずないんだもの」

ケイトは苦々しげに笑った。「子爵との結婚でさえ、絶対に許さないでしょうね」

彼女の母親は、王家により近い公爵か侯爵との結婚にしか興味がないのだ。

「彼の結婚はいつ？」

「数週間前。タイムズ紙で告知を見たの」

「舞踏会に出るのをやめたときね」

ケイトはうなずいた。「うずくまって泣きつづけたいときに、陽気にふわふわしてなんかいられる？」

「打ち明けてくれればよかったのに」

「何ができたというの？　彼が永遠にわたしのものではなくなったという事実は変えられない」ケイトは姉の手を握りしめた。「辛《つら》くてたまらないわ、ジェニー。今もよ。こんなに辛いなんて信じられないくらい。まるで誰かが何度も、情け容赦なく胸を切り刻んでいるみたいで。わたしは全身全霊で彼を愛していたわ。今もそうだし、それはすべてのことを悪くするだけ。眠れない。本を読もうとしても、集中できない。まるで霧の中を、あてもなくさまよっているように感じるの」

「本当はわたし、愛は偉大だというあなたの信念をずっと羨《うらや》ましいと思っていたのよ」

「それが続いている間はそうだけど、愛が死んでしまったら、この世で一番辛い経験になるわ」

「こんなふうにあなたの信念が打ち砕かれるのを見るのは耐えられない。その見下げ果てた男の結婚相手は誰なの？」

「メラニー・ジェファーズ」

「馬にそっくりな顔の、しおれた花みたいな人よ！」

ケイトはくすりと笑い声をもらして涙を拭《ふ》いた。ジェファーズ姉妹はみな不幸なことに、明らかに母親から同じ口を受け継いでいる。「そうね。とんでもないことじゃない？　彼女みたいな人のために、わたしを捨てるなんて」

「お金のために結婚したということは、あなたもはっきりわかっているでしょ」

「ママは、ウェスリーはお金のためにわたしと結婚したがっていると思っていた。財産目当てだって。だからウェスリーにはお金はいっさい与えないと言い張ったのよ」

ケイトは敵意に満ちた笑い声をあげた。「ママがわたしを今、お金だけが目当ての男と結婚させることにしたなんて皮肉だわ。彼は称号を持っているからふさわしいというのよね」

「ファルコンリッジ卿《きょう》はあなたを選んだのよ、ケイト。そこには何かがあるの。どんなアメリカの相続人にでも求婚できたのに、あなたに申し込んだんだから」

「全部合わせても二十分ぐらいしか一緒に過ごしていないのに？　彼は、ひざまずいてわたしをその気にさせようともしなかったわ」

「あなたは口説かれたり求婚されたりする場にいなかったもの。部屋で本ばかり読んでいたわ。とても心配だったけど、あなたはほとんど口もきかなかった。ファルコンリッジ卿があなたがいないことに我慢できなくてママとパパのところにすぐに行ってしまったとしても責められないわ。世捨て人だったあなたが、今とうとう部屋から出てきた……結婚するためだけに」

「もっと皮肉ね。最近のわたしの人生は、そうみたい」

「前にも言ったけど、彼との結婚はいつでも断れたのよ」

「ママと争うことに疲れたのよ、ジェニー。今日のこの結婚は、ママを最高に幸せにするの。この家の人間の少なくともひとりは幸せになるべきだわ。それに、実のところ何も問題はないのよね？　わたしは愛する人と決して一緒にはなれない。もし結婚しなければならないのなら、ファルコンリッジと結婚するのがいいかもしれないわ。

少なくとも朝目覚める理由ができる――家事の面倒を見るためにね。舞踏会に出る必要はない。出かける必要もない。ママに悩まされることもない。ただ自分の部屋で好きなようにしていればいい。もし何もしたくなければしなくていい。ママにがみがみ言われたりもしないのよ」

「まあ、ケイト、そんなことのために結婚するなんていやよ。あなたが望んでいるのでなければ、ファルコンリッジと結婚するべきじゃないわ」

「もう何を望んでいるのかわからないわ。でも、ニューヨーク・タイムズでわたしの結婚の告知を見たウェスリーが何を感じるか想像すると、ちょっと満足感を覚えるわね。ママが必ず載るようにするに違いないから」

「ここのタイムズ紙であなたの婚約の告知を見たとは思わないの？」

「ウェスリーとメラニーはアメリカにいるの。新婚旅行でね」

ああ神さま、ウェスリーがメラニーにキスしているところを、腕に抱いているところを、ベッドに連れていくところを想像すると、苦しくて死んでしまいそう。

「あなたが結婚する理由は全部間違ってるわ」ジェニーが静かに言った。

「わたしたちのような女性のうち、どのくらいの人が正しい理由で結婚するというの？　わたしはここに来たわ、ジェニー、イギリス貴族を見つけて結婚するために。今、ママが目的を成し遂げようとしているからといって、どうして責められるの？」

「でも、あなたは愛を求めていたのよ」ジェニーが繰り返す。

「たぶん、お姉さまが正しかったんだわ。たぶん、情熱でよしとすべきなのよ」

「ファルコンリッジが情熱を与えてくれるって、どうしてわかるの？」

「そう要求すればいいのよ。わたしが聞いたところでは、パパはとても気前のいい財産分与の条項を作ってくれて、それにはわたしが財産の管理をすることも含まれているそうなの。妻としてしっかり自立できるし、もしファルコンリッジが財布の紐《ひも》をゆるめてもらいたければ、わたしをとてもとても幸せにしておかなければならないわ」


「きみが実際やり遂げたなんて信じられないよ」

教会の前に立ち、マイケルは花婿介添人のホークハースト公爵を見た。既婚男性に花婿付添人をやってもらうのはエチケット違反だと知っていたが――そんなことを決めた人たちは眉をひそめるだろうが――エチケットなんて、くそくらえだ。唯一の独身の友は失踪《しっそう》してしまったし、男の人生で最悪の瞬間には――妻をめとる日には最も勇敢な男でさえ信頼できる誰かに、これまで一緒に過ごしてきた誰かに、そばにいてもらう必要がある。「すべてがこんなに急に起きるなんて信じられないよ」

「きみは、契約書のインクが乾くまでミスター・ローズが娘を祭壇に連れていくのを待つとでも本当に思っていたのか？」

マイケルは自分が何を期待していたのかよくわからなかった。ミスター・ローズがそれほど手ごわくないことを期待していたのか、それともこんなにことを急がないのを期待していたのか。もちろん、すべては彼に有利に働いた。不満なわけではない。式のあと、教会の聖具室に行って結婚の書類にサインをしたら、即座にマイケルの口座に信じられない額の金が振り込まれることになっている。人生で初めて、のしかかる負債が消え、この先の心配なしに過ごすことができる。

いったいどうして、未来のことをもっと熱心に考えないんだ？

「ぼくはただ……」まったく、もし物事がよくわかっていなければ、怯《おび》えていると思うところだ。「ぼくはただ……彼女と話もしていないから」

「ローズ夫人と？」

「ケイトとだ」

ホークはめったにまごついたりしない男だ。一カ月あまり前、別の公爵の図書室でローズ家の付添人と事に及んでいるところを見られたときでさえ、そうだった。ところが今、彼は本当にまごついているように見えた。すぐに表情を抑えたので、何を考えているかはまたわからなくなった。「きみが言っていることを理解できているのかどうかよくわからないんだ。きみは今まさに結婚しようとしていて、その相手と話もしていない……だと？　今日か？　この一週間か？」

「この社交シーズンの最初あたりからだ」

「それじゃあ、彼女がきみとの結婚に乗り気かどうかもわからないのか？」

「もし彼女が乗り気でなかったら、ぼくたちはここにいないと思うが」

「まったくもう、いいか、もしそう信じているとしたら、彼女の母親を知らないからだ。ルイザから聞いた話だと……ルイザがジェニーのために公爵を確保しようとしている様子にはとても感心しているんだ」

「きみはどんな場合でも彼女に感心するさ。彼女を愛しているから」

「ああ」彼は静かに言った。「そうだ」

マイケルは、ホークハーストの視線が妻の座っている三列目のベンチに向けられるのを見た。彼女の視線は決して夫から離れることはなかった。長い間、マイケルはレイヴンスレイ伯爵の妹にほとんど注意を払ってこなかったし、ホークも同じに違いないと思っていた。なんと驚くべき事態の変わりようだろう。

彼女が美しいことは、マイケルも否定できない。金髪と、青い瞳に輝く愛情は目にした者がむしろ当惑するほどだ。まるで自分がのぞき魔で、感情の深さは遠くから見ることができても決して経験できないかのように。ぼくの妻は、あの愛情あふれるまなざしの半分ででもぼくを見つめることがあるだろうか。そんなばかげた考えを抱いただけでも、彼は自分を呪《のろ》った。

この結婚はビジネスだし、ビジネスに成功するには常に感情を抜きにしなければならない。契約の基本は、望むものを同等のものと交換することだ。この場合は金と称号。それ以上は何もない。

もしミス・ケイト・ローズがもっと何かを期待していたとしたら、ここに至るまでに主張していたはずだ。だが、マイケルを訪ねてきて結婚式に関して希望を述べたのは、彼女ではなく母親だった――すぐに式を挙げたいということと、急がなければならない理由があるという噂を扇動するということ。マイケルはのぼせ上がっていると。これまでの人生でのぼせ上がったことなど一度もなかったが、彼女の夫が自由に使える金を与えてくれると思うと、ローズ夫人にはどんな噂でも好きに流してもらってかまわなかった。

しかし、ローズ夫人がうまくあおった噂話が広まったにもかかわらず、別の噂が表に出はじめていた――彼の信頼する友ホークハーストと同じように、結婚するためにその娘を汚したというものだ。結婚の誓いが交わされたあとどれだけ早く最初の子供が生まれるかで、すでに賭《かけ》が始まっている。ほどんどが七カ月より短いに賭《か》けている。

マイケルも今日から十カ月後というのに賭けた。紳士たちがみな、マイケルはケイトの名誉のために賭けたと信じているのはわかっている。賭となると弱いが、この問題に関しては有利だ。跡取りは、そうあるべきときより前には生まれないとわかっている。

彼女の立場を守りたかったということも否定はできないけれど。罪の意識は強い動機づけになるものだし、今まで彼女に近づこうとしなかったことにほんの少し罪悪感を覚えていた。

むしろ彼の計画のひどいところは、とりわけ自分の計画を立てる能力を自慢に思っている点だ。

突然、オルガンの音が祭壇の前の静寂を破り、その和音にマイケルは心を揺り動かされた気がした。この瞬間が、最後の一歩だ。書類にサインしてこの道を選んだが、まだ行きつく先はほとんど見えない。何かが起きるかもしれない。ローズ家がさらに調査をして、真実を知り、取り決めを反故《ほご》にするかも……。

だが、ほら、音楽がしだいに大きくなる中、少女が赤い薔薇の花びらをまきながら通路を歩いてきて、美しいジェニー・ローズがそのあとに続く。

そして、ジェニーの後ろの……戸口は……空っぽだ。

花嫁が姿を現すべき瞬間なのでは？　彼女はどこかに座って、ぼくの求婚を待っているのか？　みな同意しているが、それは彼女以外だ。ぼくが励ましの言葉をかけなくても彼女が現れると本当に思っていたのか？

愛を求めている女性が、それを与えることのできない男と結婚すると？

ジェニーが値踏みするようなまなざしを向けてから位置についた。マイケルはジェニーの美しさに今一度感銘を受け、彼女が情熱を求めていることを思い出した。ジェニーを妻にしたいと主張すべきだった。プライドを捨て、我を忘れ、社交界での立場も忘れて。

そして、今となっては遅すぎる。すべてが遅すぎる。

3

記憶にあるより彼は老けていた。

ついに彼の前に立ったとき、ケイトはその外見に驚いた。必ずしも服装のせいではない。ワイン色のモーニングコートが陰のある容貌《ようぼう》を強調し、記憶にある彼よりもっとハンサムに見えるということも否定できない。だが、何かがはっきりと違うのだ。結婚式というよりむしろお葬式にふさわしいせいかもしれない。聖具室で父は、彼女と同じくらい祭壇の前に踏み出すのをためらっているように見えた。そのあと彼女を見て、優しく穏やかな、はにかんだような微笑《ほほえ》みを浮かべた。それは父の決断力と推進力にはまるでふさわしくないように見えた。

「彼はいい男だよ、ケイト」

「そうなの、パパ？」

父はぶっきらぼうにうなずいた。「そして、おまえは財布の紐《ひも》を握っている」

昨夜、父が贈与の条件を説明してくれた。ケイトはほとんど聞いていなかった。昨夜は気にしていなかったのだ。それが突然、ひどく気になりはじめた。

父親は身を乗り出して彼女の頬にキスをすると、ベールを顔にかぶせた。「うまくいくさ、おまえ《スウィートハート》。さあ、おまえのお母さんを幸せにしに行こう」

そこでケイトは背筋を伸ばし、初めて愛した男性のあとについて、これから愛せるかどうかわからない男性に向かって通路を歩いていった。

ケイトは、大司教が低いながらも自分のまわりでとどろくような声で話していることにぼんやりと気づいていた。父親がいつもの自信に満ちた態度で答え、優しく彼女の手を自分の腕から持ち上げ、ファルコンリッジの腕に置く。花婿は微笑みもしなければ、嬉《うれ》しそうにも見えなかった。むしろ、どこかに行きたそうに見えた。

ローズ姉妹の間違ったほうに求婚してしまったことが、突然わかったのだろうか？　わたしが美人でないことを忘れていたのだろうか？　皇太子の注目を浴びたほうではなかったことを？　いつの日か、間違いなく公爵夫人になるほうではなかったことを？

ファルコンリッジは彼女にただうなずいただけで、大司教のほうを向いた。もし急に踵《きびす》を返して通路をさっと戻っていったら母はどんな罰を与えるだろうと、気がつくとケイトは考えていた。間違いなく、きっぱり縁を切るだろう。前に一度それは起きた。幸いにも、父と兄の尽力のおかげで、彼女は一家に戻ることができた。再びそんな厄介な罪や醜聞を引き起こしたら、また許してもらえるとは思えない。最初のときは内輪の出来事だったから隠しやすかった。これは完全に公だから、敷物の下にさっと隠せるようなものではない。

要するに、両親はわたしの卑しむべき歴史を彼に話したのだろうか。彼はわたしのことをすべて知っているの？　それとも彼が求婚したとき、両親は大きな安堵《あんど》の息をついて、わたしの過去については黙っていることにしたの？　そして、できるだけ早くこの縁組をまとめる準備にとりかかった——貴族がわたしのいかがわしい行動について真実を知る前に。

莫大《ばくだい》な資産はとても多くのものを元に戻せるかもしれないけれど、あるひとつのものを変える力はない。ひとりの女を無垢《むく》に戻すことはできないのだ。

ファルコンリッジは今夜自分のベッドに処女を迎えることを期待しているだろうか？　そうでないとわかったとき、彼は激怒するだろうか？　両親はこの取り決めにそんな側面があると考えただろうか？　その準備をしていたのか、それとも問題にならないことを望んでいたのか？

男は、女にとって初めての男であることを誇りに思うものだとわかっている。そして、そうではないと知ったとき、最初の男の子が——または女の子が——あまりにも早く生まれたなら、自分が父親かどうか永遠に疑うということも。跡取りの相続権はとても重要視されている。息子はすべてを受け継ぐのだ。子供が正統な生まれかどうか夫に疑われるような危険は冒せない。

どうして、事実を知られたらその結果どうなるかに、もっと早く思い至らなかったのだろう？　いったいどうしてここに立って、わたしのことを何も知らない男性と誓いを交わしているのだろう。通りいっぺんの紹介しかされていない男性と。ダンスを一度、それもひどいダンスを一度、そしてローン・テニスをひと試合しただけで、彼はふたりがぴったり合うという結論に達したの？

彼はわざわざ訪ねてきもしなかった。自分より前に、ぴったり合う誰かがわたしにいたと知ったら、彼はどんな反応をするだろう？　彼が示すのは熱い怒り、それとも冷たい憤怒《ふんぬ》？　どちらも同じくらいありうるように思える。

神とロンドンの人々の前に立つという奇妙な時と場所で、切れ目のない深い眠りから突然目覚めさせられ、ケイトは自分をこの瞬間に導いたものすべてに疑問がわきはじめた。父の判断は信じているし、これまでもそうだった。だが、母に影響されるのはわかっている。娘がこれから歩んでいく道に責任を持ってくれる高い身分の貴族と結婚するのを見ることが、母の望みなのは間違いない。

ケイトは大司教の問いかけに答えていることを、ファルコンリッジが優しく彼女の手袋をとって指に金の指輪をはめていることを、ぼんやりと意識していた。

「……夫婦であることを宣言します。花嫁にキスを」

ファルコンリッジがまっすぐこちらを向き、ケイトは突然、気づくと彼の緑の瞳をのぞき込んでいた。そこには何が見える？　後悔、悲しみ、良心の呵責《かしやく》？　彼はわたしと結婚して、望むものを手に入れた。どうしてもっと喜ばないの？

「感謝している」彼は静かに言い、彼女の唇に唇を軽くさっと触れ合わせた。月の光が芝生をかすめるほどかすかに。

感謝されるなんて、わたしは破滅だ。彼がなぜそんな言葉を言ったのかわからなかった。わたしの目に疑いが渦巻いているのを見たからかもしれない。わたしが実際に結婚届けにサインするかどうか迷っているのを知っているからかもしれない。

理由はどうあれ、その言葉は彼の目に映る表情とは別のことを語っていた。彼はわたし以上に、この場にいたくないと思っている。そして、わたしと同じように、選択の余地はないのだ。

驚くほどはっきりと、ケイトにはわかった。ふたりは互いに不幸になると宣言したのだ。

「どうして感謝しているなんて言ったの？」

ロンドン通りをローズ家の邸宅に向かって無蓋《むがい》の馬車に揺られながら、マイケルは自分の……妻を見つめた。本当に結婚したと考えるのは難しい。彼女はためらったものの、ひとつ息をつくと届けにサインをした。母親の侮りがたい表情を一瞬見上げたあと、すぐにインクを紙につけた。

式の間、彼女について、これまでは注意を向けることもなかった多くのことに気づいた。言い換えれば、ふたりの行く道が交差したときに気づく機会があったなら、忘れなかったようなことだ。彼女の頭のてっぺんは彼の肩にも届いていない。鼻を横切り両頬の内側に沿って薄いそばかすがとんでいる。驚くことではなかった。彼女の輝く赤い髪は、男たちを魅了するのと同じように、太陽を魅了するに違いない。体つきはしっかりしているから、その胸は疲れた日に頭を休めるいい枕《まくら》になるだろう。けれども、馬車の中で彼女がなんとか距離を保とうとしているところを見ると、その胸に喜んで迎えてくれはしないだろう。

マイケルは咳払《せきばら》いをした。「どんなたわけ者でも、結婚する女性には自分から何か言うだろうと思ったんだ。ぼくはのぼせ上がっていると思われているようだから、うまくいけば、みんなはもっと別の、とても感傷的な言葉を口にしたと解釈してくれるだろうと思った」祭壇で身をかがめてキスしようとしたとき、何か言わなければならないと強く感じた。〝感謝している〟は偽りのない心情だが、彼の希望としては〝愛している〟と言ったと思ってほしかった。これまで一度も言ったことがなく、これからも言わない言葉を。

　どうして突然、のぼせ上がっているとみんなに思われたいと感じたのかはわからない。

「でも、あなたはのぼせ上がっていないでしょう？　単に母が流した噂《うわさ》だもの。この結婚に関する母の幻想の一部だわ」

　ふたりの関係が実際以上のものになるという間違った望みを与えようとは思わなかった。だから、花や菓子や詩を贈って愛情を向けさせようともしなかった。そして今、マイケルはその態度を変える理由も思いつかなかった。冷たくはないが明快で、ぶっきらぼうではないが簡潔でなければならない。彼女をとても気に入っていると思われることなく、彼女との結婚は望んでいたという印象を与えなければならない。

「ああ、残念ながらそうだが、きみのせいだとはとらないでほしい。問題はぼくにあるんだ、きみではなく。きみを妻にできて、なんて幸運なんだろうと本当に思っているんだ」

　ケイトはしばらく彼をじっくりと見た。彼の代理人がしばしば帳簿を吟味するときのようだ。すばやく徹底的で容赦がない。

「あなたが結婚を申し込んだと母から聞いたとき――」

「ぼくが申し込んだと言ったのか？」

「ええ。違うの？」彼女の美しい顔に恐怖がこみ上げる。「まあ、そんな、母のほうからあなたに近づいたなんて言わないで」

ちくしょう！　競売のことは話していないのだ。この結婚の真実を話していないのだ。破廉恥にも買われた夫と結婚すると知ったら、彼女がしり込みするとわかっていたからか？

残念なことに、ローズ夫妻が娘に何を話し、何を隠しておくかについて、正確なところは聞いていなかった。まだ驚きが待ち構えているのだろうか？

「いや、きみの母上はぼくに近づいたりしていないよ。ぼくが父上に近づいたんだ」それは少なくとも事実だ。ぼくが彼女の父親に近づいて、そして競りに招待したのだ。

「どうして、わたしにではなく？」

「求愛するのはとても大変だし、失敗する恐れもある。うまくいったとしても、経済的な問題をつめなければならない。どの時点かで、愛情は確実に減ってしまう。それがとても面倒だとわかっていたんだ、とりわけ最終決断と契約が父親の手にゆだねられているんだから。そこで、きみの父上に近づいて承認を得て、ことを早く進めようとした」

彼女の目は非難をたたえ、唇は固く引き結ばれた。キスでさえ、その形を変えられないと思えるくらいに。「恐ろしくロマンチックじゃないわね」

「ロマンスは小説や詩のためのものだ」

「そして愛情も？」

彼にとってはなじみのないものだ。

「最高にいい夫になると思うよ」

「残念だけど、わたしはいい夫を望んでいるわけじゃないわ」

いったいどういうつもりでそんなことを言うんだ？

あいにく御者が馬車を止めた。お仕着せを着た従僕が前に進み出て、馬車の扉を開け、新しい侯爵夫人が降りるのに手を貸す。マイケルも続いて降り、彼女に腕を差し出した。

「この話の続きはあとでしよう」彼はケイトに言った。

「残りの人生はたっぷりありますからね、だんなさま」

それがとんでもないことを予告しているのかどうか、彼にはわからなかった。


「ああ、ケイト、着いたのね！」

父、兄、姉に囲まれ、母に抱きしめられ、ケイトは熱狂的な出迎えに耐えた。我慢しなかったら母が当惑するのがわかっていたからだ。そして、しょっちゅういらいらさせられるけれど、それでも母をとても愛しているからだった。母の気持ちが正しいところにあるのはわかっている、たとえ行動が正しくなくても。

「それともこう言うべきかもしれないわね、奥さま《マイ・レディ》」母はもう一度ケイトを抱きしめて耳元でささやいた。「あなたのおかげでどんなに幸せか」

「それを聞いてわたしも幸せよ」ケイトはつぶやいた。母のために、この日を台無しにするつもりはなかった。そんなことをしたら、苦しんだ意味がまったくなくなってしまうでしょう?

母はケイトを放すと、シルクのハンカチを目に押し当て、ジェレミーの腕をたたいた。「妹を抱きしめなさい」

「お辞儀をするほうがふさわしいと思うな。おまえはもう貴族なんだからね」ジェレミーはしばみ色の瞳にからかうようなきらめきをたたえて腰を曲げ、ケイトの手袋をした手をとって手の甲にキスをした。彼は黒髪とハンサムな容貌を父親から受け継いでいる。認めたくないが、息子である兄が自由であることと、チャンスを与えられていることが、ケイトはいつも羨《うらや》ましくてならなかった。やがて家業を継ぐのは間違いない。まるで彼女の思いを読み取ったかのように、兄がウインクして言った。「もうすぐだぞ、ケイト、もうすぐ帝国を支配するんだ」

「この瞬間を台無しにしているわよ」ジェニーがおどけて兄の肩を押し、ケイトを腕に抱きしめた。「今シーズンで一番きれいな花嫁だわ」

「お姉さまがその座を奪うまでの間だけね」ケイトが言う。

「今シーズンじゃないわ」ジェニーはファルコンリッジのほうを向いた。「うちの家族にようこそ」

ファルコンリッジはわずかに頭を下げた。「とても名誉なことです」

「これ以上ない名誉だわ」ケイトの母はそう言ってから、応接間にいるたくさんの人々に顔を向けた。「みなさん！　ファルコンリッジ卿《きょう》ご夫妻が到着しました！」

熱烈な拍手が部屋じゅうに鳴り響く。ケイトは突然、隣に夫が立っていることを強く意識した。わたしの夫。その表現が、どうして突然ひどく衝撃的に感じられるのだろう？

「笑うんだよ、おまえ《スウィートハート》」父が低い声で言う。「聖具室で言ったことを思い出して」

祭壇に向かう直前、ケイトが聖具室で震えだしたとき、父は言った。おまえを愛しているし、おまえは必ず幸せになるよ、と請け合ってくれた。父は人生で一度も約束を破ったことがないが、一番新しい宣言によって破ることになってしまうかもしれないとケイトは思った。自分が与えるわけではないものを、どうして約束できるのだろう？

ケイトは無理やり微笑んだ。「圧倒されているだけだと思うわ」

「ジェレミー、あなたの妹のためにお茶を持ってきてちょうだい」母が言った。「お客さまの前で気絶させたりしちゃいけないわ。イギリスの女性は、気絶するという嘆かわしい習慣があるようだけど」

「もちろんですよ、母上」

兄は母の言いつけに従うと言ったのか、イギリス女性の気絶に関する意見に賛同したのか、ケイトにはよくわからなかった。ジェレミーが急いで人ごみをすり抜けていく姿はすばらしく、何人かのレディの注意を引いたのは明らかだった。

「次に結婚するのはジェレミーかもしれないわね」ジェニーがケイトの耳にささやく。

「そして、放浪癖を改めるの？　疑わしいわね」

「卿《マイ・ロード》、あなたのお母さまがいらしていないから驚きましたわ」ケイトの母が突然言った。ケイトの注意を、兄の異性関係に関する推測から引きはがすには効果的だった。「いらっしゃいませんでしたよね？　わたしが見逃したのかしら？」

「いいえ、マダム、母はロンドンにはおりません」

「いったいどうして？」

「ママ」ジェニーが叱《しか》る。「イギリスの方はそんな個人的な質問はよしとしないのよ。それに、貴族のご両親が子供の結婚式に出席しないのは珍しくもなんともないわ」

「でも、息子さんがアメリカで最も裕福な一家と縁組なさったのよ。わざわざ姿をお見せになってもおかしくないはずでしょ」

「母は病気なんですよ、マダム」ファルコンリッジが言った。彼が歯をぎしぎしいわせるのを、ケイトは確かに聞いた気がした。

「とてもお気の毒ですわ」母が言う。「癌《がん》ですか？」

「そのことは話したくありませんので、マダム」

ケイトは、母の顔に真の同情がよぎるのを見た。「本当にお気の毒です。心からそう思いますわ。そんな恐ろしいご病気だなんて」まるで彼の答えが、自分が最も恐れていることを裏付けたように言う。「もし何か――」

「ありがとうございます、マダム。お心遣いを伝えます。しかし、この午後は花嫁を幸せにするためにあるのですから、その目的を果たすことにしませんか？」

「もちろんですわ。ご自身の心配事をかかえていらっしゃるときに、娘をほかの何よりも優先してくださるとは、なんて高貴で思いやりがおありなんでしょう」

ケイトがジェニーをちらりと見ると、姉はただこうささやいた。「幸せになるのよ」

そんなに簡単なことだったらいいのだけれど。

ジェレミーが、シャンパングラスののったお盆を持つ従僕を引き連れて再び現れ、ケイトにウインクした。「ぼくたちもお祝い気分になろうじゃないか」

みんなにグラスをまわしてから、自分のグラスを高く掲げる。「いとしい妹とその新しい夫君の健康を祈って。ファルコンリッジ侯爵ご夫妻の健康を祈って」

ケイトが見る限りでは、部屋の中にいる全員がグラスを上げ、乾杯の言葉を繰り返した。夫がグラスを彼女のグラスと合わせてかちりと鳴らし、その目を見つめて乾杯する。「長い人生に」

彼女はシャンパンを飲んだ。ちびちびではなく、ごくごくと。思いきりがぶっと。そして、空いたグラスを兄に渡した。「もう一杯、持ってきて」

自分のしてしまったことが、その事実が、突然激しく襲ってきた。ケイトはまるで長い眠りから覚めたような気がした。

「お客さまに挨拶《あいさつ》しなくちゃ、ケイト」彼女の母が言った。

「わたしが花嫁よ、ママ。面倒な習慣は省こうと思うの。みんな、ただ楽しんだらいいわ。幸せを祈ってくれているのはよくわかっているから。そうでなければ、ここにはいないでしょう。堅苦しくする理由はないわ」

「ケイト――」

「妻がそう言いますから」侯爵が言う。「彼女の望みどおりにしましょう」

ケイトは彼を見た。彼は、手袋をしたケイトの手を持ち上げて指の関節にキスをし、まるで彼女の瞳がこの部屋で最も魅惑的であるかのように、じっと見つめた。魅惑的にはほど遠いとわかっているのに。彼の深いエメラルドグリーンの瞳は、まるで茶色になろうか緑になろうか青になろうか決めかねたあげく、どの色にもならなかったようにひどく魅力的に見える。むしろ退屈しきっているようだ。

ケイトはそのとたん、どんな女性でも手に入れられるこの信じられないくらいハンサムな男性が、自分を選んだということに衝撃を受けた。どうして？　彼はわたしの何を知っているというの？　わたしは彼の何を知っているの？

「結婚を考えたときに見落としがちなのは、娘と結婚するだけでなく、その家族と結婚するということなんだ」ホークハーストがおどけて言った。

今では遅すぎて役に立たない辛辣《しんらつ》な予言に、マイケルは目に見えて身震いしそうになった。招待客のリストに、その世界がよく表れているのに気づいた。イギリス人がアメリカ人に引き寄せられている。軽蔑《けいべつ》していようと、大目に見ていようと、崇拝していようと、同胞たちはいつも彼らにひきつけられているのだ。

「彼らを領地に連れていくのか？」ホークハーストが聞く。

「まさか、そんなことするもんか。ローズ夫人より強い女性は見たことがないよ。慎重に振る舞うということがほとんどない」

「少なくともきみは、付添人のために彼女の娘を見捨てるという不運には見舞われなかったわけだ。正直、花婿付添人の役を務めてくれと言われなかったら、われわれは招待されていなかったかもしれないな」

「きみは招待していたさ。公爵に出席してもらうのは、彼女にとって帽子に羽根をつけるようなものだから、できるだけたくさん羽根を集めようと決めたらしい」

「きみの奥方はどうなんだ？　母親を見れば妻の将来がわかると言うじゃないか」

その言葉に動揺し、マイケルは身震いを抑えられなかった。「ケイトはあれほどひどくならないはずだ。それに、きみの奥方を見ろよ。彼女の母上はみんなが認める浪費家だった。だが、ルイザは金に関してとてもしっかりしているようじゃないか」

「確かに、彼女はつつましいし、賢いし、やめるべきときをわきまえている。持ってもいないものを使う癖があるのは、彼女の兄貴だな」

「レイヴンスレイから連絡は？」

「いいや。ルイザにもない。彼女はなんでもないふりをしているが、そんなわけないだろう？　自分の兄弟から忘れられるなんて」

「彼女は忘れられたりしない」マイケルは歯をきしらせて言った。忘れられ、見捨てられ、放り出される痛みは、あまりにもよくわかっている。妻はすでにそばを離れている。しばらくひとりになる必要があると言って。しかし、ケイトがこの混雑した部屋でひとりになれる場所を見つけようともせず客から客へと歩きまわるのを、マイケルはただ見ているだけだった。「レイヴンスレイは、自分自身のひどい行為に戸惑っているに違いない。彼が噂を広めた結果、きみがルイザと結婚することになったんだから」

「正直、彼がやったことにはとても感謝している」

「ジェニーと結婚していたら恐ろしい間違いだったから？」

「いや、ルイザと結婚していなかったら、だ。もしきみが、ぼくの半分でも妻を愛するようになったら――」

「きみ自身のこのところのロマンチックな意見にすっかりうんざりするだろうな」

ホークハーストは小さな声でくすりと笑った。「そうかもしれないな。だが、ぼくは幸せだ。たとえ、いまだに貧乏だとしても」

「少しでも金があったら、ぼくたちの最初の子供がいつ生まれるかに賭《か》けろよ。今夜から十カ月以内ではないと保証するから」

「自分の能力にそんなに自信があるのか？」

「ぼくはただ、この結婚が急いで執り行われたのは彼女が妊娠しているからではないとわかっているだけさ。だから、確実な賭《かけ》だ」

「考えておこう」

ホークハーストと話しながらも、マイケルはケイトから目が離せなかった。彼女は間違いなく、これまで会った中で最も優雅な女性だ。社交シーズンの初めのころ、なぜ彼女にほとんど注意を向けなかったのだろうと不思議に思う。「彼女の両親は、ぼくが求婚したと言ったそうだ」

「彼女には本当のことを話したのか？」

マイケルは首を振った。「知られないほうがいい。彼女が惜しみなく愛情を与えてくれそうだからな」

「それで、本当のことがわかったら？」

「わかったりしないさ。両親がこれまでに話していないのであれば、今さら話すはずがない。それに、競りはとても慎重に行われた。自分が高値をつけたと言いだす参加者はいないだろう。墓場まで持っていく秘密さ」

ホークハーストはグラスを掲げた。「わが友に乾杯。ぼくよりうまく、きみが自分の秘密を守れますように」


次の人がまた、ファルコンリッジ侯爵をひっかけたなんてとても幸運ねと言ったら、ケイトは殴りかかってしまうかもしれないと思った。レディたちは当然、詳細を聞きたがる。ケイトはただいたずらっぽく微笑むだけだった。

夫は当然、この恐ろしい出来事の最初の部分は——お祝いを受ける間は隣に並んでいた。だが、客がすべて到着したことがはっきりしたとたん、ふたりは別々になり、彼はホークハーストと話をし、彼女のほうは……ただこっそり消えようとした。けれども、レディたちに行く手を邪魔されつづけた。

庭へ出る扉にもう少しでたどり着くというとき、なじみのある声がした。

「ケイト?」

ケイトは振り向いて、ホークハースト公爵夫人に微笑んだ。「公爵夫人」

「まあ、やめて。そんな堅苦しい仲じゃないでしょう」彼女は手を伸ばしてケイトの両手をとり、優しく握りしめた。「この突然の出来事には驚いたわ。完璧《かんぺき》な貴族をわたしに見つけさせてくれると思っていたのよ」

「わたしの夫は完璧じゃないと言っているの?」

ルイザは顔を赤らめた。「もちろん違うわ。わたしはただ、ファルコンリッジがあなたの心をつかんでいたとは思わなかったから」

「実を言うとね、つかんではいなかったの。わたしが彼の心をつかんだとも思っていなかったわ。わたしの心には別のことがあったし、今日まで自分が重大な方向に進んでいるのにも気づかなかった。突然気が遠くなりそうな感じなの」

「じゃあ、少なくともまわりでささやかれている噂話のようなスキャンダルはないのね」

「あなた自身のスキャンダルは見事に乗りきったみたいね」

「わたしたちは、やらなければならないことをやるだけよ」

ルイザはレイヴンスレイ伯爵の——たぶんロンドンで一番貧乏な貴族の妹で、しかたなくレディの付添人の仕事を探していた。付添人は高貴な身分のレディにつく仕事なのだが、ケイトの両親は当時のレディ・ルイザを社交界での娘たちの付添役として雇ったのだった。彼女が貴族について熟知していて、誰がふさわしいかふさわしくないかを知っているからだった。

「社交シーズンの初め、いろいろな集まりに参加していたとき、あなたはファルコンリッジを薦めなかったわ。どうしてなの？」

ルイザは周囲を見まわした。これから言うことに誰も聞き耳を立てていないのを確かめるかのように。まわりの人々から離れているのに満足した様子で、彼女は言った。

「あなたも知っているとおり、彼とわたしの兄のアレックスはとてもいい友達よ。そして、兄と友人たちはしょっちゅう外泊していたの、長時間……酒色にふけって。というか、わたしはそうだと思っていたの。ホークハーストもその仲間だった。わたしは厳しい見方をしたわ。やがて、わたしの判断が公平ではなかったことに気がついたの。ファルコンリッジにも同じことをしていた可能性は大いにあるわね」

「彼について何か知っている？」

「アレックスと友人たちは、あなたとジェニーに口添えしてほしいと言ってきたわ。わたしは、彼らがふさわしい人間だと証明されない限り、口添えはしないと言った。

ファルコンリッジはそれは要求のしすぎだと思ったみたい。だけど今ではもう、彼の態度を非難していいのかどうかわからないわ。男というのはとても自尊心に満ちた生き物だとわかったから」

「わたしたちは違うの?」

「もちろん、わたしたちもよ。でも、わたしたちにはもっと柔軟性がある。男性は折れてしまいがちね」

「彼がわたしにのぼせ上がっているという噂は信じられる?」

公爵夫人は視線を落とした。

「ルイザ?」

彼女が視線を上げると、ケイトはその目の中に答えを読み取った。「それなら、こう聞くわね。彼がわたしにのぼせ上がるような機会があったと思う?」

「もし彼の心を盗む力がある人がいるとしたら、それはあなたよ」

どうしようもない。ケイトは微笑んだ。「とても如才のない言い方ね」

「厚かましいかもしれないけれど、ケイト、付添人をしているとき、あなたのことが心配だったわ。パーティに出ても、言い寄られても、ジェニーみたいには楽しそうじゃない。ファルコンリッジとの結婚は、あなたが求めているものを与えてくれるんじゃないかしら」

ケイトが部屋の向こう側に目を向けると、夫もこちらを見ていた。彼はグラスを上げて無言で乾杯した。

「あなたも、彼が求めているものにちゃんとなれると思うわ」ルイザが言う。

「それはどうかしら」ケイトはそう言ってから、ルイザに向き直った。「不幸なことに、彼はその事実を大変な思いをして知るのかもしれないわ」

4

マイケルはつい最近、人生には三度注意を払って備えなければならないときがあると悟った――競りにかけられるとき、結婚するとき、そして初めて妻のベッドに行くときだ。自分の寝室で突っ立った彼は、三番目の場面ではさらにちょっとした注意が必要になるかもしれないと考えていた。

ローズ家の人間から離れた瞬間から――あまりにも何度もお祝いの乾杯が続く、退屈でつまらない晩餐《ばんさん》のあとには――氷のような今にも崩れそうな緊張に取り囲まれていた。ロンドンの邸宅に向かう馬車の中では、どちらもひと言も話さなかった。自分と同じように、やがてやって来る夜を思って彼女はうわの空になっているのだろうと、考えざるをえなかった。今日一日のあらゆる出来事は、来るべき達成のときの前奏曲でしかなかったのだ。

彼女のものすべてが、小間使いも含めて、ふたりが着くまでに家に届けられていた。マイケルは信じられないほど面白みのない屋敷内のツアーにケイトを連れていき、まるで彼女がきちんと見分ける良識がないかのように部屋に名前をつけ、数少ない使用人に紹介した。彼女の最初の仕事はその数を増やすことになるに違いない。

ケイトは図書室にいたく関心を示し、到着してから初めて口を開いた。「書棚全部を本でいっぱいにしたいわ」

「それできみが喜ぶなら」マイケルはそう答えたのだった。

ふたりはしばらく図書室にとどまって寝る前の読書をした。そう、彼女は読んでいた。彼はほとんどページを眺めているだけで、彼女にどんなふうに近づいたらいいだろうと考えていた。愛人に近づく方法はよくわかっているが……妻には？

どうやって妻をベッドに誘い込めばいいんだ？

愛人の場合はただ、どの家具の上で彼女を抱きたいか、頭を傾けて知らせるだけでよかった。愛人は比類なき喜びを運んできてくれる名人だった。

しかし、妻の場合は……ぼくは、肉体の喜びというものを彼女に経験させる重荷を負っているし、厄介なことにどこから始めたらいいか手がかりもない。情熱をよく知らないからではなく、手ほどきを必要としない女性に慣れているからだ。無垢《むく》な女性の感覚はどれほど繊細なんだ？　妻は何を期待している？　そもそも期待しているのか？　男女の間で何が起こるのか気づいているのだろうか？　母親は彼女に話しただろうか？　たぶん話していないだろう。確かにマイケルの場合は何も教えてもらわなかった。若い種馬の本能で挑みかかっていったのだ。しかし、高貴な女性は豊富な経験を持っていない。いや、初めてのときは夫のためにとってあるのだ――正しくは、そうだ。

特に貴族の間では、相続人の父親が誰なのかに疑問があってはならない。

妻はくつろがせてやりたい。彼女を驚かせたくはないが、驚かせる可能性は確かにある。来るべきものに対して彼女にちゃんと準備させるまでは、自分自身の情熱は抑えておかなければ。ぼくをベッドに招いたことを後悔させたくない。この先も喜んで迎えてもらいたい。

欲求不満のうなり声をあげ、こんなことは人生で初めてだと気づいた。愛人が感じていたことにはうすうす気づいていた――彼を喜ばせることに対する疑問や心配。ある意味、彼が置かれている立場は愛人と変わりなかった。裕福なアメリカの女相続人の夫として仕えるために買われたのだ。

エメラルドグリーンの絹のガウンの帯をきつく締め、妻の部屋の扉に歩み寄る。無垢な花嫁を怯《おび》えさせないように寝巻きはきちんと身につけておくべきだと思ったが、実際はそうしなかった。締めつけられたり窮屈に感じたりするのが我慢できないのだ。それが、愛人と一緒には眠らない……または愛人が彼と眠らない理由だった。愛人は情熱が冷めるとベッドから去ることを心得ていた。

それを妻に当てはめて、こちらから出向き、すべてが終わったら去っていくのだ。マイケルは襲いかかってきそうな怒りを振り払った。目を大きく見開いてこの冒険に立ち向かうのだ、今の立場を後悔する理由は何もないのだから。人生はすっかりよくなる——そのことで彼女に感謝するだろう。何度も。厳密に言えば彼女にではないけれど、彼女との結婚とそこから得られる金が、はまり込んでいた絶望と貧困の淵《ふち》から引き上げてくれるのだ。

悪魔にぼくが支払いをするときが来た。場合によっては、彼女が支払うのかもしれない。ケイト・ローズ・トレメインが悪魔だというのではなく、彼女の父親との取り決めで、まさにそんな女性と契約したような気持ちにさせられたからだ。

ふたりの部屋を隔てている扉を一度軽くノックしてから開けた。ガス灯がともっている。彼女は本を膝に、チョコレートの箱を脇《わき》に置いて、窓のそばの長椅子でくつろいでいた。白い紗《しゃ》のネグリジェに身を包み、脚にはショールをかけている。欲望に襲われ、ゆっくりいこうという決心は打ち壊されてしまう。最初に会った瞬間から、肉体的にはケイト・ローズにひかれていた。彼女のほうも同じだとは言わないだろう。彼が来たことにもほとんど興味がないように見える。部屋の中に大またで歩を進めても、本から視線を上げようとさえしなかった。

「おやすみなさい」彼女はチョコレートをつまんで口に放り込んだ。

そっけない反応の意味を読み取ろうと、彼はケイトをじっと見つめた。思っていたよりもっと初心《うぶ》なのか、本を脇に置くのをためらうくらいとても面白い話なのか、どちらかだ。マイケルは咳払《せきばら》いをした。「ベッドでおやすみを言ったほうが、もっと心地よくなるんじゃないかと思うんだ」

そのとき彼にしっかりと注意を向け、ケイトは眉間にかすかにしわを寄せた。「あなたはわたしに、よい夜をと言いたいの？　それとも、よい夜を見せたいの？」

思っていたほど初心ではないらしい。

「見せたいんだと思うよ」

「見せるということは、わたしのネグリジェの裾《すそ》を持ち上げて、太腿の間に割り込んで、あなたの夫としての権利を満足させるまで野生のいのししみたいに発情するという意味なのね」

いや、まるで初心じゃない。アメリカのレディはイギリスのレディとはまったく違う。知り合いのレディがこんな率直なもの言いをするところは想像もできない。恥知らずな描写に不快にならないようにするには、自分の中にあるすべてのものが必要だった。彼の行為に対する意見に異議を申し立てないようにするのにも。熱心なあまり

野生に近くなることがあるのは否定できないが、ぶうぶう鳴いたり、鼻息を荒くしたり、発情したりはしない。「もう少し洗練された技を使うつもりだったんだがな」怒りの言葉を発するつもりはなかったが、その声はマイケル自身の耳にも荒々しく、野蛮な響きをもたらした。

「あなたはわたしを愛している？」ケイトは尋ねた。

そんなばかげた質問に真剣なふりをするなどありえないのだが、彼女の表情にはからかっている様子はみじんもなかった。それどころか、信じられないくらい真剣に見える。ぼくが経験したこともない心の問題を持ち出して、この瞬間をひどく難しくするのはなぜなんだ？　まるでその答えがそれ以上の何かであるかのように、ひどく期待に満ちた顔をしているのはなぜなんだ？

マイケルは目をそらし、色あせた壁紙の模様をじっと見つめた。張り替えるべきだ。張り替えたい。もし彼女が金を使うのを認めてくれたなら。それが悪魔と交わした契約なのだ。

「わたしが思っていたように」彼女はうぬぼれた感じで言った。「だんなさま、あなたの答えもわたしの答えも、いいえ、よね」

彼は注意を戻した。ケイトはもうひとつチョコレートを口に放り込むと、まるで彼などほとんど、あるいはまったく重要ではないとばかりに忘れ去って、読書に戻った。

「もう一度言ってくれないか?」マイケルは聞いた。

彼女は何かとんでもない間抜けを見つけたように見た。「いいえ。わたしの愛を手に入れていない男性には脚を広げるつもりはないわ」

「それは、きみの父上と交わした取り決めとは違うな」

「残念ながらね。取り決めについては、わたしと話し合うべきだったのよ」

「きみはぼくの妻だ。跡継ぎをもうける義務がある。ぼくは夫としての権利を——」

「合意書をきちんと読んだなら、だんなさま、経済的な手綱はわたしが握っているのがわかるはずよ」

「あのいまいましい合意書はきちんと読んだから、取り決めについてはよくわかっている」

ファーンズワースが激しく反対した合意書だ。結婚後はすべて夫に属するというイギリスの法律に従うのがいいと、彼は主張した。

ローズはただ両切りタバコの先を見つめるばかりだった。〝わたしはローズの法律に従うのがいい。侯爵はすでに、金に関しては優れた能力がないことを証明した。ケイトはわたしの膝の上で育ったし、銀行業務についての洞察力は女性には類を見ない。わたしは苦労してもうけた膨大な金を渡そうとしているのだから、そうだろう、それほど軽々しくはできない。わたしの言葉でするか、まったくしないかのどちらかだ。

イギリスの法律なんてくそくらえだ〟

マイケルはその場を歩き去ってもう一度競りを開こうかと思ったが、また屈辱的な思いをするのはごめんだった。だから、妻に支配権を与えることに同意した。それが最短の、最も面倒が少ない方法だったからだ。ケイトとダンスをしたときは感じのよい女性のように思えたが、今は見誤っていたかもしれないと考えざるをえなかった。彼女の父親は冷酷な手段で富を手にしたのではないかと、ちらりと思う。その膝の上で育った娘は、ある種の特性を受け継いでいるのだろうか？

「わたしが幸せだと思ったときだけ、お金に関する手綱をゆるめるわ」ケイトがそう言って、彼のもの思いを断ち切った。「わたしの愛を手に入れる前にベッドにはいずり込んできたら、絶対に幸せにならないと断言しておくわ」

「いったいどうやってきみの愛を手に入れればいいんだ？」

「それはバートラム卿《きょう》に聞いて。バートラム卿にはとても愛情を感じているから」

「あの男はヒキガエルだぞ！」

「彼は最高に親切で気前がいい人よ」

「気前がいい？　ぼくはどうやって気前がよくなれるというんだ？　〝ねえきみ《マイ・ディア》、きみにちょっとした装身具を買いたいから何シリングかもらえるかい？〟なんて頼まなければならないのに。ぼくの気前のよさは、きみが決めるんだ」

「気前のよさは与えてくれるものの数で決まるわけじゃないわ。精神の気前のよさ、心の――」

「そんなものはまったく信じていないね！」

「好きなものを信じたらいいけど、これは覚えておいて。セックスはとても親密な行為だから、肉体を超えて精神的なものであるべきよ。わたしたちはほとんど話したこともない。わたしの好きな色もわからない男性に身をさらけ出すなんて絶対に思わないで」

「まったく、色とベッドでのことがどう関係があるんだ？」

「どちらも愛情行為、人の好みを知るということを表しているわ」

「なら、きみの好きな色は？」

「あなたが言わなくちゃ」

好きな色を言い当てることが、彼女の肉体の扉を開ける鍵《かぎ》だと言っているのか？

「赤」

彼女は甘ったるい微笑みを向けた。「知っていなくちゃいけないのよ、あてずっぽうではなく」

くそっ！「きみにはいまいましい称号を与えたんだぞ！」

「母が称号を欲しがったのよ、わたしではなく。そして、そのことはわたしたちが会

った夜に話したから、ようくわかっているはずでしょ」

「きみが欲しがっていなかったとしても」いらいらとベッドに向かって手を振る。

「称号はぼくについている。それに、どうしてご両親にぼくとは結婚しないと言わなかったんだ?」

ケイトはちょっと笑った。「両親はあなたのことをよくわかっているに違いないと思ったの。彼らは何が最善かわかっていると思い込んでいるし、人の意見に簡単に左右されたりしない。この結婚において、わたしの意見はまったく重要視されないわ」

「しかし、きみは午後の間も晩になってからも、とても楽しそうだった——」

「そしてこれからも、日中も晩になってからも、楽しそうにするわ。実際、わたしがとても楽しい人間であることは、あなたも否定できないでしょ。ただ、あなたに夫としての権利があるからといってベッドに行きたくないというだけ」

マイケルはベッドの前をゆっくり行ったり来たりしはじめた。パニックが胸に居座っている。いったいどうしてこんなことになるんだ? 突然彼女に背を向けて止まると、ベッドの支柱を握り、頭を垂れ、歯をきしらせて言った。「金はどうなんだ?」

「どうって?」

マイケルは肩越しに、ひとりよがりに知ったかぶりをしている彼女を見やった。まるで玉座に座り、相手の運命をその手に握っているかのように。「何かを受け取りたければ、きみの愛を手に入れなければならないということなんだな？」

ガス灯のしゅーっという音が聞こえる以外、部屋は静まり返っている。言葉では言い表せないこの瞬間、彼女の目に驚きの色を見たような気がしたが、単なる影の揺らぎだったに違いない。マイケルは、男のプライドが永遠にはぎとられる拷問の域に踏み込んでしまった気がした。ぼくはすでに支払ったのに、彼女はさらに要求している。

ケイトはゆっくりと首を振った。「いいえ、朝にはあなたの借金はなくなっているわ」

「借金だけでなく、ぼくには金が必要なことがある」

「愛人のためにお金を出すつもりはないわ」

ケイトはかすかに苛立《いらだ》った。彼に初めて見せた真の感情のかけらだ。マイケルは彼女に腹を立てると同時に、彼女が氷だけでなく炎も引き出すことを知って、愉快になった。ちくしょう、その炎のせいで彼女をベッドに連れていこうという決意が強くさえならなければ。

「そんなことを言っているんじゃない。個人的なことを言っているんだ」

「朝になったら話しましょう」

マイケルはくるりと振り返って彼女をにらみつけた。「千ポンドを千日使っても、まだ金はあるはずだ」

「そんな態度のせいで、だんなさま、お金のために結婚する羽目になったのよ。単に自由にできるお金が潤沢にあるからといって、軽薄に使うつもりはないわ」

彼はベッドの支柱に手のひらをぴしゃりと打ちつけた。ひりひりした痛みが怒りをとどめておくのに役立ち、彼女に殴りかからずにすんだ。「ぼくが契約したことじゃない」

「正直言って、だんなさま、わたしはちっともかまわないのよ。今日まで、あなたはわたしをわざわざ訪ねてきたいとも思わなかったのね。わたしを名前で呼びさえしなかった。お金に関しては、わたしはとても気前がいいけれど、あなたが結婚で手にしたほかのものは、簡単には与えられない。わたしはただのお金にもならないし、あなたが楽に性欲を処理する手段にもならないわ」

「性欲には、それを感じる相手が必要だ」

考えもなく口から出したとたん、マイケルはその残酷な言葉を後悔した。すぐに彼女は実際に殴られたような顔をした。

「申し訳ない、奥さん。今の言葉は、事実に反するほのめかしだった」ため息をついて、彼はベッドの支柱に頭をどすんとぶつけた。「ぼくらは最悪のスタートを切ったな」

「わたしたちの間には父のお金しかないからよ。もし不満だったら、だんなさま、結婚の無効を申し立てることもできるわ。父ならうまくやってくれるから」

いや、そんな解決策は選べない。

「結婚の無効を申し立てる気分じゃない」

「だったら、取り決めの文言を受け入れる？」

ほかに選択肢があるか？　女性に強要する習慣はないし、彼女を不幸せにする危険も冒せない。ローズは、あのくそ野郎は、取り決めには明白な言葉を使っていた。彼の娘が、まず何より第一に、いつも幸せでなければならない、と。

マイケルはぶっきらぼうにうなずいた。「わかった」

「じゃあ、おやすみなさい。朝になったら会いましょう」

もうひとつチョコレートを口に放り込むケイトを見て、それで窒息すればいいのにと彼は半ば思っていた。


ケイトはチョコレートで半ば窒息しそうになっていた。緊張で喉がきつく締まり、飲み込むことができなかった。彼が激しい勢いで部屋から出て扉をばたんと閉めたとたん、ボンボンを吐き出して、落ち着くまで何度か大きく深呼吸をした。

バートラム卿に関する意見に彼が懐疑的な声をあげたのを聞いて、もう少しで大声で笑いだすところだった。すべてを台無しにしてしまうところだった。バートラム卿はまるで蜂《はち》の群れに刺されたような飛び出た目と唇の持ち主で、ヒキガエルにとてもよく似ている。だが、まるで魅力的でない容姿にもかかわらず、彼は実に感じがいい。夫候補と考えたことは一度もないけれど。それでも卿は、わたしの夫に見習ってもらいたい見本だ。夫はわたしの提案など歓迎しないだろうが。

目の前から去るとき、彼は激怒していた。

夫をベッドから遠ざけておくという最終目的は達したものの、考えていたとおりにはいかなかった。もしかすると、彼をベッドに迎え入れて秘密に気づかせるべきなのかもしれないが、そんなことをしたらどうなるかわからない。そして、軽率に結婚無効を口走ってしまったけれど、本当はそんなことはまったく望んでいなかった。

ここでは、彼の傘のもとでは、両親のところにいたときより自立していたい。ファルコンリッジとはお互いに同意できる取り決めができるはずだ。やがて愛情が育てば、彼をベッドに迎え入れて、わたしの罪を許してもらう。そしてゆくゆくは、跡継ぎをもうける。時間はたっぷりある。なんといっても、わたしはまだ二十歳なのだ。

一方、彼の反応を見れば、わたしのお金にしか興味がないことがはっきりわかった。永遠の愛を誓う言葉もなければ、強い欲望を示す言葉もなかった。わたしがベッドに行こうとしなくても失望の色も見せなかった。わたしを腕に抱いて無上の喜びを与えるために、説得する手間もかけなかった。わたしが存在する意味はふたつ——借金を帳消しにしたうえでさらにお金を使うことと、跡継ぎを得ること。

もちろんそれはわかっていたけれど、現実を認めるのは辛《つら》すぎた。彼は自分自身の望みを気にしているだけで、わたしの望みなど気にしていない。わたしが何を望んでいるか一度も聞かなかったし、どうすればわたしが幸せになるかも一度も尋ねなかった。わたしは心を癒《いや》す時間が欲しい。彼のポケットでじゃらじゃらいうお金以上のものになる必要がある。わたしは愛が欲しいと言ったけれど、本当はもう一度手に入れられるとは思っていない。それでも愛情は育てられると思うし、少なくとも互いの幸せを気にするようにはなれると思う。ただ、お互いを知る時間がほんの少し必要なだけだ。

別の扉がぴしゃりと閉まる音が響き渡る。彼の寝室の扉だろうか？

激しい怒りのこもった荒々しい足音が階下を進んでいくのが聞こえる。ケイトは立ち上がった。何かをしようとしたわけではなく、好奇心に――。

下から、また扉を閉める雷鳴のような大きな音がした。

急いで窓のところへ行き、厚手のカーテンを開けると、ちょうど夫が通りに向かって小道をさっと通り過ぎるのが見えた。マントの背中を不吉にふくらませ、彼は霧に覆われた夜に消えた。ケイトはあまりにもたくさんの小説を読んできたので、想像力に火がつき、彼がこれからしようとしていることについて嬉《うれ》しくない筋書きを描き出した。

性欲を満たしてくれる女性を見つけるために出かけた？

意識を失うまで飲むために出かけた？

信頼できる誰かに怒りを吐き出すために出かけた？

まあ、わたしは彼の気性について何ひとつ知らないいんだわ。どんなことに打撃をこうむるかもわからない。

こぶしが白くなるほど彼がベッドの支柱を握りしめているのを見たとき、厚い木材を彼女の細い首に見立てているに違いないと思った。

父は一度も暴力をふるったりせず、ケイトはすばらしい庇護《ひご》のもとに育った。賢明にも父は、侯爵が娘に対して決して残忍な仕打ちができないように適切な手段を講じていたが、男には身体的な暴力以外にもたくさんの復讐《ふくしゅう》の方法がある。

彼女をひとりぼっちにしておくこともそのひとつだ。

しかしケイトは、ウェスリーとの仲を母に引き裂かれたときからずっと孤独だった。今、ウェスリーは結婚し、わたしは永遠に彼を失った。そして、わたしも方便として、一部分はある種のねじれた復讐として、結婚した。こんな結果を招くなんて、心得違いの仕返しだったのだ。

侯爵の書棚にはほとんど本がない。読み書きができるのかしら？　ふたりは一時間ほど図書室に座って読書をしたが、彼は一度もページをめくらなかった。本に価値を見いださない男と暮らすほどひどいことはない。

いいでしょう。もっとひどいことがあるわ。わたしにまったく愛情を持たない男と暮らすことだ。

ウェスリーは本当にケイトを望んだ、ただひとりの人だった。男性が媚《こ》びへつらうのは、男性が望むのは、いつもジェニーだった。ケイトは読書に没頭し、男性の好意とは無縁であることなど問題ではないふりをして、自分の心を守ってきた。

それから、ウェスリーが人生に現れ、彼女は愛の輝きを知った。彼は詩を捧《ささ》げ、花を贈った。最初からウェスリーは自分の感情をためらうことなく口にして、彼女の愛情をかきたてた。ふたりは密会を続けた。ウェスリーはケイトの耳に甘い言葉をささやいた。あっという間に彼女の心を勝ち取ったのだ。

だがケイトの母は、ウェスリーは財産目当てで、愛は偽物だと断言した。でも、母は間違っている。心の底から、母は間違っているとわかっている。

今、母からは自由になったが、ファルコンリッジに足かせをはめられた。お金のためだけにわたしを望んでいる男に。ファルコンリッジは称号を持っているけれど、ウェスリーは持っていない。たまたまどんな生まれであるかが、わたしの人生に大きな影響を与えるのだ。

ファルコンリッジは一度も甘い言葉を口にしなかった。結婚を申し込んだ理由は彼女自身であってお金ではないと信じさせる努力を、一度もしようとしなかった。

ケイトは、何を望んでいるか気にかけてくれる男性を心から求めていた。


「彼女の愛を手に入れろ、などと言うんだぞ」

ホークハーストの図書室で、マイケルは洗練された男らしくグラスからウイスキーをぐっと飲んだ。本当は瓶から一滴残らず飲み干したいところだった。くしゃくしゃの髪をしたこの家の主《あるじ》を見て、睡眠以上のことをしていたのかもしれないと思ったが、それは考えたくもなかった。

「最初に言うべきだったな、きみが少ししか――あるいはまったく努力せずに、女相続人を手に入れる計画を思いついたと言ったときに。うまくいくとは思えないとな」

ホークハーストは言った。

「だったら、彼女にそんなことを言われるのはただの罰だと言うのか？」

「努力なしでは、きみが期待していたようにうまくいかなくても驚かないと言っているんだよ」

マイケルは近くの椅子に沈み込み、友人に顔を向けた。「どうしたらいい？　どうやったら、公爵夫人がきみを見つめるような目で、妻に見つめてもらえる？」

ホークハーストは驚いたようだ。「ルイザはどんな目でぼくを見ているんだ?」

「まるで、きみが世界のすべてだとでもいうようにさ」マイケルは、公爵の視線が扉にさっと向けられたのは無視して、彼のひとりよがりの笑みから目をそらした。扉の向こうには、妻のもとへと向かう階段が続いている。公爵夫人は起きて夫が戻るのを待っているか、まどろみからすぐに目覚めるかのどちらかだろう。一方マイケルは、女性の心をつかんだことは一度もない。母親の心さえも。彼がやって来ることを、またそばに戻ってくることを期待している女性はひとりもいなかった。ホークハーストを羨《うらや》んでいるという事実は、まるで自慢できるものではなかった。

「正直言って、ファルコンリッジ、彼女の愛情を手に入れる力はちゃんとあると思うな。なんといっても、ぼくはきみが好きだからね」

うんざりしながら、マイケルは視線をホークハーストに戻した。「ふうむ、それなら彼女を、酒や賭事《かけごと》や娼婦《しょうふ》との遊びに連れていくべきだな?」

ホークハーストはにやりとした。「単にいろいろなことを一緒にやったからじゃない。われわれには絆《きずな》が、歴史がある。ぼくはきみを信頼している」

「ぼくの好きな色は?」

ホークハーストは何度もまばたきした。「なんだって?」

「彼女は好きな色をぼくに当てろと言うんだ。彼女のことが好きならわかるだろうとね。ぼくはきみを三十年知っているが、きみの好きな色なんて知りもしない。くそくらえだ！　人生でこれほどばかげた話は聞いたことがない。ぼくは頭のおかしい女と結婚したに違いないな」

　考えたくもないほど恐ろしく不愉快だ。それは、もうひとり常軌を逸した人間とかかわりを持つということなのだから。

「女性は世界を、われわれとはちょっと違ったふうに見る傾向があるんだ」ホークハーストが認める。

「それなら、どうすればいい？」

「やるべきだったことを最初からやるんだ。彼女に求愛しろ」

「そんなうんざりする手順は避けたいんだが」

「賞品を獲得したんだから、少なくともそれはやらなくちゃな」

「認めるのもいやだが、女性の好意を手に入れるのはあまりうまくいったことがないんだ。愛人にはあらゆる種類の装飾品を買い与えたけれど、それでも彼女は去っていった。女は何を欲しがるんだ？」

「ルイザを会話に加えるべきかもしれないな」

「いや、とんでもない、だめだ。きみと話すだけで十分くじけたよ」

「だが、ルイザはしばらくケイトの付添役をしていたんだ。ケイトと暮らし、ケイトを見ていたんだ。彼女の好きな色を知っているに違いない」

ケイト・ローズ・トレメインの好きな色？

ホークハースト公爵夫人ルイザ・セルウィンは質問の意図を読み取ろうと、客をじっと見つめた。夫が寝室に戻ってきて、ファルコンリッジが手助けを必要としていると告げたので、彼女は大急ぎで服を着なければならなかった——実際はそうしなかったけれど。さっき放り出していったものを夫に思い出させて苦しめるために、じっくりと時間をかけてネグリジェとガウンを着た。夫は友に対して低い呪《のろ》いの言葉を発しながら、部屋を横切って彼女のもとに行かないように扉をしっかり握っている。その様子を見てルイザはいくらか満足し——それで客のところに戻るのが遅くなったのだが——夫の情熱的なキスを受けた。そして、真夜中の訪問者をさっさと送り出したらすぐに分かち合う情熱の兆しに満たされたのだった。

今、夫はマントルピースに寄りかかり、見たところファルコンリッジの当惑を面白がっている。一方、ルイザは夫の友人の向かいに座っていた。

「彼女の好きな色？」ルイザは繰り返した。

「ああ」ファルコンリッジは期待に満ちて身を乗り出した。まるでルイザが、世界の紛争を終わらせる解決策を握っているかのように。

「申し訳ないけれど、侯爵、まったくわかりませんわ」

彼は床をぎいっと鳴らすような勢いで椅子の背に体を投げ出した。「きみが最後の望みだったのに」と不平を言う。

「どうしてそれほど重要なのか聞いてもいいかしら?」

「ぼくがわかっていることが、彼女にとって重要らしい。彼女がぼくに出した難問だ。それが解けるまで――」ファルコンリッジは咳払いをした。「ただ解くことが重要なんだ。きみの夫は、きみが一時期彼女と一緒に暮らしていたから、答えがわかるんじゃないかと考えた。わからないなら、こう聞いてもいいかな。どうすれば彼女の好意が手に入れられる?」

ああ、やっぱり。ホークの面白がるような表情の意味がわかってきた。ケイトが、愛がなくても我慢したりする人でないのはよくわかっている。もしルイザが賭をする人間だったら、ファルコンリッジは今妻の頑固さを知り、重大な局面に向き合っているということに賭《か》けていただろう。

「そうね、彼女は読書が好きだから。たぶん本なら――」

「ぼくには今のところ金がない」

「ああ、わかりました。じゃあ、庭から花を摘んだらいいでしょう」

「そんなことをしても意味がないと思うが。自分で庭に行って、いくらでも好きなだけ楽しめるんだから」

「ケイトが喜びそうなものをあなたが選ぶのが贈り物なんです」

彼は頭を振った。明らかに、ルイザの言う意味がわかっていない。

「ケイトをテムズ川の舟遊びに連れていってもいいわね」

彼はしかめ面をした。

「ケイトのために詩を読んでもいいわ」

彼はまるで具合が悪くなったように見えた。

「散歩に連れ出して、話すというのもあるわね。優しく」

ファルコンリッジは深いため息をついて立ち上がった。「なんの成果もなかったな。眠りを邪魔して申し訳なかった」

「あなたは以前、プライドが高すぎるといって非難されると言っていたわ。たぶん、彼女に対して、それをのみ込むだけでいいんじゃないかしら」

「公爵夫人、ぼくの我慢のなさを無礼と受け取らないでほしいんだが、結婚初夜のこんな常識はずれの時間に、ぼくは助言を求めてここにいる。どれほどのプライドが残っていると思うんです？　もう一度、眠りを邪魔してしまったことを謝罪します。見送りは無用です」

まるで地獄の番犬にかかとを嚙《か》まれたかのように、ファルコンリッジは大またで部屋から出ていった。彼の背後で扉が閉まり、ルイザが立ち上がって夫のもとに行くと、夫はすぐに抱き寄せてくれた。「彼はとても不幸なのね？」ルイザは言った。

「どうもそうらしい」

「それで彼が苦しむのを見て面白がっているのね？」

「そんなことはないさ。だが確かに、彼が込み入った問題を手早く解決する方法を見つけようとするのを見るのは楽しいな」

「あなたの言葉に隠された意味がある気がするのはどうしてかしら？　侮辱のように思えるんだけど？」

夫は彼女を腕に抱き上げた。「女というのはね、奥さん《マイ・ラブ》、容易には理解できない。それを、彼は容易に理解したいと思っているのさ」

「わたしたちを理解するのはそんなに難しくないわ」

彼は寝室に妻を運んでいく。「ルイザ、わが妻《マイ・ダーリン》よ、女の心を理解するのが男にとってどれほど難しいか、きみはちっともわかっていないな」

5

「ラベンダー」

　ケイトは卵とトマトの皿から目を上げ、ばかばかしいほど長いテーブルの向こう端に座った夫を見つめた。まるで彼がたびたび朝食会を開いているかのように、それぞれの側に八脚の椅子が並んでいる。ラベンダー色の昼用《デイ》のドレスを着て朝食室に軽やかにすべり込んできたとき、ファルコンリッジはすでに食事をしていた。もちろん立ち上がり、ケイトが時間をかけて皿にとるものを選ぶ間待っていた。彼女が執事の引いた椅子に座るまで、彼はひと言も話さなかった。

「また思いつきね」ケイトはぶっきらぼうに言った。

「正しい思いつきだった？」

「いいえ」

　彼はむっとした表情を見せると新聞をがさがさいわせ、目についた記事が何かは知らないが、またそれを読みだした。

「なんのニュースを読んでいるの？」

「数人の追いはぎが人々に銃口を向けて強奪している。撃たれた人まで出た」

「どうしてそんなことをするのかしら？」

彼はどんなつもりで言っているのかわからないとでもいうように、ケイトに鋭い視線を向けてから新聞にすっかり注意を戻した。ケイトはそばに控えている、監督する従僕がたったひとりだとは思えないほど洗練された執事を見やった。すぐに使用人の数を増やす必要があるだろう。「明日の朝から、わたしにも新聞を用意していただきたいわ」

彼女の目の隅に、ファルコンリッジが新聞を下げるのが映る。執事の視線が主人のほうに向けられ、ファルコンリッジがうなずいたあと執事は彼女に注意を戻したようだ。「かしこまりました、奥さま」

「これからは、わたしが何か頼んだからといって、承認を得るために夫を見る必要はありませんから」彼女はファルコンリッジに優しく微笑《ほほえ》みかけた。「そうよね？」

「ベクソールは失礼なことをしているつもりはない。ただ、これまで朝食をとっている間に新聞を読む侯爵夫人はいなかったというだけさ」

「ほかにどうやって世界情勢についていったらいいの？」

「ゴシップの？」

「ビジネスのよ」

ケイトが世界情勢を気にしていることに、彼は驚いたようだ。朝刊を楽しむのをあきらめようかどうしようか内心思案しているのが見て取れる。先に読ませてくれてもいいはずだ。夫がそれをまったく考慮しないことにケイトは苛立《いらだ》った。

「昨夜《ゆうべ》、出かけたわね」彼女は言った。

新聞を完全に下げて、彼は見下すような冷たい視線を向けた。「出かけるのをいちいちきみに知らせなければならないとは、合意書に書いてないと思うが」

「今朝あなたの代理人と会って借金について話し合うのを考えたら、わたしの不興を買うようなことはなんとしても避けるものじゃないかしらね」

この距離からでさえ、ファルコンリッジが歯を食いしばり、その目がさらに険しくなったのがわかった。視線でダイヤモンドもカットできそうだと思ったが、不思議なことにケイトは怖くなかった。父がサインひとつで、彼女がこれまで持っていなかった力を与えてくれたのだ。彼がほかの人のベッドに行ったのではないかと愚かにも案じていなかったなら、夫の深夜の冒険について何も言わなかっただろう。どうしても貞節な夫が欲しかった、たとえほかに何もなくても。

ファルコンリッジは執事に、それから従僕に向かってうなずいた。「ふたりとも、ほかの仕事をしに行ってくれ」

ふたりはお辞儀をして、何も言わずに立ち去った。

「使用人の前で話してもいいことだと思ったんだけど」とケイトは言った。

「ごく個人的な事柄のときは、そんなふうにする習慣はないね」

「だったら、昨夜は——」

「ぼくはホークハースト夫妻を訪ねたんだ」

「人を訪ねるにはまったく不適切な時間だわ」

「ホークハーストの友情は時計の針なんかに左右されないのさ。きみの要求を理解しようと助言を求めに行ったんだ。彼と話したかどうか疑っているなら、きみの元付添役に聞いたらいい」

「疑ってはいないわ」ケイトは卵に目を戻したが、まるで食欲がなくなっていた。つまらないことにこだわったり狭量だったりするのは、わたしらしくない。ジェニーは正しかった。この結婚は承諾すべきではなかった。わたしの最悪の部分を引き出してしまう。ケイトは、皿の横に置かれている一本の赤い薔薇《ばら》に目を向けた。着いたときすでに置いてあったのだ。「薔薇はあなたから？」

「公爵夫人が、きみの愛情を手に入れるために花を贈れと勧めてくれたんだ。ぼくはそんな行為は無意味だと思うんだが」

「いいえ、そんなことないわ」試してみた彼をとがめることはできないし、ほかの人の手柄を自分のものにしようとしない男性であることは尊敬できた。それでも、彼の評判や、特別すばらしい容姿や、称号の威光からすると、女性を口説く技を持っていないのはちょっと驚きだった。どうしてわたしの要求に、助言を必要とするほど戸惑ったのだろう？

ケイトは目を上げて、彼の表情がぴんと張りつめているのに驚いた。声をあげて笑ったり、微笑んだりしたことがあるのだろうか？　不思議なことに、そんな彼は見た記憶がない。陰気でふさぎ込んだ結婚生活にはしたくない。「失礼かもしれないけれど、わたしの姉の評判を台無しにして結婚を勝ち取ろうとした男性に助言を求めるなんて、賢い方法とは思えないわ」

「それよりむしろ、バートラム卿《きょう》の退屈な会話をまねるべきだというんだな」

「彼は芸術についての議論を楽しんでいるわ――文学、絵画――」

「芸術についての会話はセックスについて演説するのと同じだ。どんな言葉にも正当性なんてない。きちんと評価するには、どちらも経験するしかないんだ」

ケイトは頬が熱くなるのを感じ、使用人が立ち去っていてありがたかったと思った。昨夜拒否されたことを彼が会話に持ち出すと覚悟しておくべきだった。ひどく憤慨しているとは言えないけれど。実際、彼のコメントにかなり好奇心をそそられていた。

「芸術をともに体験すれば、いつか別のことも体験できるようになるでしょうね」

「いつか……」ファルコンリッジはほとんど怒鳴るように言った。「気難しくなるつもりはないけれど、わたしはずっと結婚には、都合がいいという以上のものを強く望んでいたの。両親に対して反対すべきだったというあなたの意見は実に正しいわ。でも、あなたがお金を求めていたのと同じように、わたしは自由を求めていたの。覚えている限り、人生のあらゆることが母の押しつけだった。何を着るか、どこに行くか、どんなふうに振る舞うか。ほとんどいつも、わたしはいい娘だった。いい娘でいなければ、とても厳しく苦しい罰が与えられたから。わたしは見知らぬ人に身を任せることはできない。絶対にできないの。愛情を持てない相手と親密になるのは拷問のようなものだわ」ケイトは薔薇を持ち上げて、繊細な香りをかいだ。「わたしを喜ばせるのはそれほど難しくないのよ。でも、どうしても喜ばせてもらいたいの。父に近づいて結婚を申し込んだとき、あなたはお金を受け取ることだけに躍起になっていたに違いないわね。ふたりの関係をよいものにする可能性を探るべきだったのに」

「きみはもっと従順だと思ったよ」

ケイトは彼に視線を向けて微笑んだ。「そんなことを期待していたとしたら、アメリカの女性をとんでもなく見くびっているのね。わたしはほんの少しの時間と忍耐と、お互いを知る機会が欲しいとお願いしているだけ」

「もしそれできみが喜ぶなら、それなら希望どおりにしよう」

ケイトの笑みが広がる。「ほら、わかった？　わたしたちはすばらしく進歩しているわ。そんなに難しいことじゃなかったでしょ？」

「本当に正直に言っている？」

彼女はうなずいた。

「ぼくにとっては地獄だな」

ファルコンリッジが立ち上がったので、ケイトは胃がひっくり返ったような気がした。「もしよければ、代理人のミスター・ギデンズが着く前に、いくつか手配しなければならないことがあるから」

彼は新聞を持って大またに向かってくると、音をたててケイトの皿の横に置き、それ以上は何も言わずに部屋から出ていった。薔薇と新聞を始まりだと受け止めればいいのだろうか。それともふたりの会話を、合意できる取り決めに発展したかもしれない何かの終わりだと考えるべきなのだろうか。ケイトにはわからなかった。

朝食のとき妻のコメントをさえぎったのはまずかった。彼女は、芸術や情緒や感傷といった会話に夢中になる過敏な道化者を望んでいるのか？　そして腰かけて……話すことを？

ぞっとするような間違いを犯してしまった。マイケルは今、窓際に立って、ケイトがギデンズと話し合っていることにしっかり耳を傾けていた。そうでなければ昨夜の、結婚を無効にするという彼女の申し出に応じていたかもしれない。だが、ああ、今日が終わる前にロンドンでの借金はすべてきれいになるのだ。その成果に背を向けるわけにはいかなかった。

ケイトの評価は正しい。彼女はひどく気難しくはない。きっぱりとした自分自身の生き方を持つ女性に、ぼくが会ったことがないというだけだ。実は、おしゃれな帽子や高価な装飾品以上の何を望んでいるかわかっている女性には会ったことがない気がする。妻がしているように大きな机の前に座ってくつろいだ様子でいられる女性は知らない。女性は繊細な書き物机に座って手紙を書くのだ――もちろん。だが、帳簿や報告書に目を通すのは？　ときおりしるしをつけたり、合計を計算したりするのは？

彼の私的な関係について彼女が何度も眉を上げたりしなければ、マイケルはまた庭のほうを向くこともなかったかもしれない。

夫の書斎の机に座り、かばんから次々と店の借金の計算書を取り出すギデンズと向き合っている間、ケイトは夫が窓辺に立ち、芝生に目をやり、黙りこくって考え込んでいることはよくわかっていた。今朝の会話で何かに気づいたとしたら、それは彼が信じられないくらい他人と交わらない人間で、自分自身をさらけ出したりはまったくしないということだった。個人的な事柄を妻に検討され、どの店には払ってどの店には払わないかの承認をもらうなんて、どれほど辛《つら》いかは十分想像できる。借金を払わないつもりではない。五年以上一セントたりとも支払わない男に信用貸しの期間を延ばしてやるなどという愚行を続けてきた人間に対して、支払いを保留するのは公平ではない。商人は貴族を例外にする傾向があるのは知っているが、それでも彼らは自分自身の勘定はどうやって支払うつもりなのだろう?

夫の支出を注意深く検討してみると、極端なものではないと考えざるをえなかった。しかし、極端というのは比較の問題だ。なんといっても、彼女は年間二万ドルの衣装を買うのに慣れている。

女性物を扱う有名店の名前にはなじみがある——すばらしいドレス、扇子、手袋、帽子……。

「あなたのお母さまは高級品好みのようね」

ファルコンリッジの背中がこわばるのが目の隅に映る。「みんな愛人のための品だ」彼は歯ぎしりをして言った。

ギデンズが喉をすっきりさせるために咳払《せきばら》いをした。

一方ケイトは、部屋の空気をすっきりさせたかった。夫には愛人がいるのだ。不信と怒りが激しく襲ってくる。昨夜ホークハーストの家に行ったとしても、そのあとで愛人のところに立ち寄ったかもしれない。彼が別の女性とベッドに入っているなどとは考えたくもなかった。

「これらの品の支払いは、もちろん認めましょう。わたしがあなたの人生に足を踏み入れる前のことですから。でも、あなたの愛人に関する取り決めを作らなければならないわ」

ファルコンリッジは肩越しに振り返って、ケイトをにらみつけた。「それは心配いらない。彼女は何週間も前にぼくのもとを去っていった」

「残念ね」

彼はその言葉に驚いたようだが、それはケイト自身も同じだった。止める間もなく飛び出していた。ひどくほっとしたことに罪悪感を覚えて、彼が失ったものに哀れみを示す言葉を急いで口にしたのだ。ケイトは背筋を伸ばした。「見捨てられるのがどんなに辛いかわかっているわ」

「個人的な関係ではなく、ビジネスだったんだ。奉仕するのとひきかえに彼女はつまらない装身具を要求してきたが、もうそれを与える余裕もなくなった」

ケイトはたじろいだ。彼はベッドでのことをすべて、細心の注意を払う冷めた……ビジネスと見ていたの？　だから、お互いほとんど知らないにもかかわらず、あんなに恥知らずにわたしの寝室にやって来られたの？　奉仕してもらうために？

　彼を出ていかせてしまったことでずっとつきまとっていた罪悪感から、わずかだが解き放たれた。ウェスリーとの優しさに満ちた関係のあとで、性的欲望の対象のように扱われたいとは思わなかった。そんなことは耐えられないだろう。彼女自身ほとんど欲望を感じていないときには。

「あなたはわざと粗野に見せているの？」ケイトは辛辣《しんらつ》に言った。

「まるで愛人がぼくにとって何か意味があるみたいに、いなくなって残念だと言ったね。まるで彼女がいなくなったことでぼくが感情的な痛みを負ったみたいに。はっきり言って、奥さん、彼女がいないのはちょっとした不便というだけだ」

　ケイトはすぐに尋ねていた。「じゃあ、どうしてただ去ったと言わずに、ぼく、か、い、とを去ったと言ったの？」

　だが、ギデンズがまた咳払いをしたので、彼女は黙り込んだ。夫はどんな苦しみも認めようとしないだろう。それは、単純にプライドの問題だからだ。ああ、彼はプライドが高すぎるし、ストイックすぎるし、冷ややかすぎる。彼は何を守ろうとしているのだろう？

　その考えに、ケイトは不意を打たれた。いったいどうしてわたしは、彼が何かを守ろうとしているなどと思いついたのだろう？　さらに重要なことに、どうして突然彼にそれほど興味を持ったのだろう？

とんでもなくハンサムなのは認めるけれど、ファルコンリッジはひどく不可解で、知られたくない何かをさらけ出してしまうのではないかと常に警戒しているように見える。

魅力的な夫をそれ以上じっと見るのはやめて、ケイトはなんとか、うんざりする借金に注意を戻した。彼のことを好きなだけ観察しても、彼がかかわっている重大な何かを暴けるとは思えない。

この会合の前に、ケイトは顎のところまでボタンが並ぶ質素な青いドレスに着替えていた。それだと真面目《まじめ》に見えるからだ。ギデンズには、この家での彼女自身と彼女の立場が真面目なものだと受け止めてもらいたかった。彼女を見たとたん、夫が〝青〟と口走るところを見たいからでもあった。

だが彼は言わなかった。ケイトが部屋に入ってきたとき、ただ窓から振り向いただけだった。

好きな色を彼が当てようとしていることに、どうしてくすぐられるのかわからない。とりわけ、ケイトをベッドに連れていく鍵《かぎ》になるわけではないとわかっているのだから。単に、お互いのことをどれほど知らないかという証拠として使っただけなのだ。ファルコンリッジはそれを挑戦と受け取ったらしい。彼女の好きな色を見つけ出し、彼女のベッドに飛び込む、と。

いいえ、そんなに簡単なことではなく、難しいのはわかっているはずでしょう。

ギデンズが用意した書類をすべて検討するのに三時間ほどかかった。総合計だけを教えてもらい、堂々としたしぐさですべての支払いを承認したほうがずっと簡単だっただろうが、実のところ、どんな類《たぐい》のものを買って夫が莫大《ばくだい》な借金を作ったのかに好奇心をそそられたのだ。驚いたことに、彼が愛人に与えたに違いない――そして愛人の愛情を買おうとしたのではないかと思われる――法外な額の〝つまらない装身具〟を見つけた。どうして愛人というビジネスが成り立っているのか、はっきりとはわからない。ジェレミーに説明してもらったほうがいいのかもしれない。兄に愛人がいるとは思えないけれど、男性が本能的に知っている種類の情報のようだから、たぶん教えてもらえるのではないだろうか。

銀行小切手にサインをして、ギデンズに手渡す。さらに、きちんと記録を残しておいたことに対するお礼として、追加の支払いのサインをした。ギデンズに資金を持ち逃げされたくなかったのだ。彼が正直でありつづけるのなら、正直に支払われつづけるというわけだ。

「ありがとうございます、奥さま。お目にかかって、だんなさまのビジネスを検討できて光栄でした」

「今後は毎月お会いしたほうがいいわね」

「その必要はほとんどないと思います。貴族に対する信用貸しの期限を年末まで延ばすのがイギリス流ですから」

「ええ、でも、わたしはアメリカ人だから、借金は毎月きれいにするほうがいいの。こんなふうに手に負えなくなるのを避けるために」

「お望みのとおりに」彼はケイトとファルコンリッジにお辞儀をした。「ごきげんよう、奥さま、だんなさま」

ギデンズが部屋を辞したあと、彼女はため息をついて椅子にもたれかかり、夫を見た。彼は嬉《うれ》しそうには見えないけれど、これからも決して嬉しそうにはならないのではないかと、ケイトは思いはじめていた。

「楽しかったか？」ファルコンリッジは聞いた。

「別に。ずっと借金があったのね」

「残念ながら、あれがすべてじゃないんだ。召使たちに対する支払いがある」

「わたしがちゃんとするわ」

彼はぶっきらぼうにうなずいた。「明日、領地に発《た》つつもりだから、ぼくたちは——いや、きみは——向こうでいろいろと整理することができる」

「わかったわ」

彼はちょっと首をかしげた。「そんなに簡単に従うのか？」

「わたしはそれほどロンドンが好きというわけじゃないの。あなたの先祖代々の土地を訪ねるのが楽しみだわ。午後、家族のところに行って、わたしたちの予定を知らせたいんだけど」

「もちろんだ」

ファルコンリッジは足元にあるオービュッソン織の敷物に視線を落とした。頰の筋肉が張りつめるのを見て、苦痛に歯を食いしばっているのだろうとケイトは思った。夫が何かと格闘しているのはわかっていた。

「その個人的な事柄の面倒を見るのに、いくら必要なの？」とケイトは尋ねた。

ファルコンリッジはケイトに視線を向けた。彼女はそこに絶望を見て泣きそうになった。ほかのどんなものよりも、彼を結婚へとかりたてたのは、その借金だとわかった。

「千ポンドだ」

すでに承認したほかの借金よりずっと少ない。どうしてそんなに悩んでいるのだろう？　聞いてみようかと思ったが、尋ねる代わりに、ただこう言った。「小切手を書きましょう」

「何も聞かずに？」

「あなたが個人的なことだと言ったから」

　彼は目をそらしたが、その前に安堵《あんど》の色があふれたのをケイトは見ていた。

「ありがとう」声はかすれ、張りつめていた。彼が咳払いをしたのを聞いて、ケイトは何か別のことを言いたかったのかもしれないと思った。たぶん、なぜお金が必要かの説明を。けれども、ファルコンリッジはただ沈黙を保っていた。

　ケイトは小切手を書きながら、夫が背負っている重荷をわたしと分かち合おうとする日が来るのだろうかと思った。もしそうしてくれたら、それはわたしがかかえている秘密を分かち合うことを意味する。

6

「結婚したことを知らせたいと思って」

白髪の女性はベッドに座り、まるでその知らせの意味が理解できないか、それともマイケルをまったく信用していないかのようにマイケルをじっと見つめていた。

マイケルは咳払《せきばら》いをした。「彼女はアメリカ人だ。とても裕福なアメリカ人だ。気に入ると思うよ。瞳の色は独特なんだ。気分によって色合いが変わるらしいが、どんなふうに変化するのかはまだよくわからない。ほとんどいつも、彼女がぼくをまごつかせるせいなんだ。そんなときは緑に見えることが多い。でも髪の色となると、まったく逆だ。そこは疑問の余地なしだ。今まで見たこともないほど鮮やかな赤なんだよ。とりわけその色合いが気に入っているわけではないけれど――」

「あなたはどこのどなたなの？」

彼女は明らかに困惑した表情で、マイケルをじっと見た。かつては美しい人だった。今はただ、何もわからない人にすぎない。説明をおとなしく聞き入れることはありえないのだから、自分が誰なのかを口にするのはひどく疲れる。

彼女に息子はいない。

本当に悲しいのは、彼女がそう主張するのは息子から相続権を奪うためではなく、本当に覚えていないせいだということだ。愛する人を忘れてしまうなんて、どういう精神障害なんだ？　何よりも一番むごい。それとももしかすると、常に恐れてきたとおり、一度も愛したことがないから簡単に忘れてしまえるのかもしれない。

「大事な人間なんて誰もいないんだ」彼はようやくそうつぶやいた。

「だったら、どうしてここにいるの？」

マイケルは悲しげに首を振った。「わからない。家族と分かち合うべき話だろうし、ぼくには家族が……いないから……あなたと分かち合おうと思ったんだ。ここではよくしてもらっている？」

彼女は肩をすくめた。その目は焦点を失いはじめている。「どうしてファルコンリッジは訪ねてきてくれないの？」

なぜなら、彼は二十年以上も前に死んだからだ。

「いつもはこんなに長くアルバートと狩りに行ったりしないのに」

アルバート公もずいぶん前に亡くなった。

「もう一度、お名前は？」彼女が尋ねる。

「マイケル」

「すてきなお名前ね」

彼女がしわだらけの両手をしげしげと見つめはじめたので、怯《おび》えてしまうのではないかとマイケルは思った。ときどき彼女がひどく怯えることがあっても、安心させてあげられないのがとてもいやだった。

マイケルは木の椅子の硬い背もたれから身を起こした。「もう行かなくては」

「わたしの夫と顔を合わせないようにしなくちゃね。彼はひどいやきもちやきだから」

「さようなら、奥さま《マイ・レディ》」

着いたときと立ち去るときのどちらがより辛《つら》いのかわからなかった。マイケルは部屋を出ると、看護人が扉に鍵《かぎ》をかける間ぐずぐずしていたりはしなかった。医者が待ち構えていた。

「閉じこめておかなければならないんですか?」マイケルは尋ねた。

「ご存じのように、彼女は決まったパターンも理由もなく、明らかな目的があるわけでもなく、さまよい歩く傾向があるんです。閉じ込めておくのは患者のためなんですよ」ドクター・ケントは言った。「彼女は気にしていないはずです」

「気にしていないと、どうしてわかるんです?」

「気にしているという兆候がありませんから。興奮などしませんし。とても満足なさっているようですよ」

「何も思い出せないのに、どうして満足できるんです？」

「心というのは不思議なものなんですよ、卿《マイ・ロード》。新しくウェリントン公爵が入ってきました。どうして彼は自分がウェリントンだと信じているのでしょう？　そして、そのことに満足しています」

「あなたが治すまではね」

ケントはうなずいた。「先週はナポレオンを治療しました」

「れっきとしたイギリス人が、どうしてナポレオンだなどという妄想を抱くんです？」

「申し上げたとおり、心というのは不可解なものなんです。実はお話ししたいことが――」

「ええ、どうぞ」

「わたしのオフィスで」

「債務はすべて支払いましたよ」ケイトが説明を求めることなく支出について認めてくれたとき、マイケルはびっくりすると同時に感謝もしたのだった。

「はい。しかし、ご存じのとおり、精神病院は治療を受ける人のためのものです。基本的にここに一年以上いる人はいません。もし治らないのなら、別の手立てを講じるべきです」

「ええ、それはよくわかっています。今、別の準備をしているところです。もう少し時間が必要なんです」

「申し訳ないのですが、卿《マイ・ロード》、たくさんの人々が助けを必要としていて、その多くが短期間で治療可能なんです。あなたの母上の痴呆《ちほう》は改善の兆しがありません。治らない方を収容しつづけるのは……治る見込みのある方に対して公平ではありませんから」

マイケルは歯ぎしりをした。「お願いです。おっしゃる額の三倍をお支払いしますから」

ドクター・ケントはにっこりした。「では、あと一年いていただけるように、なんとかいたしましょう」

マイケルはうなずいた。このとんでもない場所を丸ごと買い取ることもできるだろうが、母をここに置いておきたくなかった。彼には別の計画があった。それを実行するまでの時間が少し必要なだけなのだ。どうやって資金を作るかという計画は実行したのだから、あとはそれがうまくいくことを願うだけだ。

「だから、愛人の仕事がどんなだか説明して」

ケイトは図書室にいる兄を見つけた。最初にこの部屋にやって来たのだ。家族の誰かが、たいていは父が、図書室にいる。

窓のそばにある椅子でくつろいでいたジェレミーは、『ロンドン旅行案内書』を閉じてケイトを見つめた。彼女と同様、ジェレミーは細部にこだわるたちで、周到な計画なしにはどんな冒険にもとりかからない――町を旅するときでさえも。

「なんだって？」ジェレミーは眉を上げて聞いた。

ケイトは向かいの椅子に座った。本当はゆったりともたれかかりたかったが、ドレスの腰のあたりについているリボンのせいで、楽な姿勢はとれなかった。「ファルコンリッジには愛人がいたの。だから、愛人の仕事というのがどんなものか理解しようとしているのよ。彼はつまらない装身具をたくさん買い与えていたわ。その量が愛人に対する愛情の深さを示すの？」

「示すこともあると思うよ」

「どんなふうに？」

ジェレミーはため息をついて、近くのテーブルにあったタバコ入れに手を伸ばし、その一本に火をつけた。

「ママは家の中でタバコを吸うのをいやがるわ」

「ありがたいことに、ここにはいないさ」

「どこにいるの？」

ジェレミーは肩をすくめた。「馬車で出かけたがったから、父上が連れていった。ここにいて結婚生活がどんなふうか尋ねてもらいたかったとでもいうのか？」

「そんなわけないわ。それに、お兄さまが質問に対する答えをはぐらかすとも思っていないし」

彼はタバコを吸い込み、小さな輪を作るようにして煙を吐き出した。「彼は愛人の愛情をひきつけておくことができただろうね」

「そうじゃなかったと言っているわ。ただのビジネスだったって」

「愛人のことをおまえと話し合ったのか？」

「今朝三時間以上、彼の債務を検討したの。つまらない装身具をなぜ買ったのか聞いたのよ」

「もし単なるビジネスだとしたら、報酬でしかないだろうな」

「彼は三年間家を借りて、追加の使用人も雇っていた」その支払いは〝数週間前に〟終わった。「愛人のためだと思う？」時期はぴったり合っている。

「ぼくにわかるわけないだろう。彼に聞けよ」

ファルコンリッジといると居心地が悪くて、彼が愛人と分かち合った暮らしの詳細などとても聞く気になれないのだ。「男というのは、愛人が欲しがるものを与える習性があるの？」

「ケイト――」

「ジェレミー、お願い。簡単な質問でしょ」

兄はまるで気が進まなさそうだったが、それでも答えた。「一般的に言って、そうだ。必要になっても彼女を探したりするんじゃないぞ」

「わかったわ」ケイトは唇を噛《か》んだ。「じゃあ、愛人は雇われ付添人ってこと？」

「言うなれば、そうだな」

「だったら、その人の愛情を手に入れなくてもよかったんじゃない？」

「愛人に嫉妬《しっと》しているわけじゃないんだね？」

「嫉妬するべきなの？」

「いいや」

「お兄さまには愛人がいるの？」

「そんなことを聞くなんて信じられないな」ジェレミーは深くタバコを吸い込んだ。

「ここはなんだかおいしそうな匂《にお》いがするわね」ジェニーが開いた扉からふらりと入ってきて、ちょうど興味深い会話にとりかかろうとしていたケイトの邪魔をした。ジェニーはジェレミーから――抗議しないだけの分別を持つ彼からタバコをひったくり、近くの椅子に座って一服した。「ケイト、わたしのかわいい妹は、どうしてあんな信じられないほどハンサムなだんなさまと一緒に過ごしていないのかしら？」

「彼は片づけなければならない個人的な用事がいくつかあって、だから、わたしが明日地方に発《た》つということをみんなに知らせに来たの」

「まあ、先祖代々の領地ね。それって、どんなふうかしら」

「もしほかの先祖代々の領地と同じだとしたら、とても現代的ではないでしょうね。いまだに蠟燭《ろうそく》をともしているところもあると聞いたことがあるから」

「あなたにはすべてを変える財力があるのよ」ジェニーが言う。

「そうね。ロンドンの住まいももう少しなんとかしなくちゃいけないし」

「貧しい貴族と結婚したからには覚悟しなければならないことね」

「誰にでも、ただひとつの真実の愛があると思う？」ファルコンリッジに対しては、ウェスリーに感じた気持ちを決して抱けないかもしれないと思いながら、ケイトは尋ねた。夫は魅力的だとも楽しいとも言えない。だが、できる限り公平に見れば、その立場からして彼はウェスリーが決して譲り受けないような、大変な大きさの責任を受け継いでいるに違いない。次男や三男は、長男よりもっと自由に遊べる。弟たちのほうがずっと愉快でいられるのは間違いない。

「もちろん違うわ。愛は無限よ。あなたはママとパパとジェレミーとわたしを愛しているし、もしほかにもきょうだいがいたら、みんな同じように愛していたに違いないもの」

「ケイトがおまえを愛していると断言するなんて、ちょっとおこがましいと思わないか?」ジェレミーが言う。

ジェニーはタバコを兄に返して、いたずらっぽく微笑《ほほえ》んだ。「何か大事な用はないの? 古い美術館かどこかをめぐるとか?」

「そのとおり」ジェレミーは立ち上がった。「〈タッソー蠟人形館の戦慄《せんりつ》の間〉はどうかと思っているんだ。展示品が実にリアルで、ぞっとするほど恐ろしいらしい。もちろん、女性はあまりに繊細だから特定の部屋には入れないことになっているそうだ」

「まあ、ばかばかしい」ケイトが言った。ジェレミーが優越感を覚えて上機嫌なことに、いらいらしていた――それが兄の意図だったのは間違いない。ケイトをいらいらさせることが。彼女をひどくからかって、未来の妻に挑戦でもしているつもりなのだろうか。「女性がそんなに弱い生き物だと思われてるなんて我慢できないわ」

「ぼくと一緒に行って試したらどう?」

「しなければならない家のことがあるのよ。ロンドンじゅうを遊びまわるわけにはいかないわ」

「残念。ぼくは夜明けまで戻らないと母上に伝えておいて」

「美術館はそれよりずっと前に閉まるでしょ」ジェニーが言う。

ジェレミーは片目をつぶってにやりとした。「別の楽しみを見つけるさ」

楽しいことをなんでもやれる男の自信に満ちた態度を見せ、彼は大またで部屋から出ていった。

「ときどき、男に生まれてこられたらよかったのにって思うのよ」心にわき上がるおなじみの憤りを抑えながら、ケイトは言った。ジェニーがきれいだからといって羨《うらや》んだことは一度もないけれど、ジェレミーが自由なことはいつも羨ましく思っていた。

「パパの銀行を継げたらいいのに。きっと楽しいでしょうね」

「あなたが理解できないわ、ケイト」ジェニーが言う。「一日じゅうオフィスに座って数字を眺めているなんて、それほど退屈なことは考えられないもの」

「一日じゅう部屋に座ってドレスの採寸をされているほうが、よほど退屈だと思うわ。ああ、ジェニー、わたしたちはパリにいたとき、年間二万ドル以上も衣装代に使っていたわよね。ひどい浪費だったわ」

「結婚してまだ二十四時間もたっていないのに、もう守銭奴みたいな考え方になっているのね。もし使わないとしたら、なんのためにお金を手に入れるの？　それに、わたしたちには使う義務が、あちこちに使う義務があると思うわ」

ファルコンリッジが買い求めたつまらない宝石や装身具の一覧に目を通したことで、

ケイトは自分自身の支出のあり方に疑問を感じたのだろう。

ジェニーは立ち上がり、ケイトの腕をつかんで引っ張った。「一緒に来て。あなたはひどいふさぎの虫にとりつかれているようだから、払い落としてあげなくちゃ。ジェレミーと出かけましょう」

「わたしはもう、好き勝手できるような無責任な立場じゃないの。発つ前に使用人を雇わなきゃならないし」ケイトは〈メトロポリタン若き使用人援助協会〉に行くつもりだった。支部がいくつもあって、若いレディのためにうまく使用人を見つけてくれるという評判だ。

ジェニーの目によこしまな光が浮かぶ。「従僕が何人か必要なの？」目をぐるりとまわし、ケイトはいたずらっぽい表情のジェニーに微笑みかけた。

「何人か雇うつもりなのは事実よ。今はひとりしかいないから」

「すてき。それなら、午後はあなたと過ごすことにするわ。若い男性のふくらはぎをじっくり見る口実があるなんて最高だもの」

従僕は普通、お仕着せを着た姿がどれほどすばらしいかで選ばれる。形のよいふくらはぎをしていると明らかに有利だ。

「血みどろの小立像より色目を使う若い男性のほうがいいのね？」ケイトが姉をからかった。

「聞くまでもないわよ。あなたは長身で黒髪でハンサムな使用人を選ぶべきね。そして、あなたが選ぶのを手助けするのは楽しいと思うわ」

「背の高い従僕は、高いお給金を要求するものよ」

「十分出せるじゃない。好きなようにしなさいよ。わたし自身の家を持ったら、やりたいことはちゃんと考えているの」

「もっと説得力のある男性を考えていたんだけれど、たぶんそうするわね。だんなさまは、わたしたちの家には長身で黒髪でハンサムな人がいいと思うだろうから」

「同時に危険な部分でもあるわね」ジェニーが身を乗り出した。「聞かないと心に決めていたんだけど、好奇心でおかしくなりそう。昨夜《ゆうべ》、ファルコンリッジは幸せにしてくれた？」

ケイトは頬が熱く燃えるのを感じ、本当に焼け焦げるのではないかと思った。

「よかったの、ねえ？」ジェニーが微笑んで聞く。

ケイトはごくりとつばを飲み込んだ。昨夜のことはジェニーと話したくない。ベッドをともにするのを延期したことを説明したくなかった。「話し合うのは難しい話題だけど、昨夜の成果にはとても満足したと言っておくわ。でも、詳細は聞かないでね、話したくないから」

「まったく面白くない人ね。でも、彼はベッドではとても魅力的だと、わたしにはわかっているわ」

「どうしてそんなふうに言えるの？」

「見た目でわかるわよ、寝室でのことをとてもよく心得た男性という感じだもの」

その言葉が引き起こすイメージも、生み出される嫉妬の火花も、ケイトにはまるで嬉《うれ》しくないものだった。彼女はさっと立ち上がった。「本当に使用人を雇う手配をしなくちゃいけないから」

「着替える時間を一瞬くれない？」

「一瞬？　少なくとも一時間はかかるでしょ」

「だったら一緒に階上《うえ》に来て。計画している仮装舞踏会の話をするから」

「いつ開くの？」ケイトは姉のあとから図書室を出ながら尋ねた。

「二週間後よ。あなたも出席するために戻ってくるわよね？」

「そうするつもりだけど。すべては、だんなさまの先祖代々の領地で何を見つけるかによるわね」

マイケルには女が必要だった。母を訪ねたあとはいつもそうしていた。ほんのしばらくの間、忘れられたという苦痛から逃れるためだけに。母が何に痛手をこうむり、仰天しているのかわからないという悲しみから逃れるためだけに。何もしてあげられないという苦悩から逃れるためだけに。

無蓋《むがい》の馬車で手綱をとる馬丁とともに――大型の四輪馬車と御者はケイトが使えるように残してきた――ロンドンの通りを走りながら、マイケルは緊張の糸が張りつめるのを感じずにはいられなかった。いつの日か、女の肉体の慰めはいらなくなるだろう。彼のもとを去った愛人を責めるつもりはない。自分が身勝手なやつだということはわかっている。ふたりの関係は、彼が必要としているかどうかを中心にしたものだった。気晴らしや楽しみの必要、忘れるのを選んだのだということを忘れる必要。

母と同じ病気にいつか襲われるのだろうか？　血で受け継がれるものなのだろうか？　目覚めたとき何も覚えていないのが怖くて、眠れない夜もある。覚えていないというほどひどいことは考えられない。

それに、どうして母は忘れていられるんだ？

医者によると、頭を強く打つと忘れてしまうことがあるらしい。しかし、母は頭に衝撃など受けていない。

心的外傷を受けた場合もあるらしい――火事で生き残ったとか、強姦《ごうかん》されたとか、襲われたとか――いや、違う。

母はずっと守られ、甘やかされ、世話をされてきた。

そしてある日、彼が帰ると、ヒステリー状態になり、泣き叫び、怯え、放心していた……自分自身の家で。田舎の屋敷は廊下も部屋も迷路のように入り組んでいるのだから、まごついてもおかしくはない。しかし、母は十六歳で結婚したときからそこに住んでいたのだ。どうして突然、廊下や部屋がわからなくなるんだ？　どうして、どこにいるのかまったくわからなくなるようなことがありうるんだ？

そして次の日は、何も問題がなかった。反動もなく。心配もなく。

けれども、徐々に回を重ねるごとに、別の忘却の症状が現れはじめた。五年前、とうとうマイケルは自分だけではどうにもできないと悟って、母を施設に入れた。

彼の母ファルコンリッジ侯爵夫人は――今は侯爵未亡人だが――私立の精神病院に入っている。

もしジェイムズ・ローズがそのことを知っていたら、こんなに早く合意書に署名しなかったのではないかと思う。だが、マイケルは事実を決して明かさなかった。馬車を使うときでさえ、御者には行き先だけを告げ、訪問の目的は隠したままだった。ロンドンでは、母は田舎の暮らしのほうが好きだということになっている。真の状況は、彼がひとりで背負わなければならない重荷だ。

そして、女に――その香りや柔らかさや熱に――われを失うことで、重荷を減らすのだ。

妻のことを考え、豊かな曲線が慰めを与えてくれると思った。昨夜、紗《しゃ》のネグリジェの下に見えた誘惑するような影を思い出す。魅惑的な肉体にどれほど唇をさまよわせたかったか……。

みだらなイメージに体がこわばり、マイケルは低くうめき声をあげたが、今日は、今夜は、満たされぬままでいるつもりだった。彼女の愛情が手に入るまで、この悪魔と闘う別の方法を見つけなければならない。

「止めろ！」宝石店の前を通ったとき、マイケルは馬丁に叫んだ。

馬車が揺れて止まるやいなや、扉を開けて飛び出した。「ここで待っていろ、すぐに戻る」

確かな足取りで騒がしい群集の中を抜け、宝石店の前へと戻る。愛人へのたくさんの贈り物をここで購入していた。選んだものを愛人は本当に気に入っていたのだろうか、それとも気に入ったふりをしていただけだろうかと、マイケルは初めて思った。愛人は光り輝くものが好みだったらしい。愛人のために買ったものはどれも、妻が身につけるところは想像できなかった。妻の好みはもっとほのかな輝きだろう。というか、少なくとも彼はそうあってほしいと思っている。もし間違っていたら、贈り物はまったく逆効果になってしまう。それでも、マイケルは扉を開けて、大またで店に入っていった。

「こんにちは、侯爵。ようこそいらっしゃいました」

勘定が支払われたからなのは間違いない。マイケルは店主のパターソンにうなずいてみせた。「ごきげんよう」

「結婚なさったばかりとうかがいました。おめでとうございます」

「ありがとう」おめでとうというのは、まったく適切ではないが。むしろお悔やみのほうがふさわしい。

「奥さまに何かちょっとしたものがお入り用で？　侯爵夫人のお首元にふさわしい品がいくつかございます」

マイケルはケイトの喉元を飾るネックレスを想像した。後ろからそれを留め、うなじに唇を押し当て、耳の下の柔らかい部分にキスをし、彼女の香りを吸い込み……そうだ、ネックレスはすばらしい効果をもたらすかもしれない。

パターソンはダイヤモンドやエメラルドやサファイアで輝くネックレスをいくつか見せたが、マイケルは妻の好きな色がわからなかった。それなのに、いったいどうやって宝石の好みがわかるというんだ？　愛人はどんなつまらないものでも感謝したが、妻はそれほど簡単には喜ばないような気がする。結婚した日にケイトが真珠をつけていたことを思い出した。真珠。白。それが彼女の好きな色なのか？　ダイヤモンドは見たところ白に一番近いが……それともシルバーか。やはり真珠がいいか。それともカメオか。

「奥さまのお気に召すようなものが何かございますか？」

「実は、買うためにここに来たんじゃないんだ」マイケルは右の手袋をとり、小指につけていた指輪をはずして、それをカウンターに置いた。「この指輪をいくらで買い取ってくれるかな？　父のものだったんだ」

パターソンはその依頼に驚いたとしても、驚きをうまく隠した。身を乗り出して、低い声で言った。「侯爵、あなたさまのつけはすべて支払われております」

「それはよくわかっているが、ある個人的なもののために金が必要なんだ」

パターソンの眉がわずかばかり上がった。「ああ、はい。すっかり理解いたしました」

マイケルは、それは怪しいと思った。店主が愛人のために金を必要としていると考えたのは、まず間違いない。

「奥の部屋にお越しいただけますか、侯爵？　ちょっとした個人的な控えめな取引のために」

指輪を取り上げたパターソンのあとについて、マイケルは奥の部屋に入った。パターソンはテーブルにつき、拡大鏡を目に当てて、指輪を検分した。「すばらしい職人技だ」彼はつぶやいた。「しかしそれでも、何ポンドかしかお支払いできません」そう言って指輪を置いた。「あなたさまにとってはずっとそれ以上の価値があるものに違いありません」

そのとおりだ。十倍も百倍も価値がある。

「きみが払ってくれるだけでいいよ」

そこでパターソンは明らかに驚いたようだ。「お望みのままに、侯爵」

マイケルは金持ちになったような気分で店から出た。額は少ないけれど、自分自身のもの、身を切られるような思いをして手に入れたものだ。すばらしい使い方をしなければ。彼は馬車に乗った。「最初に見つけた菓子店で止めてくれ」

「はい、かしこまりました」

馬丁は二頭の馬を先へとせきたてた。マイケルは満足げに座席にもたれかかった。最初に買うのは、今夜おやすみを言うときに妻に贈るチョコレートだ。チョコレートはさまざまな色があるわけではないから、間違いを犯すことはない。大きな箱を買えば――。

「いや、待て！　ここで止めろ！」

馬車が完全に止まりきらないうちに、マイケルは飛び出した。そして大またで仕立屋に入っていった。カウンターの向こうの女性がにっこりした。「いらっしゃいませ」

「こんにちは。妻のためにドレスを買いたいと思っているんだが、彼女はありふれた女性ではないから、ありふれていないものが欲しいんだ」妻は普通の色を喜ぶような女性ではないと思い、勝ち誇った気分で微笑んだ。いや、妻はぼくが決して正しい色を当てられないとわかっていて挑戦をしかけてきたのだ。だが、女性が好きなさまざまな色を知る人間がいるとしたら、それは仕立屋だろう。「手に入る生地の色をすべて一覧にしてもらえるかな?」

7

寝室の長椅子に座って、ケイトはこれまで見た中で一番大きなチョコレートの箱を開けた。エメラルドグリーンの絹のガウンを着て、おやすみを言いに来た夫が、このびっくりするような極上のチョコレートを持ってきたのだ。

「なんと言ったらいいかわからないわ」ケイトは彼を見上げて言った。

「わかっていると思うけど、それを買うのにきみの金は使わなかったからね。困ったときのための金が少しあったし、ひどい困難のど真ん中にいるように感じたから、使うのは適切な気がしたんだ」

「あなたが不機嫌だと、贈り物をもらった喜びが半減してしまうのはわかっているでしょ」

深いため息をつき、ベッドの支柱を握るのを見て、彼があがいていることがケイトにはわかった。とうとうファルコンリッジはこちらを見た。微笑《ほほえ》もうと努力しているのだ、と彼女は思った。

だが微笑む代わりに、ファルコンリッジは怒ったような声をあげた。「プラム」

ケイトは彼をまじまじと見た。おなかがすいているのかしら？「プラム？」

「色だ。明らかに違うな。じゃあ、おやすみ」

彼が大またで部屋から出て、そのあと扉をぴしゃりと閉めるのを、ケイトはあっけにとられてぼんやり見つめていた。こらえきれなかった。笑い声をあげてしまい、体をふたつに折って声を抑えようとした。わたしの心を手に入れるためには、ただ色を当てればいいと本当に信じているのだろうか？

視線がチョコレートの箱に落ち、そのとたん面白がる気持ちは消えうせた。色を当てて、チョコレートを贈る。ああ、彼は努力している。わたしがそうするように仕向けたのだ。わたしの歓心を買おうとするなんて、本当は期待していなかった。ただお金に満足するだけだろうと思っていた。男性がどれほどベッドに行きたがるかということをなぜ忘れていたのかしら？

そして彼は明らかに、どうしようもなく、ひどく望んでいる。

ケイトは本を開いて、この午後届いたばかりの手紙を取り出した。結婚して初めてもらった、ファルコンリッジ侯爵夫人宛《あて》の正式な手紙だ。その中身が今、はっきり意味をなしたと思いながら、手紙を開いてもう一度読んだ。

拝啓
お手紙を差し上げる無礼をどうぞお許しください。しかしながら、侯爵が本日午後わたくしどもの店にお越しになり、父上の指輪をほんの数ポンドと交換なさったことには関心をお持ちになるのではないかと存じました。その指輪にはずいぶん心情的な価値があるとお見受けいたします。四十八時間、わたくしどもの店にお預かりしておきます。奥さまがお買いになりたいのではございませんか？　ご指示をお待ちいたしております。

敬具

奥さまの忠実な僕《しもべ》、トーマス・パターソン

確かに、その手紙には関心を持った。ファルコンリッジはどうしてお父さまの指輪を売る羽目になったのだろう？　わたしにチョコレートを買うため？

なんてばかばかしいの。

なんて感動的なの。

借金を払うためには売らなかったのに、わたしのためには売った。というか、少なくとも、わたしはそう思っている。もしかすると違うのかもしれない。彼は何か別のものに使ったのかもしれない、自分のお金を使ったと言わなかったとしても。

彼女は長椅子から立ち上がって書き物机のところに行き、椅子を引き出して座った。新しいイニシャルのモノグラムのついた便箋《びんせん》――ジェニーからの贈り物――を取り出し、インク入れにペン先をつけてから紙に走らせた。

親愛なるお姉さま

ご存じのとおり、夫とわたしは明日、先祖代々の領地に発《た》ちます。ロンドンでまだすませていない用事があるのですが、出発前には機会がありません。そこで、お姉さまにお願いしなければなりません。ある宝石商に会いに行っていただきたいのです。彼の手紙を同封しておきます。どうぞ、彼が言うところの心情的な価値がある指輪を購入して、わたしがロンドンに戻るまで持っていてください。この秘密をふたりだけのものにしておいてくださると信じていますが、それほど価値のあるものを夫が少額で手放さなければならなかったのはなぜなのか、想像もできません。ファルコンリッジには、単にお金が欲しいという以上の何かがあると考えずにはいられません。一緒に旅をして、お互いをもう少しよく知る機会が持てるのが本当に楽しみです。

心をこめて
ケイト

馬車の中で、ケイトは腹を立てていた。ひとりで。まったくのひとりぼっちで。まるで彼女が恥ずべき存在であるかのように、礼儀正しく付き添う価値もない存在であるかのように。

よくばねのきいた乗り物だが、それでもあまりにも何度も、読書や刺繍《ししゅう》や、姉に宛《あ》てて落胆をつづるペンを止めなければならなかった。だから、過ぎゆく景色を窓から眺めながら、もっと早く通り過ぎたらいいのにと願うしかなくなった。彼女の夫は、よく知り合いたいと思っていた相手は、見事な黒いサラブレッドに乗って馬車に先んじている。

外がひどい土砂降りでなければ、ケイトもそれほど見捨てられたような気持ちにはならなかっただろう。ずっと前に、不吉な黒い雲がわき上がってゆっくり近づくのを見て、少なくともファルコンリッジが中に入らざるをえなくなると思って喜んでいた。だが中に入る代わりに、彼は肩にマントを巻きつけ、シルクハットをもっとつばの広い丈夫なものに取り替え、馬に乗りつづけている。

そばにいたくないほど、わたしを嫌っているの？

でも、チョコレートを持ってきてくれたのは……単にベッドに入るためのたくらみだったの？　わたしがお菓子に感謝して、喜んでベッドに招き入れると考えたの？

ふたりの距離が縮まらない限り、わたしが拒むのがわかっていないの？

ファルコンリッジがお金以上のものを求めているのはわかっている。彼は跡継ぎを求めている。昨夜再びわたしに拒絶されたあと、急いで手に入れようとしないことに決めたのかもしれない。

一方、ケイトはとことん惨めだった。ひとりでいるのが耐えられないわけではない。読書もできないから本当に心底孤独だったのだ。本があれば、少なくとも人々とおしゃべりができる。たとえそれが他人の経験を追体験することであっても、たとえそれが誰かの想像の中だけに存在しているとしても。さあ、親指をくるくるまわすよりほかに何かできないかしら――それのどこが面白いの？

幼いころ、もじもじしているときに母から言われた言葉だった。〝集中して、親指をまわして〟

そのとき効果はなかったし、今も効果はない。

長く耐えがたい旅だ。少なくともお供の小間使いと話ができればよかったのだが、馬車には夫の世話係として雇った従者と、ものを積み降ろしするためのふたりの従僕がいるだけだ。母から、あまりたくさんの召使を持つものではないと教えられてきたし、既婚の紳士には普通、従者はいない。ケイトは夫の着付けをしたり、彼の衣類が整っているかどうか目を配ったりする役目を担うつもりはなかった。追加の使用人を雇ったから彼は怒っているのだろうか。それとも、昨夜歓迎しなかったから不機嫌だと示すために、ただ一緒に乗らないのだろうか。

もしファルコンリッジがわたしを完全に無視するつもりなら、考え直したほうがいい。ジェニーを連れてくるべきだったが、姉には出席したい舞踏会があり、誘惑したい公爵がいた。そう、社交シーズンが終わる前にジェニーはきっと公爵をつかまえるだろう。

ジェニーが誰かにさらわれるまで、わたしは結婚を待つべきだったのかもしれない。そのあとで、少なくとも一緒に旅するのを喜んでくれる貴族を見つけられただろうに。けれども傷心のあまり、誰かの注意をひきつけようとすることすら考えなかった。誰にも注意を向けてほしくなかった。

今は向けてもらいたいのに、夫は冷たい雨の中いまいましい馬に乗っている。

日暮れが近づくにつれてケイトはますます不機嫌になっていき、一行は宿屋で止まった。この日は二度、休憩をとるためか馬を換えるためかで止まったが、どちらなのかケイトにはわからなかった。雨が激しく降りつづいていて、彼はずぶぬれだったので、食べ物の包みを窓から渡してくれただけだった。パンとチーズはおがくずのような味だった。ワインでさえそれをすんなりと飲み込む役には立たなかった。

馬車の扉が開いた。夫が帽子のつばから水をしたたらせて立っており、顔も雨だれで湿っていた。なぜ震えずにいられるのだろう？　ケイトが降りようとするより早く、彼は言った。「泊まる部屋を頼む前に、ここでの借金を清算しておくべきだろうな」

「ああ、そうね。おいくら？」彼女は小さなバッグに手を伸ばしながら聞いた。お気に入りのバッグで、アザラシの皮でできており、銀の縁取りが施してある。

額を告げる夫を、ケイトはじっと見つめた。「ずいぶんたくさん旅をしているのね」

「そうだ」

いつもと同様、彼は簡潔でとても社交的とは言えない。彼女はお金を手渡した。

「もし必要なら、トランクの中にもっとあるから」

「追いはぎに遭遇しないことを祈ろう」

「トランクを持っていったりはしないでしょう」

「価値のあるものがないか、中をちらっと見るぐらいはする」

「そのことはあとで話さない？　寒くてたまらないから」

「もちろんだ。申し訳ない。ネズビットが傘を持って待っている」ファルコンリッジが手袋をした手を差し出し、ケイトはそこに自分の手をすべり込ませた。外に出ると、新しく雇った従者がさっと傘をさしかけて彼女が雨にぬれないようにしたが、ほかは全員ずぶぬれだった。

中に入るとすぐに、ファルコンリッジが宿屋の主と話している間、ケイトは前室で勢いよく燃える炎の前に立った。ちらりと見えた食堂は、とても混《こ》んでいるようだ。ファルコンリッジが隣に戻ってくるまで数分かかった。

「われわれはついている。寝室二部屋と個室の食堂が使えるそうだ。ぼくとしては、夕食の前に体を乾かしたい。三十分後にしてもらえるか？」

「もっと常識を見せていれば、乾かす必要もなかったのに」

彼はまばたきした。「なんだって？」

すねた子供のような言い方になってしまったのが、いやだった。夫との旅をとても楽しみにしていたのが、そして馬と共に行くほうを選んだことで彼にがっかりさせられたのが、もっといやだった。ケイトはなんでもないというように手をひらひらさせた。「気にしないで。わたしもさっぱりしたいから」

ファルコンリッジはケイトを階段へと導き、彼女のあとから次の階までのぼっていった。そして扉を開けた。

「きみの部屋だ。ぼくは召使たちと話をしたあと、隣の部屋にいる。荷物はすぐに運ばせるから」

彼女をその場に残し、ファルコンリッジは別の手配をするために去った。ケイトは部屋に入り、二部屋分ほどもある大きな四柱式ベッドを見た。彼は今夜やって来るだろうか、何色だと言うだろうか、と思う。

もし彼が正解を言い当てたら、わたしはどうするだろう。

マイケルはとんでもなく惨めな有様で、服をさっさと脱ぎ捨てることもできなかった。炎の前に座り、毛布にくるまって、暖かさが骨までしみ込むのを待つ。雨の中、馬に乗っていたときと同じくらい惨めだったが、息がつまる馬車に閉じ込められるよりははるかにましだった。

「温かいものを召し上がる必要がありますね、だんなさま」ネズビットが言う。

マイケルはお茶のカップを見て顔をしかめたが、我慢してそれを飲むほどひどい状態だった。「ウイスキーだったらよかったのにな」

「では、お持ちしましょうか?」

「いや、妻に三十分と言ったんだ。暖まるのにこんなに長くかかるとは思わなかった」

「かなり長い間、外にいらしたんですから」

従者を持つことには慣れていない。かつては手助けしてもらうのを歓迎していたが、自分自身ですることにすっかり慣れてしまった。しかし妻は、彼のような立場の男は身のまわりの世話をする召使を持つべきだと言い張り、マイケルも反論しなかった。些細《ささい》なことすべてについて言い争っているように感じたからだ。そのことにひどくうんざりしはじめていた。

幸い彼女は、オブシジアンに余分のオート麦を与えることや、余分のブラシがけをすることを非難したりしなかった。あの去勢馬はいい馬で、真夜中の闇《やみ》のように黒い。黒。それは、女性が好むとは考えもしなかった色だ。陰気な妻の好みにまさにぴったりかもしれない。マイケルはにやりとした。

「気分がよくなられたんですね」

「確かに。さあ、夕食のための準備をしようじゃないか」

マイケルは記録的な早さで彼女の部屋の扉をたたいていた。夕食の始まる時間を口にしたときから、まさに三十分ちょうどだった。小間使いのクロエが扉を開けてお辞儀をした。

「奥さまは部屋で夕食を召し上がりたいそうです」

「具合がよくないのか？」

「わかりません、だんなさま」

「それなら、ぼくが話そう」

マイケルは、とりわけびくびくしている小間使いの前を通り過ぎた。きっと彼女は激しい雨が好きではないのだろう。妻が部屋の向こう端にある椅子に座って本を読んでいるのがわかった。

「気分がよくないのか？」彼が来たことにも気づいていないようなので、そう尋ねる。

「いいえ、ただここで食べたいだけ」

「ぼくたちのために個室の食堂を用意してくれたんだぞ。ぼくにひとりで食事させるつもりじゃないだろう？」

そのときようやくケイトが顔を上げ、彼はその目に浮かぶ傷心の色に驚いた。

「どうしていけないの？　あなたはわたしにひとりで旅をさせたわ」

彼はぱっと目を閉じた。一緒に旅をしなかったことで彼女が腹を立てるとは考えもしなかった。妻というのは愛人よりずっとはるかに面倒だ。マイケルは目を開けた。

「申し訳なかった。いつも馬車には乗らないんだ。馬で行くほうが好みだから」

「雨の中でも？」

「雨の中でもだ」

「ひどい風邪をひいてしまうかもしれないわ」

「ああ、そういうこともあった」

不思議なことに、彼女の傷心が心配の色に変わるのがわかった。「それで、気分がよくないの？」

「気分はいいが、きみが夕食を一緒にとってくれたらもっと気分がよくなる」

ケイトは首を振った。「わたしと一緒だとあまり楽しくないと思うわ。わたしはひとりでもいいの、ひどくつき合いにくい気分だから」

「ここにいるほうが階下《した》にいるより寂しいと思うが」

「どうして気にするの？　わたしたちは本当の意味の会話すらしたことがないのに」

「会話がなくても、ぼくは感謝している……一緒に来てくれたことに」ああ、彼女はわれを失って窓の外を見つめているようだ、母上と同じ施設に入っている人たちのように。こんなふうにして始まるのか？　あまりにも深い悲しみで、心が空想の世界に逃避するのか？

「ごめんなさい、無言の連れではわたしにとって十分じゃないの」

彼女の前にひざまずいて、その手をとり、慰めたかった。だが、マイケルはただこう言った。「お望みのままに。食事を運ばせよう。そして朝になったら会おう」

マイケルは扉に向かって歩いていき、ベッドのそばで立ち止まった。肩越しにちらりと見て、なぜかわからないが、彼女がこちらを見ていることに楽しくなった。

「黒曜石《オブシジアン》の色？」

妻が顔をそむけて首を振る前に、偽りのない微笑のかけらが見えた。部屋を出たとき、マイケルは満足感に満ちていた。

8

妻は朝食も自分の部屋でとった。頑固な小娘だ。マイケルはかろうじて眠ったが、彼女のことが心配だった。傷つけるつもりはまるでなかった。単に彼女の求めているものが、ぼくが与え方を知らないものだというだけだ。

手袋をぐいっと引っ張って、彼は妻を馬車に乗せるために時間内に宿屋を出た。少なくとも出発を遅らせたりはしないだろう。

雨はやんだが、空は灰色で、湿気がまだ大気にも地面にもまとわりついている。マイケルは、馬丁が準備の整ったオブシジアンを連れて立っているところまで歩いていった。旅をするときは必ず馬丁と信頼できる馬をともなっている。

近づくと、オブシジアンがいないた。去勢馬を失望させることになるのがわかっているので後悔の痛みを感じたが、妻を失望させるよりはましだ。サラブレッドのなめらかな首を軽くたたいてリンゴを与えると、馬は急いでむしゃむしゃ食べた。

「鞍《くら》をはずしてくれ、アンドルー、それから馬車につないで。今日は侯爵夫人と一緒に馬車に乗っていく」

　馬丁がなんとか苦労して表情を抑えたので、驚いたようには見えなかった。主人が決して馬車に乗らないことはもちろん知っているから、びっくりするに違いないと思っていたのだが。

「お望みのままに、だんなさま」

　本当は彼のお望みではなく、妻のお望みなのだ。マイケルは馬をもう一度ぽんぽんとたたいた。「またあとでな、おまえ。明日、丘の向こうまで遠乗りに行こう」

　彼は大またで一台目の馬車へと歩いていった。慣例に従って前日と同じようにするのだろうと思い込んでいた新入りの従僕は、扉を開けるのに手間取った。マイケルは帽子を脱ぎ、中に乗り込むと、明らかにびっくりしている妻の向かい側に座った。彼女が驚いたので、ほんの少し満足を覚えた。

「さあ、奥さま。どうなさいますか？」

　妻は、まるで何でできているかわからないとでもいうように、マイケルをじっと見つめた。彼女を非難するつもりはない。彼自身、自分の行動をほとんど認識していなかった。自分が好きなことをするのに慣れていて、何よりも自分の喜びを追い求めるのだ。彼女の気まぐれな思いつきにこれほどたやすく屈服したのに気づいて、マイケルは当惑した。

「あなたにはみずから望んでここにいてもらいたいの」ケイトは罰を与えるような口調で、はっきりと言った。

「女というのは悪賢くて、理解しがたいな。きみはぼくにここにいてもらいたいと言ったし、ぼくはきみを喜ばせたい。だからこそ、ここにいるんだ」

「でも、もし選ぶことができたら?」

「馬で行く」

「わたしより馬を選んでいただいてもまったく問題ないわ」

「ええい、くそっ! ぼくはきみより動物を選んではいない。馬車より馬を選んだんだ」欲求不満を惨めにさらけ出してしまい、マイケルはため息をついた。彼女に対して痛烈に腹を立てる瀬戸際にいた。「言い争いたくない。きみがぼくに、いまいましい馬車にいてほしいと言った。だから今、ぼくはいまいましい馬車にいる。それを楽しみたまえ」

「そんなに不機嫌じゃ、とても無理だわ」

マイケルがひどい言葉で逆襲する前に、馬車が急に前方に傾いた。彼は目を閉じて一瞬歯をくいしばった。すぐに馬車を止め、ここから出て、外にいられたら。壁や床や天井を見ていると、馬車が迫ってくるようだ。それらのものが目に入らないように、別の何かに集中できれば……。

開けた目を細くして妻を見る。見えるのが彼女だけになるまで、視界が彼女でいっぱいになるまで。赤い髪はピンで留められ、その上にのせた灰色の帽子には赤いベルベットの縁取りが施されている。同じように赤い縁取りがある灰色の旅行用ドレスとよく合っている。灰色の子山羊革《キッド》の手袋に、灰色の上靴。視線が真珠のボタンの列をたどり、マイケルはそれをはずして今隠れている宝物を明らかにするところを想像した。

正確な形や手ざわりや、服の下にある色合いを知ることなく、いつまで耐えなければならないのだろう。彼女の外見に気に入らないところはないし、母と話をしているときはケイトの髪の色合いなど好みではないと思ったが、それがほどけて顔のまわりや肩に流れ落ちるのを見たいという気持ちに信じられないくらいかりたてられている。つややかな髪に顔をうずめ、鼻腔を甘い香りで満たしたい。髪なら簡単に気持ちをそらせる。馬車に閉じ込められても――。

マイケルは窓から身を乗り出して叫んだ。「馬車を止めろ！」

「どうしたの？」ケイトが明らかに心配して尋ねたが、彼女を安心させている暇などなかった。すでに汗をかき、胸は痛いほど締めつけられ――。

馬車が完全に止まる前に、マイケルは飛び出した。ぬかるみに降りてすべったが、なんとかバランスを保った。大きく空気を吸い込み、乗り物からさらに離れ、額に浮かんだ玉の汗をぬぐう。いまいましいやつを止めるのは簡単だし、飛び出すのも簡単だ。罠《わな》なんかじゃない。逃げられないわけじゃない。ただ――。

女性の金切り声が聞こえた。くるりと振り返ると、妻が地面に大の字になっており、ネズビットとアンドルーと従僕が急いで駆け寄るのがわかった。どういうわけか、奇妙なことだが、マイケルが一番先に着き、ケイトのそばにしゃがみ込んだ。

「ああ、きみはいったいどうしたんだ？」彼女の手をとって肘に手を添え、上半身を起こして座らせながら尋ねる。

「あなたが馬車から飛び降りたから、大丈夫かどうか確かめたかったのよ」ケイトは言った。

誓いを交わして以来、これほどそばに近づいたことはなかった。彼女はラズベリーの匂《にお》いがする。ラズベリーの香りがする女性には今まで会ったことがなかった。朝食にかじったのだろうか。彼女の唇はわずかに開き、眉は寄せられ、頬はほとんど髪と同じくらい赤く燃えている。マイケルは、手袋をはずして鮮やかな色をした頬に触れたかった。髪をさぐって、留めているピンを抜き取りたかった。彼女はぬかるみに座っている。もっと乱れた姿がいい。思考は危険な領域にさまよい出している。どうしても触れたいが、こんな公の、召使たちの前では、彼女がそれを歓迎するとはとても思えない。

「ぼくが大丈夫でないかもしれないだと？」マイケルはぴしゃりと言った。彼女の予想できない行動にいらいらするのと同じくらい、ひどく手に入れたいと思っているのに拒まれて欲求不満におちいっていた。

「失礼だけど、あなたは具合が悪くなりそうだったわ」

思いがけなく彼女が肩を強く押したので、マイケルはバランスを失った。ほんの少し前に慎重に避けたはずのぬかるみに、はまり込んでしまった。

「やれやれ、すばらしくすてきじゃないか」彼は歯ぎしりした。

そして、ケイトは声をあげて笑った。マイケルがこれまで聞いた中で、最高に美しく楽しげな声だった。生き生きした笑顔に瞳が輝いている。彼女が両手で口を覆うと、マイケルはそんなことはしないでほしいと頼みたくなった。これほど幸せな光景を取り上げないでほしいと思った。この前いつこんな楽しい声を聞いたか思い出せない。滑稽《こっけい》な動作に彼女がもっと笑ってくれるのなら、それを見るためだけに立ち上がってもう一度尻もちをつきたいくらいだ。

「きみは面白がっているようだが、奥さん、旅はまだ何時間も続くし、その間泥だらけでいなければならないんだけど？」

首を振り、彼女は体を前に倒して上げた膝に額を押しつけ、陽気に肩を震わせた。

「ごめんなさい」笑いの合間に言ったが、まったく申し訳なさそうには聞こえなかった。「ただ……」

ケイトが見上げたとき、その頬を涙が転がり落ちた。「あなたはとても動転しているように見えたわ。おかしいって認めなくちゃ。つまり、わたしたちは道の脇《わき》でぬかるみにはまっていて……」泥にまみれた手袋の端で涙をぬぐったので、顔に泥が塗りつけられ——。

「自分で汚くしているぞ」マイケルはそう言うと、手を伸ばして彼女の顔を拭《ふ》いたが、もっとひどくなっただけだった。自分の手を見て、同じように泥だらけなのに気づく。くそっ！

ケイトは深く息を吸ってため息をつき、忍び笑いをもうひとつもらしてから、咳払《せきばら》いをした。「このあたりに着替えができる村があるわよね。もしくは宿屋に戻るか——」

「それで、このひどい有様をどう説明するんだ？」

「あなたは貴族なのよ。何も説明する必要はないわ」

彼女以外には。必要な金を出しつづけてもらうために、この先どんないまいましいことも説明しなければならないのだ。もし結婚が完全なものになる前に母のことを話したら、彼女は結婚式の夜に気軽に婚姻無効を主張したことにぎょっとするだろうか？

マイケルはやって来た道を振り返った。馬車の中で彼女に注意を向けたところ、自分で思っていたよりずっと気がまぎれた。すでにかなりの距離を旅してきたようだし、正直戻りたいとは思わない。「この先さほど遠くないところに村がある」とマイケルは言った。「そこに向かって進もう」

「しばらく歩かない？」彼女が提案する。「もう少し乾くまで」

「まだどれだけ旅をしなければならないかわかっているのか？」

「さあ、はっきりとは。でも三十分ぐらいなら、それほど違いはないでしょう？」


結局、ファルコンリッジの従者とケイトの小間使いが毛布を持ってきて、できる限り泥を取り去る努力をした。ケイトは、トランクの中に手早く着替えられるものがないか探すように言おうかと考えたが、道沿いの並木の陰にすべり込んでも服を着替えるところはうまく隠せないと思った。それに、ほかの服にも泥をつけるだけになるのは間違いない。

彼女とファルコンリッジは、踏みつけられる危険を避けるために、最後の馬車の後ろを歩いていった。道のこのあたりはもうぬかるんでいない。彼女の夫が止めろと叫んだとき、止まるのには最悪の場所を進んでいただけだ。だから、この災難の責任はファルコンリッジにあるのかもしれない。

ぬかるみに着地したときファルコンリッジの顔に驚きの色が浮かんでいたのを見て、どれほど心がざわめいたか、ケイトはいまだに信じられなかった。一瞬、彼は本当に面白がっているように見えたし、笑いだすかもしれないと思った。彼の笑い声はどんなふうなのだろうと考えずにはいられない。ひきつけられるような深みのある響きのはずだ。

「さっきはどうしてあんなに急いで馬車から飛び出したの?」ケイトは穏やかに尋ねた。「まるでわたしから逃げようとしているみたいだったわ」

彼の顎が引きしまり、目が細くなる。明らかに詮索《せんさく》されるのをいやがっているけれど、お互いに尋ねなければ、どうやってお互いのことを知ったらいいの? わたしは観察することしかできないし、彼には歴史が、彼を今のような人間に作り上げた過去がある。冷淡ではないけれど、わたしが望んでいるよりずっとよそよそしい。ある意味、わたしは質問することで橋をかけようとしているのかもしれない。

「きみから逃げようとしたんじゃない」とうとうファルコンリッジは言った。まるでそのひと言を魂の奥深くから押し出したような声だった。

「じゃあ何から?」彼女が聞く。

「きみたいに詮索好きな女性には会ったことがない気がする」

「ただの質問よ。詮索だなんて思わないで。あなたに興味があるのだと思ってほしいわ。わたしは理解しようと——」

「理解することなど何もない。知らなければならないというなら、ぼくは馬車に閉じ込められて旅をするのが好きではないということだ」

「あれは好きではないという以上の——」

彼はくるりと振り向いてケイトをにらんだ。「閉じ込められるのは我慢できないんだ。これ以上はっきりした説明はない」

「それが昨日馬に乗っていた理由ね」

「そうだ」

「どうして昨夜《ゆうべ》、ちゃんと説明してくれなかったのか——」

「閉じ込められると我慢できないというのは、特に自慢できることじゃない」

「そうだけど、もし何か言ってくれてたら、今わたしたちは泥にまみれてはいなかったでしょう」

ファルコンリッジの目つきはいらいらした様子から、激しい驚きに満ちたものに変わった。「それに、きみの笑い声も聞けなかっただろう。とても魅力的だったよ」

彼はまるでケイトを抱き寄せたがっているように、めちゃめちゃにキスしたがっているように、彼女の笑い声を魂に刻みたがっているように見えた。

「あなたは笑ったことがあるの？」ケイトは聞いた。自分の思いにせめたてられているようで居心地が悪い。

そこに答えがあるとでもいうように、ファルコンリッジは空を見上げた。「この前はいつだったのか思い出せないな。恥ずべきことだ」彼女に注意を戻す。「ぬかるみに座っていて、どうして笑ったんだ?」

「ただおかしさがこみ上げてきて――立派な侯爵と侯爵夫人がぬかるみで転がっていて――」

「転がってなんかいない」

「でも、転がったら楽しかったかもしれないわ」

「そうかもしれない、とりわけ服に邪魔されていなければ」彼の瞳が黒ずむ。とても無邪気な提案を、どうして肉体的な快楽の話に変えてしまうのだろう、とケイトは思った。

ぬかるみで裸で浮かれ騒ぐふたりのイメージをなんとか追い払おうと、彼女は頭を振った。体全体で何度もすべり――。

咳払いをして、会話を軌道に戻そうとする。「実際に泥のことを笑ったのかどうかはわからないわ。ただわたしは笑う必要があった、教会に足を踏み入れたときからずっと募っていた緊張を解き放つ必要があったんだと思うの」

「緊張を解くもっといい方法を知っているよ。今夜それを分かち合うこともできる」

激しい情熱が突然、彼の目に輝く。面白い話をしようと言っているわけではないのだ。

「それはあとにしましょう」急に自分自身の熱を感じて、彼女は言った。

予期せぬ欲望を置き去りにするために、ケイトは歩調を速めて歩きだした。

「ぼくの提案を非難しているようだな」ファルコンリッジは長い脚でたやすく追いついた。

「正直言って、その点ではすぐには先に進まないと思うわ」

「突然バートラム卿《きょう》に変身しない限りはというわけだ。ぼくは常々、彼は驚いた魚に似ていると思っていた」

そのイメージにケイトは吹き出してしまい、そのあと彼をにらみつけた。「ひどいこと言わないで」

「それほどバートラム卿に夢中なら、どうして彼と結婚しなかった?」

「彼は申し込んでくれなかったのよ」それにバートラム卿は子爵だし、母は娘のどちらにも侯爵より上の身分の相手しか許さなかった。

「バートラム卿と結婚したかったのか?」

「求婚者としては、まず考えられなかったわ」

「きみはあまり舞踏会には出ていなかったな」

ケイトは夫をじっと見た。「気がついていたの？」

「もちろん。言うなれば、のぼせ上がっていたからな」

「もう、からかっているのね、ひどい人」

謝るだろうとケイトは思ったが、彼は穏やかに言った。「確かに気がついていた」

よく考えてみると、気づいていることを自分自身が認識していなかったばかりでなく、今それがわかって驚いたようだ。

ファルコンリッジはまるで複雑な数学の問題を解こうとするかのように、ケイトをじろりと見た。「きみは姉上のような社交界の蝶《ちょう》じゃない」

「きれいでもないし、人気者でもない」

彼の眉間にしわが寄り、痛みを感じているように見えた。「人気があるかどうかについては知らないが、きみは姉上と同じくらい魅力的だ」

ケイトは視線をそらした。隠しだてするとか、なれなれしくするつもりではなく、こう言わずにはいられなかったからだ。「あなたはただ親切にしているだけなのよね」

「親切にするというのが普段のぼくの行動にないのを忘れているんじゃないか？」

ケイトは彼をじっと見た。どうして親切でないように見せようとするのだろう？すげなく拒絶されたことがあるのだろうか？　ふたりの間の距離を保てば、失望する機会が少なくてすむからだろうか？

「お母さまは領地にお住まいなの？」彼女は尋ねた。

「いや」

簡潔すぎる答えに、ケイトは怒りの声をなんとか抑えた。「どこにお住まいなの？」

「ロンドンのはずれだ」

「お母さまはロンドンにはいらっしゃらないと、母に言っていたわよね」

「ロンドンにはいない。はずれにいる」

「大きな違いじゃないでしょ」

「だが、違ってはいる」

「発《た》つ前にお訪ねしなくてよかったのかしら？」

「母は孤独を好むから」

「ご病気のせいで？」

「きみは乗馬はする？」まるでその問いが思いがけなく頭に浮かんだかのように、ファルコンリッジは唐突に聞いた。痛みを感じる話題だから、母親の話はしたくないのだと、ケイトは思った。彼を責めるつもりもなかったし、その話題を強引に進めようともしなかった。ただ病に苦しむ親を持つのがどんなに辛《つら》いか想像することはできた。

「実のところ、するのよ」

「領地には気性の穏やかな雌馬がいる。好きになるんじゃないかな」

「どうやって馬を手放さずにいることができたの?」

「さらに借金をしてさ。どうしても手放せないもの以外はすべて売り払った」

「あなたが動物に対して感傷的になる人だとは思いもよらなかったわ」

「感傷はぼくの決断には関係ない。最善のものを残したんだ。馬はぼくをひとつの場所から別の場所へと運ぶ手段を提供してくれる」

だがケイトは、昨夜彼が馬に特別気を配っていたことを知っていた。それに、愛情をこめてなでるところや、話しかけるところも目にしている。どうして、あえて気にかけていないそぶりをするのだろう?

「あなたの領地のことを話して」彼女は言った。

「もうすぐ目にするんだから、それで十分だろう」

「あなた自身のことも、あなたの領地のことも、芸術についても話したくないのなら、いったい何を話せばいいの? 退屈なお天気の話?」

「むしろきみのことを話したい」

彼の話題の選択に、ひどく喜んだり満足を感じたりするべきではなかった。

なぜなら次の瞬間、彼は驚くほどハンサムで魅力的な笑みを投げかけて、こう言ったのだ。「きみの好きな色は?」

ケイトは我慢できなかった。笑い声がほとばしり出た。さっさと答えて終わりにすべきなのかもしれない。それについて好奇心が満たされない限り、彼がほかのものに興味を持たないのは明らかなのだから。そしてケイトは、彼がここまで徹底的に興味を示していることを喜んでいた。

だが結局、物事を楽にしてはあげないことに決めた。この追いかけっこは楽しいし、彼は見せかけようとしているよりずっと追いかけっこがうまいのではないかと、ケイトは思いはじめていたからだった。

9

「〈レイバーン〉にようこそ」

ついに到着したころには暗くなりかけていた。偶然でくわした最初の村の、最初に目にした宿屋で着替えができて、ケイトは感謝していた。ケイトは慈悲深くも、ファルコンリッジは馬で行くほうがいいだろうと認めたが、彼はそうする代わりに一緒に馬車で旅するほうを選んだ。その決心が、彼女を喜ばせるためであっても彼自身のためであっても、問題ではなかった。ケイトは馬車での時間を、家族のことや幼いころのことを彼に教えるのに使った。物語を話す才能があるのはわかっている。ずいぶん多くの時間を読書に費やしたから、自然にその能力が伸びたのは間違いなかった。実際、彼はジェニーやジェレミーのいたずらの話に興味を持ったようだし、たぶん言葉に集中することで、もう馬車を飛び出さなければならないとは感じなくなったのだろう。

やはり夫はとても複雑だ。

「イギリス人が家に名前をつけるのはどうしてなのかしら?」影が不吉な闇《やみ》を描いて

いるときではなく、まだ明るさが残っている時間に着けたらよかったのにと思いながら、彼女は今、丸石の敷きつめられた邸内の車道に立って尋ねた。張り出し燭台《しょくだい》があるべき車道の両側と階段の上には、中世の家のように松明《たいまつ》がともされている。

「たくさん家がありすぎるからだ。きちんとしておくには、ほかに方法がないだろう?」

ケイトは夫をちらりと見た。「わたしが言いたかったのは、レイバーンが誰か知っているのかってことなんだけれど?」

「建築業者だ」彼は眉を弓なりにした。「そして、初代侯爵夫人の愛人だと思う。もし言い伝えを信じるならば」

彼は信じているという声音だし、それにロマンチックに考えているように思えて、ケイトはこう言わざるをえない気持ちになった。「既婚者が愛人を持つのを大目に見たりはできないわ。もしそんなことをしたら、あなたが使えるお金を大幅に減らすと言っておきますから」

重い沈黙がふたりの間に広がる。

「肉体的に危害を加えると脅しているのか?」彼はかなり満足そうに、ほとんど挑戦するように言った。

「愛人を持った場合の、わたしの立場を明確にしただけ」ほかの女性のことを考えただけで、予想もしなかった嫉妬《しっと》に襲われるのがいやだった。ケイトはため息をついた。

「それを事細かに論じて、せっかく楽しかった午後を台無しにするのはやめましょう。それに、あなたの家を見たくてたまらないの」

「この怪物が家と呼べるかどうかは疑問だがな。その言葉は、もっと趣のあるものを想像させる。この薄暗がりの中ではわかりにくいが、庭は荒れ放題だ」

「あら、わたしはジャングルに似せてデザインしたのかと思ったわ」

ファルコンリッジは忍び笑いをもらした。「不幸な状況をできるだけよく考えようとしているのか？」

「もちろん。全部が荒れ放題のはずないもの」

「残念ながら、ほとんどは荒れ放題なんだ。この家を訪ねてくる人間はいないし、ここでは見た目を取り繕う必要はない。使用人は限られていてきちんと世話ができないから、家の大部分は閉めきって使っていない。維持にかかる支出がかからなくてすむように」

「これから何もかも変えていきましょう」

「それできみが喜ぶなら」ファルコンリッジは腕を差し出した。「きみを新しい家に迎えさせていただいてよろしいかな」

彼女を連れて石の階段をのぼる。扉を開ける従僕はいない。すべてきちんとしているかどうか侯爵が確かめるまで待っていろと命じられたかのように、召使たちは馬車のところでぐずぐずしていた。

彼が扉を開けると、ケイトは大きな入り口のアーチの向こうでちらちらする影に目をひかれた。優雅なシャンデリアにともる蠟燭《ろうそく》が入り口に薄明かりを投げかけている中へと導かれる。

ロンドンじゅうのさまざまな建物で電灯が使われだしてから、十年はたっている。田舎の領地に私設の発電装置を取り入れた貴族の話も聞いたことがある。それは多額の費用がかかるだろうが、夫は文明の利器を享受できる立場にあるのではないかとケイトは思った。蠟燭での生活になりそうなことにがっかりしたのは事実だ。

「ここには電気もガス灯もないと推測すべきなのかしら？」彼女は聞いた。

「残念ながら、きみの推測は正しい」

「さっきからあなたが〝残念ながら〟という言葉を使っているような気がするのも正しいのかしら？」

ファルコンリッジはにやりとした。いつもの誘惑するような笑顔ではなく、もっと心地のよい笑顔だった。「残念ながら」

ふたりの視線が合い、ケイトは、ひと目見ただけで宮殿としか言いようのないこの場所に彼がふさわしいとわかった。巨大な洞穴のようだが、申し分のない職人の技を見せている。壁は大きな絵画のようで、巨匠の手になるものに見える。磁器と金と銀の小立像や小像が美しい姿で客を歓迎する。明らかに、かつてこの一族は、彼女の家に匹敵するほどの富を所有していたのだ。それほどの高みから落ちるのは、おそろしく困難なことだったに違いない。

玄関広間から軽い足音が近づいてくるのが聞こえ、まるで初代侯爵に仕えるような外見の男性が現れた。

「だんなさま」

「レディ・ファルコンリッジ、グレシャムを紹介しよう。彼はずっとこの領地の執事を務めている」夫は言った。

その外見からすると前世紀からなのね、とケイトは思った。

グレシャムはお辞儀をした。「奥さま、お仕えできて光栄でございます」

「ありがとう、グレシャム。ここに来られてとても嬉《うれ》しいわ」

「もしよろしければ、働いている者たちを集めてご紹介いたします。そのあと、夕食の準備が整っているかどうか確認いたしますが」

ケイトはうなずいた。「それで結構です」

使用人は六人だけで、紹介にはそれほど時間はかからなかった。そのあと、ファルコンリッジがケイトに主な部屋を見せてまわろうと提案した。新しくやって来た召使は自分たちの荷物を運んで部屋を整えている。

ファルコンリッジは大広間に彼女を連れていった。羽目板張りの壁と天井の間に手の込んだ繰形《くりがた》が配された大きな部屋だった。

「この部屋は一五八〇年からほとんど変わっていない」ファルコンリッジは言った。

「職人の技がすばらしいわ」ケイトは部屋を歩きまわって入り組んだ細部を鑑賞し、感銘を受けずにはいられなかった。誰かがこの優れた技術にほれ込んだのだ。彼女は肩越しにファルコンリッジを見た。「これはレイバーンの作品？」

「確かに」

「この建物に注いだ努力は、彼から初代侯爵夫人への贈り物だったのね」彼女は静かに思いをめぐらした。

「彼の影響は無視できないな」

「きっと侯爵夫人のことがよくわかっていて、自分が作ったもので彼女を喜ばせられると確信していたのね」

「彼女の好きな色もわかっていたんだろう」

ケイトは微笑《ほほえ》んだ。「そうだと思うわ」

ふたりは、大きな食堂や王族が訪ねてきたときに使う格式ばった食堂ではなく、小さな食堂で食事をした。たった六人がけのテーブルの置かれた小さな部屋は、より親密度が増す。ケイトは一方の端に、夫は反対側に座ったが、ロンドンにいるときより離れてはいなかった。

ケイトは焼いた鶏肉にナイフを入れた。「ここにあるのはあなたの一族の肖像画ね」

ファルコンリッジはグラスを持ち上げて、ワインを少し飲んだ。「暖炉の上にあるのが初代侯爵夫人で、結婚後間もなく描かれたものだ」

ケイトは金髪の女性をしげしげと見た。「かなり若そうね」

「家族の記録を記した大型聖書を調べてみなければならないが、十五歳ぐらいだと思う」

「やっと子供ではなくなったころだわ」

「ぼくの上にかかっているのが初代侯爵で、彼の肖像画も結婚後間もないころのものだ」

ケイトはその絵を見つめ、それから夫を見た。彼はじっと反応を待っているようだ。

「ずいぶん年上ってこと?」

ファルコンリッジは突然とても楽しくなったかのように、グラスの中のワインをまわした。「彼女より十五歳上だ」

「ああ、なんてこと。彼女はどうしてそんな年上の人と結婚したのかしら?」

「理由はふたつだ。彼女は侯爵夫人になりたかった……そして、彼女の母親は彼女を侯爵夫人にしたかった。だから、きみに通じるところがある」

ケイトは見知らぬ少女に共感している自分に気づいた。

「レイバーンはそれほど年上ではなかった」ファルコンリッジは続けた。「一族の中には、先祖は若い妻に楽しみを与えるために特別にレイバーンを雇ったと信じている者もいる。初代侯爵は跡継ぎも予備の子供もいたし……妻を愛していて、彼女を幸せにすることを何より望んでいたらしい。その点で、ぼくはとてもよく似ている」

「あなたはわたしを愛していないわ」

「そうだが、きみを幸せにすることを何より望んでいる。夕食のあとで、きみが大喜びしそうな部屋に案内するよ」


「まあ、驚いた」ケイトは静かに言った。

マイケルは彼女の反応が嬉しかった。彼の母親もケイトのように、かつては飽くことを知らない読書家だった。この部屋は母のお気に入りで、家族が家にいるときには宵に集まる場所だった。「〈赤の図書室〉――その名前はもちろん壁の色からとったものだ」

笑いながら、ケイトは彼を見た。「家に名前をつけるだけでなく、部屋にも名前をつけてるの？」

マイケルは肩をすくめた。「たくさん部屋があったら、会う場所をほかにどうやって決めるんだ？」

「ただ〝図書室で会おう〟と言えばいいのよ」

「ここには三つ図書室がある」

ケイトは彼にしっかり顔を向けた。「三つ？　どうしてもっと早く見せてくれなかったの？」

「あとのふたつはずっと奥のほうにあって、閉めきっているから、埃《ほこり》を払う必要があると思う。きみができるだけ早く腰を据えられるようにしたがるのは間違いないな」

「蔵書は何冊？」

「三つの図書室を合わせると、二千近くになる」

「ここは本当にすばらしいわ」彼女はまわりを見まわした。「でも、この家にはちゃんとした明かりをつけるべきね」

「残念ながら、鉛管工事もだ。水はいまだに階上《うえ》に運んでいる」

「ほとんど古代よね？」

マイケルは自分を卑下するような微笑を向けた。「残念ながら」

「わたしは本当に残念だと感じているわけではないわ」

「そうなのか？」

「ええ。わたしは――」彼女は言おうとしたことに突然落ち着かなくなったかのように肩をすくめた。テーブルの上の小立像に触れ、椅子の背に指を走らせる。「たくさんしなければならないことがあれば、わたしに目的ができるというものよ。あなたと結婚するまでは、人生の目標はいい娘になることだけだった。つまり、今のわたしは壁紙やカーテンは取り替える必要があるとわかっているし、取り替えて違ったものにする財力も持っている」

「記憶に残りたいのか？　壁紙やカーテンを選ぶことで？」

「違ったものにすることで記憶に残りたいのよ。あなたの家の進歩が始まったわね」

ケイトはきっぱりとした早口になっている。くそっ。マイケルはどういうわけか彼女の感情を傷つけたくてたまらなくなった。

「それで、あなたは？　あなたはどんなことで記憶に残りたいの？」彼女は痛烈な問いかけをした。

彼はゆっくりと首を振った。「ぼくはただ記憶に残ればいい」

10

淡黄緑色《シャトルーズ》。

いったいどういう色なんだ？　マイケルは寝室の暖炉の前に座って、仕立屋にもらったいまいましい一覧表をにらんでいた。店に入った本来の目的は色の一覧を手に入れることだったのに、ドレスの購入を考えているとほのめかしてしまい、彼は少々罪悪感を抱いていた。妻が最も必要としないのがドレスだというのに。

また雨が降りだしており、寒さが空気にしみわたっている。重ねた毛布の下で温かい体に寄り添うのに完璧《かんぺき》な天気だ。なぜそんなことを考えたのかは定かではなかったが。寄り添ったこともなければ、重ねた毛布の下で息苦しくなったこともない。しかし、窓ガラスを打つ雨の安定した響き、散発的な稲光、ときおりの雷鳴……すべてが親密な関係を求めている。

彼女の好きな色を当てればいいだけだ。いったい何色なんだ、とんでもなくたくさんありすぎる。ほとんどがこれまで聞いたこともない色だ。ああ、彼女は不可能な任務をぼくに課したのだ。服はなんの手がかりにもならない、同じ色のものは着たことがないのだから。

たぶん彼女の好きな色は、茶色のようなありふれたつまらないものだ。いや、それは考えられない。彼女のような魅惑的な匂《にお》いのする女性は違う。今でさえ、先祖代々の家に着いて数時間たったあとでさえ、甘い香りがまとわりついている。

彼女が近くにいると、馬車での旅も耐えられるものになった。彼女は博識で、聡明《そうめい》で、面白い。女性が、家事を監督したり誰かの飾り物として仕えたり、男の欲望を満たすために肉体を差し出したりする以上の役に立つとは、考えたこともなかった。だが、ケイトはそれ以上だ。ギデンズとの話し合いで見せたように、数字にとても強い。彼女が銀行を経営したり投資家に情報を提供したり、不一致があるときには自分の意見を貫いたりするところは想像することができる。これまで出会ったどの女性とも違う。ケイトは鋼の気骨の持ち主だが、それでいて内側に柔らかさを持っている。

日中から晩までずっと、ときおりそのことが頭にちらちらした。優しい笑み、思いやりのある言葉、夢の告白。そのあと彼女は、まるでマイケルがそれに値しないとでもいうように、すべてを引っ込めてしまった。親密さを分かち合えるほどの信頼はまだ得ていないのだ。妻のすべてを明らかにすることに興味がわきはじめた。

彼女を責めるためではない。彼女と分かち合うものが何もないからだ。

ふたりは見知らぬ者同士だが、つい最近までマイケルはそれで十分だと思っていた。確かに、愛人ともほとんど会話が続かなかった。愛人のただひとつの目的は、彼に快楽を与えることだった。

しかし、ケイトと馬車に乗って……その認識が揺らいだのは否定できないのでは？　楽しい。

ある意味、今まで一度も経験したことがなかった。

彼女は謎《なぞ》だ。そして彼は、ケイトという難問を解きたいと思っているのに気づいた。マイケルは紙の角をはじいた。紙切れに色の名前をひとつひとつ書いて帽子に入れ、一枚ずつ引くべきなのかもしれない。そうやっても、彼女の好きな色を当てる確率は一覧表を検討するのとさして変わらない気がする。シャトルーズがどんな色であれ、ケイトらしい響きがする。

単純でない。簡単には判読できない。謎。そうだ、今夜その色を言ってみよう。ほかに何もなくても、平凡な色には――赤や青や緑や黄色には――魅了されないだろうと推理したことが示せる。彼女を説得するにはそれで十分かもしれない。

きっと望みはある。そうすればこの求愛の課題は脇《わき》に置いて、彼女を説き伏せることに集中できるだろう。将来の計画には壁紙やカーテンよりもっとたくさんのものが含まれているのだと。ただちに結婚の無効を求められるという恐れを持たずに、計画や望みを明らかにできる。

それにはまず、大事なことを先にしなければ。ふたりの結婚を確固としたものにするのだ。

マイケルは長椅子の脇のテーブルに紙を置いて立ち上がった。ガウンの帯をきつく締め、髪を手ですく。どうして戦いにおもむくような気分なのだろう？　それは相手である彼女が、ふたりの関係の決定権を握っているからだ。マイケルが望んでいるものは、彼女が喜んで与えてくれそうなものではなかった。

それならそれでいい。

シャトルーズ。

ふたりの寝室を隔てる扉を軽くたたく。何も聞こえないので、扉を開けて中をのぞいた。ベッドカバーは折り返されている。魅力的だ。信じられないほど魅力的だ。召使に運ばせておいた長椅子に妻が座っているのではないかと思いながら、彼はさらに部屋の中に歩いていった。だが、そこにあったのは、本だけだった。

普段は心配するほうではないが、この巨大な家では簡単に迷子になるとわかっていた。母にはしょっちゅう起きたことだ。そしてケイトは迷路のような廊下にまだ慣れていない。

振り返ると、浴室の扉が目にとまった。半開きになっている。しかし風呂に入るにはどう考えても遅い時間だ。それでも中から明かりがまたたくのが見える。

そうだ、彼女はたぶん中にいるのだ。寝る支度をしているのだ。ここに立って待つべきだ。それとも立ち去るか。

だが、マイケルは気がつくと誘惑に向かって歩きだしていた。ぼくには権利がある。彼女はぼくの妻だ。

けれども中に入り、蠟燭《ろうそく》の炎の揺らめく明かりのもとにいる妻を見たときには、彼女が拒んでいるものをはっきり知らないほうがよかったのではないかと思わざるをえなかった。

彼女は頭のてっぺんで髪をまとめている。流行の髪型という感じではない。乱れた様子がむしろ鳥の巣によく似ているが、それが信じられないくらい誘惑的だった。湿ったばねのような巻き毛が、首や顔のまわりに下がっている。

顔を直接見たわけではない。銅の浴槽の中に立ち、こちらに背を向けているのだ。なんてきれいな背中なのだろう。尻は丸々としており、彼女が体を曲げてふくらはぎを取り囲む湯に布をひたすと、マイケルはうめかないでいるのが精一杯だった。体を伸ばし、彼女は顔を仰向けて腕を上げ、湯の滝を作り出して、丸みを帯びた体に雨を降らせた。視線を鏡に移したマイケルは、滴が曲線を転がり落ちて谷間にすべり込み、湯の中へと戻っていくのを見ていた。彼女はまるで絶頂にあるかのように、目を閉じ、唇を少し開けている。ぬれて輝く肌を、滴ではなく恋人の手が愛撫《あいぶ》していると想像しているのではないだろうか。

彼女は目を開けた。その目がわずかに大きくなったのは、鏡の中にマイケルの姿がはっきりと見えたからに違いない。マイケルは自分がいつ中に踏み込んだのか不思議でならなかった。

目の前にある鏡の中に予期せぬ男の姿があったら、女性は悲鳴をあげたり、急いで体を覆ったりするものだ。だが彼女は視線を合わせる以外、ほとんど何もしなかった。胸の間でぬれた布をつかんだ両手は、彼が切望しているように胸を持ち上げて、その形を変えている。呼吸が速くなっているのは明らかだ。

堂々とそこに立って、彼をものともせず、彼に挑戦している。自分の姿勢に誇りを持って。恐れずに。

彼の中のすべてが、痛いほど張りつめる。彼の中のすべてが、手を伸ばして彼女に触れ、この腕の中に引き寄せたいと切望する。

今このとき彼女を求めているのと同じくらい誰かを求めたことがあっただろうか。先に視線をそらしたくはなかったが、もしそらさなかったら、彼女を自分のものにしてしまうだろう。ここで、この浴室で。今夜。今この瞬間に。

マイケルはくるりと踵《きびす》を返し、勢いよく部屋を出た。自尊心を手に入れることをあきらめるような、すべてを失うようなことをしでかす前に。

ケイトは浴槽に沈み込み、震えを止められずにいた。あれほど……飢えたまなざしで見られたのは生まれて初めてだった。身震いと興奮と恐怖を一度に感じた。

彼が突進してきて、腕に抱き、残酷に奪い取るに違いないと思った。何よりもぞっとするのは、自分がそれに抗《あらが》うかどうかわからないということだった。

ああ、彼は熱い視線ひとつで、わたしの欲望をかきたてたのよ。いいえ、あれは視線以上のものだった。まるでわたしをとらえ、まるでわたしを人質にとったみたいだった。わたしは突っ立ったまま、彼に存分にさせる以外何もできなかった。

両手に顔をうずめたが、何もよくならない。今も、ファルコンリッジの視線が体じゅうをさまようのが目に浮かぶ。ああ、どんなに彼のほうに顔を向けようと思ったか。どんなに彼を見たかったか、彼に触れたかったか。でも、彼は欲望の縁に立っているように見えた。

夫が歩き去ったのにはびっくりした。彼が自分の望みを脇《わき》に追いやったからだけではなく、彼が去っていかないことをケイト自身願っていたからだった。あれほど強烈なまなざしを向ける男性に、彼女を自分のものにできなかったら死んでしまうとでもいうような目で見つめる男性に触れられたら、どんな感じがするのだろう？

ウェスリーでさえ、決してあんなふうには見つめなかった。

ファルコンリッジとの間に生まれる情熱は、もはや愛を求めなくても十分なものなのだろうか？

震える手をタオルに伸ばして立ち上がり、拭《ふ》きはじめる。いつから肌がこんなに敏感になったのだろう？　どうして視線ひとつで意識させることができるのだろう？

ケイトは炎となって燃え上がってしまうかもしれないと思った。

体が乾いたので頭からネグリジェをかぶって着た。布地がかすかに触れた感覚に、つま先が床の上で丸まる。太腿の間でコイルがきつく巻かれるのを感じる。解き放つ必要があるけれど、自尊心が強すぎて夫に頼むことはできない――情熱よりもっと大事なものを求めていると言って拒絶した男性には。

そのせいでケイトは苦しんでいた。

寝室をのぞくと、ありがたいことに、そして同時にがっかりしたことに、夫の姿はなかった。さっとベッドに視線を向け、そこにいるのではないかと――。

ケイトは頭を振った。いいえ、いつかふたりの間に起こるかもしれないことなんて考えない。

長椅子に座り、隅に体を押しつけて脚を上げ、しっかりとかかえ込んだ。クロエはすでに下がっていたので、自分でお風呂の準備をしようと決めたのだった。小間使いはすべてのトランクの荷解きをして片づけるのによく働いてくれた。ジェニーの勧めで雇った長身の従僕がお湯を運んでくれたから、寝る準備を自分でするのはたいしたことではないと思った。

ファルコンリッジが入ってくるなんて、まったく考えていなかった。そして今、彼女の心はあらゆる肉体的欲望のイメージで満たされていた。

愛していない男性をベッドに迎えるなんて、考えることさえできないでしょう?

しかし、彼女は考えていた。


オブシジアンをせきたて、マイケルはゆるやかな丘を無謀な速さで駆け抜けていた。向こう見ずだ。マントがふくらみ、雨が顔や肩に打ちつける。わざわざ帽子をかぶる気はなかった。服さえわざわざ着る気がしなかったほどだ。ズボンとブーツと、ボタンが半分以上留まっていないシャツと、マント。

官能的な妻から距離を置く必要があった。彼女の中におのれを深くうずめたい。情熱にわれを忘れたい、悩みを遠い岸辺に追いやって。自分を苦しめている重荷から自由になりたい。

ちくしょう、ジェニーがいいと言い張るべきだった。財政上の必要を満たす以外何もしてくれない女で手を打つのではなく、みずからの立場に固執すべきだった。

丘の頂上でオブシジアンを止め、マイケルは風と闘いながら馬から降りた。月明かりのもとではほとんど見えない自分の土地、自分の相続財産を見つめる。

彼女は愛を求めているのだ、くそっ。

それにもかかわらず、あそこに突っ立って、あの曲線で、あのくぼみで誘惑していた。うなり声をあげ、マイケルは顔を仰向けて、雨に打たれるに任せた。自分の体の上に流れる水滴を感じ、それが彼女の体の上に流れるところを想像する。

手にできないものにひどく苦しめられている。彼女のベッドに入るために、花やチョコレートや、彼女の好きな色を考えるなんて愚か者だ。単に主張すれば、要求すればいいのだ、夫としての権利を……。

しかし、ああ、彼女が進んでぼくのもとに来て手を差し伸べ、ぼくを手招きして……ぼくが求めているのと同じくらい求めてくれたら。

彼女がもたらしてくれる金を、彼女にお願いしなければならない金を追い求めるのと同じくらい、彼女を追い求めるようになっている。

マイケルは頭を垂れた。ぼくは彼女の体が欲しい、彼女の金が欲しい。彼女はぼくの愛が欲しい。ふたりの関係はアンバランスだ。彼女は条件を押しつける。ぼくは彼女を満足させようとする。たぶん自分のルールで始めるときなのだ。彼女の愛を手に入れる必要はない。

彼女がもっと望んでいるもので誘惑すればいいだけだ。

ケイトは何時間も寝返りを打っていた。激しい嵐《あらし》がすさまじい音をたてているからだと自分に言い聞かせたが、本当は、彼女の中の荒れ狂う嵐が終息を求めていたからだった。こんな衝動を感じたのはずいぶん前だ――これほど強烈に感じたことがあるとすればだが。

初めてウェスリーがキスをしたとき、彼女の体はオーブンで焼かれたパンのように温かくなった。けれども、遠くからの熱は……視線の熱さは決して感じたことがなかった。もう少しでファルコンリッジをベッドに招きそうになった。真実がわかったときに彼の怒りを買う危険を冒しそうに――。

ケイトは上掛けを押しやり、ベッドからすばやく出た。女性は自分が愛する人か、少なくとも愛してくれる男性でなければ、その身に迎え入れるべきではないという規範や信条を捨てるつもりはない。肉体に心を支配されるつもりはない。

ベッドの向こう端に置いておいた部屋着をさっととって身にまとう。この家には忙しくさせてくれるものが、心が危険な道へとさまよい出すのを防いでくれるものが、たくさんある。日中に見ただけでは何も決められない。実際、真夜中に帳簿を眺めれば、混乱していないと確信できる。

幼いころ、数字が意味をなすまで操る父をうっとりと眺めながら、膝の上で眠りに落ちたことが何度もあった。彼女にとって数字に触れることは、寝る前のお話や温かいミルクと同じくらい効果があった。ほかの何よりも集中力を要求されるのだ。数字にわれを忘れ、結局疲れてぐっすり眠るまで。

この家で続けられてきたやり方からすると、帳簿はひどい状態になっていて、きちんとする必要があると思われる。眠りが訪れてくれないなら、それにとりかかるのがいいかもしれない。

ランプを手に、暗い廊下に踏み出す。夫の寝室へと通じる扉に、ちらりと目をやる。下から明かりはもれていない。いまいましいことに、彼はすぐに眠れたのね。いまいましいことに、彼はすぐにわたしの心をかき乱すのね。いまいましいことに……。まったく、ひと晩じゅうここに突っ立って地獄に落ちろとファルコンリッジを呪《のろ》っていても、何もならない。わたしがすべきなのは彼の部屋にずんずん入っていって、彼をじっと見て……。

夫がしたのと同じように見つめても、彼はわたしのようには震えないだろう。ただ毛布をめくって、中へといざなうだけだろう。

その誘いを自分が熱心に受け入れる気がして動揺してしまう。

ケイトは裸足《はだし》の足をくるりとまわし、一方の手を手すりにすべらせ、もう一方の手にランプを掲げて足元を照らしながら、階段を静かに急いで下りた。家の中はぞっとするほど静まり返り、荒れ狂う嵐がさらに不吉に思える。

それに寒さだ。家はとても寒い。まるで暖かさというものを知らないかのように。まるで愛というものを知らないかのように。廊下に楽しげな笑い声が響くところなど想像できない。この家はずっと、今と同じように静かで不気味だった気がする。

階段の一番下でためらい、聖域である自分の部屋に戻ろうかと考えたが、逃げるのはいやだった。ウェスリーと引き裂かれて以来、ずっと逃げてきた。

心の奥底では、両親はわたしのために一番よいと思うことをしたのだとわかっていた。両親はわたしを愛している。それを疑ったことは一度もない。でも、男性については、わたしが必要としているものを理解できなかったのはどうしてなのだろう？　わたしが望んでいたのは熱愛されること——わたし自身が。浅はかでわがままに見えるかもしれないが、若い男たちが常に打算的な目で見ているのはわかっていた……ウェスリーを除く全員が。ウェスリーは結婚を申し込むまで、わたしが裕福であることさえ知らなかった。

ウェスリーはわたしを求めた、わたしのお金ではなく。ファルコンリッジにはもちろん同じことは言えない。

おまけとして、ケイトは書斎へ向かう前に、もう一度彼をののしった。夫はわたしに書斎を見せ、まるでそれが重要でないかのように払いのけた。どうりで、経済的に困窮するはずだ。あまりにも多くの時間を寝室で過ごしているから、帳簿を見る時間はないのだ。

寝室での彼を思ったとき嫉妬《しっと》のうずきを感じるのがいやだった。実際、うずき以上だ。むしろ激痛、怒りをともなう激痛だ。ああ、こんな感情が心の中でふくらんだら、夫は妻が男性を楽しませたことがあると……。

もしファルコンリッジが結婚の日以前に会いに来てくれてさえいたら……もしわたしが隠したりさえしなければ……もし両親が干渉したりさえしなければ……。

ケイトは書斎の扉を開けた。放置されていた、かびくさい匂いが廊下に吹き出す。ファルコンリッジがこの家をあまりかまわなかったという事実を示す証拠が、いたるところに漂っている。だったら、どうしてここにいるのだろう？　物事をきちんとするためだ、もちろん。

でも、こんなふうになるまで放っておくなんて、いったいどういう人なのだろう？　彼はロンドン以外では何もしていなかったに違いない。

この部屋は〈無の間〉と呼ぶのがぴったりだ。広いけれど装飾はまばら。机と椅子があり、その前に二脚の椅子が斜めに置いてある。窓の前には異常に大きなテーブル。そばには羊皮紙の巻き物が入った銅のバケツ。部屋を横切って机のところに行き、角にランプを置くと、埃《ほこり》っぽい表面が照らし出された。机の後ろには書棚があり、帳簿が蜘蛛《くも》の巣を固定する役目を果たしている。幸いぞっとする生き物もこの部屋を見放したようだ。

ケイトは帳簿に手を伸ばし、埃の固まりを揺すった。くしゃみが出て鼻がむずむずしたので、帳簿を元に戻す。布切れを手に入れて、見捨てられていた証拠を拭き取るべきだ。彼女は深いため息をついた。すべてをきちんとするには召使の一団が必要だろう。

一歩ずつだ。布切れを手に入れ、机を拭き、それから帳簿、そのあと仕事に着手する。やる気をなくしたりしない。それどころか、挑戦に喜んで応じる。きっと夫のことを考えずにすむだろう。

ランプを持ち上げ、入り口のほうを向く。明かりが近くのテーブルの、輝く表面を照らした。

輝く？　この部屋には放置されていなかった部分があるということ？

彼女はテーブルに近づいた。とりたてて変わった点はない。元は豆が入っていた缶に、今はいろいろな鉛筆やさまざまな定規が入っている以外は。このテーブルは何に使われていたのだろう？　ファルコンリッジがここで書き物をしていたの？　いいえ、それよりも絵だ。

夫は芸術家なの？

その可能性がぱっとひらめいたことに、ケイトは驚いた。彼がふさぎ込むのは才能のせいかもしれない。創造性に富んだ人は一般的に、大概の人よりふさぎ込むものではないかしら？

美術館を作るためにどうしてもお金が欲しいのかしら？　なんて愉快なの！　ケイトは芸術を愛していた。

銅のバケツに入った羊皮紙の巻き物に注意を向ける。ひとつに手を伸ばし、すぐに手を引っ込める。これらは彼の絵で、わたしに見せたがらない可能性がある。

招かれるのを待つべきだ。明日何食わぬ顔で、国立美術館の見学のはとても楽しかったと言ってみてもいいかもしれない。そうしたら、彼は絵を見せようと言ってくれるかもしれない。それとも言わないかもしれない。たぶん言わないだろう。

招かれるのを待つなんて、くたばれだ。忍耐はわたしにはまるでふさわしくない。

巻き物を取り上げ、留めてあった紐《ひも》の蝶《ちょう》結びを引っ張り、ゆっくりテーブルの上に広げる。それは芸術ではなかった。芸術そのものではない。だが絵ではある。略図だ。建物の。小さな家の。数字とともに極めて細部にわたって入念に描かれているのは、測定されたことを示しているようだ。これほど精密で、これほど正確なものに膨大な時間と忍耐をかけるなんて理解できない。

まるで彼が建てる計画を――。

「一体全体、何をしているんだ?」

ケイトはくるりと振り返った。夫が、壁を越えて暴れまわる大嵐のように陰鬱《いんうつ》な様子で立っていた。ぬれた髪はカールし、まったく礼儀正しい外見ではないが、彼自身が礼儀正しい雰囲気ではないのだからぴったりだった。

彼女の心臓はどきんどきんと打ち、遠くの雷鳴がいまだ聞こえるのが驚きだった。口は乾き、喉は締めつけられている感じがする。

彼は一歩一歩に怒りを燃え上がらせ、大またで部屋を横切ってくると、まつげについた小さな水滴や湿った肌がわかるくらい近くに立った。お風呂に入った香りはしない。むしろ湿った革と馬の匂いが――。

「おい、何をしているのか答えろ」

答えろですって? 傲慢《ごうまん》な男。ケイト・ローズは、もはや誰にも答えるつもりはなかった。その自由を得るために高い代償を支払ったのだ。今は答えるのが当然だなどと思うつもりはない。

「雨の中、出かけていたの?」彼女は聞いた。

「きみにはかかわりのないことだが、そうだ。馬に乗っていた」

「いったいどうして雨の中、乗馬なんてするの?」

「雨の中でオブシジアンに乗るか、浴室の中できみに乗るかどちらかだった――」

ケイトの手のひらが彼の頬をぴしゃりと打つ音が部屋じゅうに響いた。

「なんて人なの！　そんな下品なことをわたしに、妻に向かって言うなんて。あなたは残りの人生をずっと馬に乗って過ごせばいいのよ、わたしに乗るのを許すほど愛情が持てる日が来るとは思えないから」

彼の瞳が黒ずみ、息遣いがさらに荒くなり、顎が引きしまる。「どうしてきみを求めるんだ？　どうして情熱より愛を選ぶとうるさく言ってばかりいる女を？」

「情熱より愛を選ぶとは言っていないわ。情熱より先に愛を選ぶと言っているのよ」

髪をかき上げ、彼は顔を上向けた。「きみはぼくを破滅させる」

この瞬間ファルコンリッジはどんな言葉でも言えただろうに、それはケイトが最も予想していなかった言葉だった。彼が、怒りと同じぐらい好奇心を刺激するのがいやでたまらない。「どうして？」止めようとしたのに、気がつくとそう聞いていた。

頭を振って、彼はケイトに目を向けた。「きみには理解できないだろうな」

まるでこれまで戦ってきたものすべてに敗れたかのように、ファルコンリッジは向こうに手を伸ばしてテーブルの上に広げられていた羊皮紙を巻きはじめた。「これは個人的なものだ。きみには関係ない。さわらないでくれないか」

「あなたが建てたいと思っていた家を描いたものなの？」

「いくつかはそうだ。いくつかはただの……ばかげた思いつきだ」

「建築家を雇う資金があったなんて驚いたわ。それとも、朝になって勘定書を清算したら、わたしがその仕事に支払いをしたとわかるのかしら？」

「こんなくだらない試みに、きみが支払うことにはならない」背を向けたまま、彼は巻き物をバケツに入れた。「もういいだろう」

「くだらないなんて思わないわ。わたしが見たところ、とてもよくできている。全部見たいくらいだもの」

ファルコンリッジはぐるりと首をめぐらし、彼女の誠意を疑うかのように見つめた。

「たぶんいつかだ、奥さん。きみが気づいていないかもしれないから言うが、もう真夜中だぞ。分別のある人間は床につくべきだろう」

今分かち合うことを断られて傷ついたのに驚いて、ケイトは顎を上げた。「わたしは分別のある人間じゃないと思うわ。あなたと結婚したんだから」

そう言うと彼女は踵を返し、部屋からさっと出ていった。彼の忍び笑いがあとからついてきたことが、どうして嬉《うれ》しかったのかはわからなかった。

ただ嬉しかったのがわかっただけだった。それはある意味、小さな勝利のしるしだった。

11

マイケルは女性の気分を読むのが特別うまいわけではないが、妻がまだ彼にむかっ腹を立てているのは間違いなかった。彼女を責める気はない。女性に対してわざと無作法になるたちではないけれど、昨夜は欲求不満のほうが勝っていた。ぬれていて、寒くて、おまけに自分の私的な聖域に彼女がいて、きちんと教育を受けて描いたわけではない作品を見ていたという事実に、黙っていられなかった。

だから、許すことができずに突進していった。あのときでさえ彼女は頑として譲らず、言葉を投げ返してきた。彼女に乗ると言ったときぼくの心の中にあったことを正確に理解したのではないかと思うくらい、まるで無作法な台詞《せりふ》を言い慣れているかのように。

残念ながら今朝、妻は朝食を一緒にはとらなかった。寝室に運ばせたのだ。彼女がいないのを寂しく思い、一瞬孤独を感じたあと、ひとりなのはいつものことで慣れているはずだと思い出した。彼女は小間使いをよこし、午前中は請求書に目を通すと言ってきた。彼のほうも従僕をやって、財産管理人のミスター・スウィズインの到着を知らせた。

効果的に相手を無視するこの追いかけっこをいつまで続けるのだろう。

机の脇《わき》に立ってスウィズインと話をしていたとき、妻が全体にサクランボ色の縞《しま》模様が入った淡いピンクのシルクのドレスを着て、軽やかに部屋に入ってきた。なめらかなリボンの輪が、袖《そで》と、スカートにギャザーを寄せてアンダースカートが見えるようにした脇の部分に飾られている。おかしなことに、いろいろな飾りがついているにもかかわらず、全体的には真面目《まじめ》な雰囲気に見える。たぶん、顎から下で肌が見えているのは手だけだからだろう。

だがそれでも、彼は誘惑的だと思った。彼女はマイケルにしごく簡単な挨拶《あいさつ》をして机につき、スウィズインと仕事にとりかかった。

妻が財産の詳細をのぞき込んでいるのは気に入らなかったが、それと同時に、彼女をうっとりと見つめていることも否定できなかった。大きな革の椅子に向かい合って座った財産管理人は、家や土地や馬の管理、そして支出と減りつつある農地からの収入について、彼女が放つ洞察力に満ちた質問に答えている。

ケイトはマイケルを見て言った。「もうからないものをやめる必要があるのはわかっていたのね」

「ああ。残念ながら、いくつか愚かな投資をしたな」

「投資の問題点は、リスクが補塡《ほてん》されない場合は常に、損失に耐えることができなければならないということよ」

「そう学んだ」

彼女はスウィズインに注意を戻し、一方、マイケルは彼女に集中した。昨夜もう少しで、あれは自分のスケッチであり、実現させたい建物なのだと言いそうになった。しかし寝巻きを着た妻を見て、それを脱いだときの姿を思い出してしまい、ただただ彼女の存在を遠ざけなければと思った。彼女が望んでいる愛情より、こちらの望みのほうが重要だと思う前に。

生まれてからほとんどいつも、両親は留守だった。マイケルは厳格な乳母と、さらに厳しい女家庭教師に育てられた。学校に行くために遠くへやられたのは天のたまものだった。

ケイトに対しては忍耐力を発揮して、夫に慣れる時間を与えようと努力してきた。金以上のものになりたいという彼女の思いに同情したからだ。皮肉なことに、自分自身以上のものになりたいという思いはわかりすぎるほどわかった。マイケルは決して息子ではなかった。いつも跡継ぎだったのだ。

初めて女性とベッドをともにするまで、抱きしめられた記憶もなかった。レイヴンスレイの屋敷に入りびたっていて、年老いた執事の娘が肉体的な教育係の役目を引き受けてくれた。面倒見のよいきれいな娘で、彼女の腕の中で泣いても嘲《あざけ》ったりしなかったし、そのことをほかの者に話したりもしなかった。

それ以来たくさんの女がいたが、常に金が介在するつながりで、その結果個人的な関係ではありえなかった。優しい触れ合いを求めるのはやめた。愛人でさえ、彼が与えた宝石と同じくらい冷たかった。いかなる理由にせよ、ぼくは女性に温かい心を向けさせる能力に欠けているのだ。

今、妻はぼくのことを好きにならせろと要求している。安物の宝石や装身具は答えではない。彼女が望むことをしても喜ばないようだ。妻はぼくにわかってもらいたがっている——彼女が言わなくても、その望むところを正確に。不可能を要求しているのだ。

「だんなさま?」

夢想からさっと引き戻されたマイケルは、妻がまるで何かを欲しがっているみたいに、期待に満ちた様子で見ていることに気づいた。それがなんであれ、ぼくが与えたいと思っていないものであるのは間違いない。

「あなたはここに八千エーカーの土地を持っている」

マイケルは眉を弓なりにした。「何を持っていて何を持っていないかは、十分わかっている」

「あなたの収入は――」

「自分の収入については痛切に感じている。領地やロンドンの邸宅を維持するために必要な分にはひどく足りない。残念ながら、それはミスター・スウィズインの帳簿が証明してくれるだろう」

ケイトは彼を見て、それからスウィズインを見た。「暇なときに、これをもっと念入りに見たいんだけど」

「もちろんです、奥さま」スウィズインが言う。

「その間に、これらの負債の支払いは、もちろん認めます」

「ありがとうございます、奥さま」

彼女はマイケルに視線を戻した。「あなたの領地を管理するミスター・スウィズインの働きぶりはすばらしいわ」

「もちろん、そうだろう。ぼくは無能な者は雇わない」

「彼にボーナスを支払ったほうがいいと言っていたんじゃなかった？」

マイケルがまだそういうことに対して口を出す権利があるように見せかけるために、彼女は餌《えさ》を投げているのだ。怒るべきか感謝すべきかわからなかった。結局、マイケルは餌を投げ返すことにした。「財政のことに関しては、きみが専門家だ。額はきみに任せる」

彼女は驚いたようだが、喜んでスウィズインに注意を戻した。イギリス全土と世界じゅうのいくつもの場所に力を及ぼす女王と結婚したアルバートは、こんなふうに感じていたのではないかと、マイケルは考えた。昨夜は、戦術を変える必要があると思った。そして、いまだに卑屈になっているように感じる。

侯爵の財政状況が変化したことにいたく満足げな様子で、スウィズインがいとまごいをした。ケイトは帳簿に目を通しつづけている。

「何を探しているんだ?」マイケルが聞いた。

「あなたの財政状態がこれほど手に負えなくなったのが信じられないだけなんだけど」

マイケルは机の向こう側に行って彼女の後ろに立ち、手を伸ばして帳簿を閉じた。

「そこに答えはない」

「じゃあ帳簿にないなら、答えは見つけられないわね。あなたは教えてくれないでしょうから」

ケイトは髪を結い上げており、細い巻き毛の房がまばらに首にこぼれている。マイケルが襟のすぐ上にのぞく素肌に沿って指を走らせると、彼女の震えを感じた。見せかけているほど誘いに無反応ではない。

マイケルはもっと身を寄せた。彼女はやはりラズベリーの匂《にお》いがする。「乗馬をしに行こう」

「やらなければいけない仕事がどれだけあるかわかっているの?」

「領地をすべて見たら、もっと賢明な判断ができるだろう。きみに見せたいんだ。きみは雌馬に乗り、ぼくは去勢馬に乗る。囲いもないし、泥にまみれる恐れもない」

「イギリスでは、いつだって泥にまみれる恐れがあるわ」

「きみは結婚で得たものすべてにまったく興味がないのか、それともただ怖がっているだけなのか?」

彼女が首をぐいとまわしたので、唇が彼の唇の信じられないほど近くに来た。「わたしが何を恐れるの?」

「ずっと近くにいたら、ぼくが求めているのと同じくらい、きみも求めるようになるかもしれないからだ」

「わたしにとっては、愛情がなければ求めるなんてありえないわ」

ああ、そうだ、彼女はいまだにひどくむかっ腹を立てている。それとも単に、彼女が大切にしているものに対してぼくが無神経で、感情を傷つけてしまったのかもしれない。純潔は奪うつもりだが、そのことを彼女は恐れているに違いない。優しく接する必要のある馬だと考えれば……。

マイケルは彼女のそばにしゃがみ込んだ。許しを請う距離だった。「昨夜《ゆうべ》口にしたことを謝らなければならない。あの言葉できみの感情を傷つけるか、きみを誘惑するかどちらかのつもりだった。正直言って、また拒絶を受け入れられる気分じゃなかったんだ」

「どういう意味？　わたしに強要するつもりだったの？」

マイケルは頭を垂れた。彼女には勝てない。「たいていの女性は、夫がぼくのように求めれば喜ぶものだ」

「それは単に肉体的な――」

彼は顔を上げた。「どこが悪い？」

「わたしにはもっと必要だわ」

「それを与えようとしているんだ」彼は癇癪《かんしゃく》を抑えた。「ケイト、結婚した瞬間から、きみはぼくの人生の悲惨な部分だけを見てきた。山のような借金、荒れ果てた家。だから、価値があると思わせてくれるような、ぼくの世界の別の部分を見せたいんだ」

彼女は疑わしげに目を細くした。「本当に、進んでわたしと何かを分かち合おうとしているの？」

「そうだ」

「それには出かけなければならないの？」

「そうだ」

ケイトは唇を引き結んだ。

「無作法なことは言わないと約束する」マイケルはそう申し出た。

彼女はマイケルをじっと見つめた。「わたしたちはいつも争ってばかりいるみたいね」

「いつもじゃない。ちなみに昨日も、とても楽しいときがあった」

ため息をついて、ケイトはうなずいた。「あなたと一緒に出かけるわ」

「もうちょっと乗り気に聞こえるように言ってくれ、ぼくのいい気分を台無しにするつもりでないのなら」

「これがあなたの、いい気分なの？　悪い気分ととてもよく似ているわね」

「きみの目の色が変化している。緑のような感じだったのに、今は青になってきている」

「ばかなこと言わないで。わたしの目の色は変わらないわ、服には影響されるかもしれないけれど。ときどき服の色を映し出すのよ」

「そうかもしれない」だがマイケルは、彼女の気分をよくすることができるかもしれないと考えていた。うまく女性をからかう技を向上させたい。もし必要なら、彼女を笑わせるためなら、常にぬかるみを探し出してもいいと思っている。

「きみは馬に乗ったことがあるはずだ」マイケルは言った。

ケイトは軽やかな笑い声をあげ、息が彼の頬をかすめていった。「一度以上はね」

「だったら、きみが支度をしている間に馬の準備をしておくよ」彼女の舌先が上唇に触れるのを見て、マイケルの体は硬くなった。彼女の呼吸も、彼の呼吸と同じくらいぎこちなくなっているように思える。ごくりとつばを飲み込んだのが、喉の動きでわかった。

「隙間《すきま》がなくて立ち上がれないわ」低い声が官能を刺激する。

彼の下半身はほとんど立ち上がれないくらい激しく反応したが、マイケルはなんとか立ち上がって椅子の後ろに行き、それを引いて反応を見られないようにした。

ケイトは優雅に椅子から立ち上がり、二歩進んで振り返った。「謝ってくれてありがとう。それから、ボーナスの額をわたしに任せてくれて」

「きみがあっという間にもたらしたものに対して礼を言う必要はない。父上はきみが財政に関して鋭いと警告してくれた。それを実際に見て、とても感動したよ」

彼女は赤くなった。「またあなたにお礼を言う前に着替えに行かなくちゃ」

これまで見たことがなかった明らかにはずむような足取りで、ケイトは部屋を出ていった。どういうわけか彼女を喜ばせることができたようだ。それが何か考えろ。

「どんな投資をしたの？」ケイトは尋ねた。

三十分ゆったり馬を走らせたあと、彼に導かれて丘にのぼり、森へと続く開墾地に着いた。そこは、野生の花がありあまるほど咲き乱れる浅い谷としか表現できない場所だった。小さな池のほとりで、水を飲んでいた鹿《しか》がそびえる木々の間を急いで走り抜けていくのを目撃した。木の枝では鳥がさえずり、そよ風が木の葉をそよがせる。まるで天国のようだ。

驚いたことに夫が地面に毛布を広げ、さらに慎重に別の毛布を解くと、ピクニックの支度が現れた――チーズ、パン、ワイン、ラズベリー。わかっていてその果物を選んだのだろうかと、ケイトは思った。そんなはずはない。わたしのお気に入りのベリーが入っているのは偶然に違いない。赤ワインの栓を抜いている彼を見た。

「最初の投資は〝幸運な若者〟という名前だったと思う。名前どおりにはいかなかったが」ワインをふたつのクリスタルのグラスに注ぐ。ここに来る途中で割れなかったのが不思議だ、と彼女は思った。

「何がいけなかったの？」とケイトが聞く。

「取るに足りない走りだったのさ」

「競走馬を買ったの？」

「いや、それに賭《か》けたんだ」彼女にグラスを渡す。

「あなたの投資というのは、レースに賭けることだったの?」ケイトが疑うように尋ねる。

ファルコンリッジは自己嫌悪の笑みを向けた。「人生を変える手っ取り早い方法に思えたからだ。確かに変わったよ。ただ、ぼくが望んでいた方向ではなかったがね」

彼女のグラスにグラスを合わせる。「さあ、将来のもっと賢い投資に」

ケイトはグラスの縁をじっと見つめた。「どんな投資でも、それよりは賢いと思うわ」彼の淡い黄褐色のズボンが太腿に張りついている様子を見ないようにしながら、少しずつ飲む。彼は片方の膝を立てて座り、その上に手首を軽くのせて、ワインのグラスをゆっくりとまわしている。

「その馬が最初の投資だと言ったわね。次は何?」

「〝流れ星〟はレースの後方に消えていった、星が夜明けに消えていくのと同じように」

「あなたが教訓を学ぶのに何回かかったの?」

「まだ学んだかどうか定かではないな。たぶん来年、ぼくたちはアスコット競馬に行くんじゃないか」

「わたしは競馬はしないわ」

「だが、今は負けてもかまわない。そうじゃなかった?」

ケイトは無関心を装って首を振ったが、彼と一緒に競馬に行くことに興味をそそられていた。「もし行くのなら、わたしが馬を選ぶわ」

「才能があるのか?」

「やってみなければわからないわ」

「一度も競馬をしたことがないのか?」

「賭事《かけごと》は一度もしたことがないの」

「多額の金を急いで作る方法だ」

「それを失う方法でもあるわね。すぐに裕福になることが保証されている計画なんて、わたしは信じない。必ず落とし穴があるはずよ」

「それには反論できないな」ファルコンリッジはそうつぶやいてから、ワインをひと口飲んだ。

夫を見ているのはまったく苦痛ではない。木々にたわむれるそよ風が、彼の髪をもてあそんでいる。ケイトはその黒い髪に指を走らせたくてたまらなかったが、もし触れれば、彼にも触れさせることになるのは間違いない。そして昨夜の出来事のあとでは、彼は髪とたわむれる以上のことをしたがるのではないかと思えた。体には触れずに会話を続けるのが一番だ。

「あなたほど土地を持っていたら、いくらか売ることもできたでしょうに」と彼女は言った。

　ファルコンリッジはぐいっと首をまわしてケイトを見た。「土地はすべて跡継ぎが相続するものだ。売るのは禁じられている。農場経営のために貸すことはできるが、最近は農業にあてる資金がない。自分たちで育てるより、きみたちアメリカ人から安く輸入することができるからな。称号とその責任がぼくの肩にかかってから、ほとんどの借地人を失ってしまった。いい機会もいい暮らしも待っている都会へ行こうとするからといって誰が責められる？」

「でも、この土地からもっと収入を得る方法が必ずあるはずよ。工場を建てられる――」

　ファルコンリッジはしかめっ面をした。「不動産譲渡証書に制限条件があって、そんな考えは受け入れられないんだ。それが、きみをここに誘った理由でもある。ぼくとの結婚によって得たものを見てもらいたかった。この土地の目的は女性と同じ――美しく、賞賛される存在であること。見まわしてみてくれ、ケイト。この土地には詩情があふれているじゃないか」

　彼はこれまで一度も美しい言葉を贈ってくれなかったし、詩も朗読してくれなかったけれど、こんな美しい土地を見ている男性が心に詩情を抱いていないわけがない。

「昨夜《ゆうべ》ここへ馬に乗ってきたの？」

「血がわきたってしまったからな」手を伸ばして、彼女の手に指をすべらせる。ふたりとも食事のために手袋をはずしていて、まだチーズとパンが手つかずのまま残っていた。「きみはよく自分で風呂に入るのか？」

彼のまなざしは強烈で、昨夜見たものを正確に思い出しているのがわかった。ケイトは今日着る服は意識的に、ほとんど肌をさらさないものを選んでいた。頬が熱くなり、赤くなったのがわからなければいいが、と思う。

「クロエはとてもよく働いて荷解きしてくれたから、お風呂のことでわずらわせたくなかったの。従僕にはお湯を運んでもらったけれど、体は自分でちゃんと洗えるから」彼女は咳払《せきばら》いをした。「わたしたちが最初にすべきなのは、配管設備の近代化だと思うんだけど」

彼はにやりとした。「ぼくの配管設備はどこも悪くないと保証するよ」

ケイトはさらに熱くなった。「あなたの家の配管設備よ、ばかね」

低い忍び笑いをもらした彼の手から、振動が伝わってきたような気がする。ケイトは夫の指の下から手を動かそうかと思ったが、とてもすてきな感触だった――彼が肌にゆっくりと官能的な円を描いている。

「きみの内側にたくさん炎があるのに、髪が信じられないほど赤いのがちょっと不思議だな」ファルコンリッジが言う。

「ずっと自分の髪の色が嫌いだったわ」

「ぼくはむしろ好きだ。ありきたりではない」

今度はケイトが笑う番だった。「ええ、ありきたりじゃないわね」話題を自分のことから彼のことに戻したかった。「あなたが田舎の美しさを賞賛する男性だとは思わなかったわ」

「どんな形の美しさでも賞賛するさ」視線が彼女の顔をゆっくりさまよい、唇にとどまる。「女性に関連するときはとりわけだ」

滴が鼻に当たったのを感じてケイトが上を向くと、小さな雨の粒が目にかかった。

「まあいやだ、雨が降ってきたわ」雲が近づいていたのにさえ気づいていなかった。

「おいで」

ケイトが立ち上がるのを助けて彼は手をつかんだが、馬のほうへ導く代わりに、木に向かってせきたてた。

「どこに行くの？」ケイトが聞く。

「たぶん、ただの夕立だろう。木立は大枝が密集しているから、どしゃ降りになっても大丈夫だ」

そして、どしゃ降りになった。木に背中をつけるとほとんど同時に、雨がたたきつけてきた。彼はごく近くに立っており、腕を上げて木の幹に押しつけ、ケイトを閉じ込めている。ケイトもあえて動かなかった。代わりに、彼女の乗馬服の色とぴったり合った完璧《かんぺき》なワイン色の絹の幅広ネクタイ《クラバット》をじっと見つめた。こんなくだけた遠出に、どうして正装と言ってもいい装いなのだろう。まるで、わたしに印象づける必要があると感じたかのようだ。

とても近くにいるので彼の体から発散される熱が感じられる。ファルコンリッジは頭をわずかに下げ、彼女の耳元で低い声で言った。「シャトルーズ?」

ケイトは眉根を寄せた。「シャトルーズって何?」

「間違った色だ」彼の唇が耳の外側をかすめる。「ワイン色?」

彼女は目をすっと閉じた。「いいえ」

顎に沿って親指をすべらせることができるまで、彼は右手を下げた。「茶色?」

「いいえ」

顎の下のボタンのところで彼の手が動くのを感じ、首のまわりで襟がゆるんだ。

「青?」

「いいえ」

耳の下の繊細な肌に彼の唇が押し当てられるのを感じて、ケイトは息を切らした。

「黄色?」彼がきしるような声で言う。まるでケイトと同じで、息をするのがひどく難しいように聞こえる。

「いいえ」

泣きたいような気もするし、何かわからない気持ちもある。欲望が体の中に渦巻いている。熱く激しく。ケイトの肌に舌を走らせ、彼は喉に唇をとどめる。

「紫？」なぜか彼の唇が鎖骨に届く。「ピンク？」たくましい脚が彼女の太腿の間に押しつけられる。「白？」彼の手が胸を持ち上げ、親指が硬くなった乳首をなでる。

「いいえ」感覚が燃え上がる。「違うわ」彼の手が、唇が、彼の太腿が。「だめよ！」ケイトの体は張りつめ、締め上げられ、小刻みに喜びの震えが走り抜ける。脚がゼリーのように頼りなくなった気がして本能的に彼の太腿にさらにしっかりと押しつけ、立っているために彼の肩をつかむ。ああ、なんてことなの、こんな些細《ささい》なことでこれほどの熱情を感じるのは生まれて初めてだ。

「気が遠くなったのか？」ファルコンリッジがつぶやいた。「きみの好きな色を教えてくれたら、今夜もっとずっとすばらしいものを贈ろう」

「いいえ！」ケイトは彼を押して脇《わき》をすり抜けられるだけの距離を置くと、雨の中に飛び出していった。

「ケイト！　ケイト、待て！」

彼の腕がまわされるのを感じて、ケイトは放してもらえるまでもがいた。そして正面から向き合う。「どうしてあんなことができるの？　外でなんて！　誰にでも見られるところで！　わたしの体をあんなふうにする権利はないわ。許可なんて与えていないのよ」

「きみのいまいましい許可など必要ない。ぼくはきみの夫だ！」

ケイトは半狂乱で頭を振った。白昼公然とこんなまねをするとしたら、不道徳なことを隠してくれる暗闇《くらやみ》ではいったい何をするのだろう？「そんなことされたくないわ。まだ準備ができていないの」

彼は顔をそむけ、頭を垂れた。両脇でこぶしが固められる。必死に癇癪を抑えているのか……それとも、殺人を犯そうとしているのかもしれない。ピクニックのような無邪気なものが、雨宿りのような心配のないものが、どうしてエロチックなものに変わってしまったのだろう？　ただ男性がそばにいるというだけで、これほど強く反応したことはない。肉体に及ぼすファルコンリッジの力に、彼女は怯《おび》えた。

彼が再びこちらを向いたとき、その表情には、その目には何も読み取れなかった。

「許してくれ。夢中になって、きみが無垢《むく》なのを忘れてしまった。触れたときのきみの反応は……恥ずべきものじゃない」

「あなたはわかっていないのよ、どれほど傷つきやすいか、どれほど……」彼女はごくりとつばを飲み込んだ。「あなたといてもっと心地よくなるまで、求めたりしないで」

「ぼくに愛情を持てるまでは、か」

その言葉は質問ではなく宣言だった。ケイトはかすかにうなずいた。

「きみの望みどおりに」

彼の言葉は簡潔できっぱりとして、なんの感情もなかった。猶予を与えられたのがはっきりわかると同時に、ケイトは手に入れたことさえ気づかなかった何かを失ったように思った。

その晩、ふたりは黙りこくったまま食事をした。夫はケイトの寝室の戸口でおやすみと言った。クロエが寝支度を整えたあと、ケイトは真夜中過ぎまでずっと窓辺に座って、彼が色を告げに来るのを待っていた。

彼は来なかった。

12

マイケルはいつも、アメリカ人女性は甘やかされ、好き勝手のし放題だと思っていた。ローズ姉妹はとりわけ、その種の代表だ。つまり彼女たちは、マイケルには想像することしかできない途方もない富に囲まれて育ち、その一部が今、彼の自由になるのだ。ジェイムズ・ローズが、まるでポケットが変わるだけであるかのように、マイケルの称号のために多額の金をためらいもなく支払ったことは決して忘れない。

だがケイト・ローズ・トレメインは、〈レイバーン〉を回復させる仕事に自分自身で取り組もうとした。まるで、彼という悪魔に賭《か》けて、もし失敗すれば彼女の魂が失われるかのように。

夕方図書室で読書をするのではなく、机について次の日の計画を次々紙に走り書きしていた。あまりにもそのことに没頭しているので、彼女のほうを向いて色を叫んだとしても聞こえないのではないかと思った。池での衝突以来、何も投げかけてはいないのだが。

一日目の朝、ふたりは近くの村に行き、六人の女を雇った。ロンドンから連れてきた使用人が外に運んだカーテンと敷物の、埃《ほこり》を払うためだ。彼の人生で、これほど大がかりに埃をたたき、こすり、磨き上げたことなどなかった。ケイトは使用頻度の高い部屋を最優先した――彼らの寝室、食堂、居間、台所。部屋の換気もした。窓を磨くための男たちも村から雇った。

彼女の顔に一度ならず、頬や顎を横切る線や……一度は鼻の頭に何か汚れがついているのを見た。その汚れの代わりにキスを置きたくてたまらなかった。

まだ準備ができていないのに押しつけたくはないが、彼女を自分のものにしないのは拷問だった。とりわけ夜、彼女がベッドに横たわっているところや、もっと悪いのは、寝支度のために体に水をかけているところを思い描くときだ。彼自身の手で水をかけたくてたまらなかった。

そこで真夜中に丘まで馬を走らせるか書斎に行くかして、喜びをもたらしてくれる別のものに力を注いだ。妻がまったく与えるつもりのない喜びを。

全面的に辛辣《しんらつ》な評価をしているわけではない。彼女と一緒にいるのは、それなりに楽しかった。食事の間、彼女が領地について質問をしてくるとき。大きな肖像画は南の壁にするか北の壁にするか、椅子は長椅子の右に置くか左に置くか、それが大問題であるかのように家具の配置について助言を求めてくるとき。この小さなテーブルはここには合わないのではないか、などと。

「きみの好きなようにすればいい」マイケルはとうとう言った。だが、傷ついたまなざしを向けられると謝らざるをえず――どんな罪かは神のみぞ知るだが――そして、続く二十四時間は家具を押し動かして過ごすことになった。もっと従僕が必要だ、もっと召使が必要だ、ロンドンに戻ることが必要だ。

ケイトは毎晩、夫を待っていた。幾晩かは、寝室を歩きまわる彼の足音を聞いた。また別の晩は、月光を浴びたゆるやかな丘に馬を全速力で走らせる姿を見た。

ときどき、真実を知られた結果は耐え忍ぶことにして、彼をベッドに招こうかと考えた。彼にとっては問題ではないかもしれない。ときどき、面と向かってすべてを話そうかとも考えた。

そしてときどき、何よりもロンドンに帰りたいと思った。

今夜は眠れもしないし、落ち着かない。丘を駆けていく夫は見ていないけれど、部屋にいないことはわかっていた。扉に耳を押し当て、いびきか、寝返りでベッドがきしむ音を聞こうとしたのだ。それとも、いつもの行ったり来たりする音か。だが、まったく何も聞こえなかった。不自然な静けさがあるだけで、彼がいないのははっきりわかった。

なんとか眠るために帳簿を見ようと、書斎に向かいながら、ロンドンへ戻ったときしなければならないことに心の中で目を通した。もっと召使を雇わなければならない。修理や強化をしたい部分の一覧表を作らなければならない。村の商人からは手に入らないものを調達しなければならない。考えることがたくさんあるし、決めなければならないことがたくさんある。

書斎に入っていくと、そこに夫の姿を見つけた。大きなテーブルにかがみ込んで紙に線を描いている。作業に没頭しているので、明らかに彼女が入ってきた音には気づいていないようだ。だが、ケイトのほうは彼の手の下に描かれているものに気づいていた。以前見た小さな家だ。

「あなたは建築家ね」ケイトは畏敬《いけい》の念をこめて静かに言った。

彼がくるりと振り返った。彼女を見て喜ばないのは驚きではなかったが、そのあと夫はぎらぎらした目でにらみつけるのをやめた。

「こっそり忍び寄るなんて無作法だぞ」とファルコンリッジは言った。

「わたしはこっそり忍び寄ってなんかいないわ」ケイトはゆっくりテーブルに近づいていった。「どうしてこの作品があなたのものだと言わなかったの？」

「悩みから気持ちをそらす個人的なものだ」

ケイトは彼を見上げた。「わたしの読書のような？」

ファルコンリッジはぶっきらぼうにうなずいた。

「この中のどれかを建てたことがあるの？」

「いいや、でもこれは」彼はテーブルのほうを指さした。「これは特別だ。建築業者を雇って、あの日きみを連れていった池の近くに建てたいと思っている」

「どうして？」

「支出が正しいものだということを、いちいち説明しなければいけないのか？」

「いいえ、もちろんそんなことないわ」

明らかに動揺して、彼は紙を巻きはじめた。「ロンドンに戻ったら建築業者を雇わなくては」

「その費用には目を通したいわね、もちろん」

ファルコンリッジは歯をくいしばった。「もちろんだ」

「あなたの判断を信用していないからではなくて、数字が必要だからよ。支出をうまく処理するために、ちゃんと予算を立てたいから」

彼は疑い深いまなざしを向けた。「きみは、父上がわれわれに正確にはいくらくれたのかわかっていないのか？」

「あなたは、どれだけけしなければならないことがあるかわかっていないの？」

「与えられたものはとうてい使いきれないぞ」

「あなたは驚くかもしれないわね、だんなさま。わたしはただそれを使うのはいやなの。増やす方法を見つけたいの」

ケイトをじっと見ながら、彼は腰をテーブルの角に引っかけた。「紳士たるものは働かない」

「わたしはいつも父は紳士だと思っていたし、父は働いているわ」

「だったら言い直させてくれ。貴族は働かない」

「外で体を動かして働くことを言っているんじゃないの。仕事に心を傾けることを話しているの、あなたの得意なものを仕事に向けることを」ケイトはうまく説明できないことにいらいらして首を振った。「あなたは責任と……義務は理解してるでしょう」

「もちろん」

「みんなが理解しているわけじゃないわ。いろいろな組織が――銀行、病院、監獄が導いてくれる人を必要としている」

ファルコンリッジは首を振った。

「わたしは父に、たくさんのお金を手にしたら、それをいい事業に投資する義務があると教えられてきたわ」

「慈善だな」

「慈善である必要はないの。あなたが建物を買ったとしましょう。あなたはまず、その建物の持ち主に代金を支払う。それから、その建物で働く人を雇ったとすると、その人たちに賃金を支払う。ある意味、彼らを支えている」

「彼らの仕事は？」

「さあ、わからないわ。あなたが何に興味を持つかによるわね」

「きみに興味がある」

彼がテーブルからすべりおりる。ケイトは夫が近づこうとしているのに、触れようとしているのに、キスしようとしているのに違いないと思った。「ペンキ屋を開くべきじゃないか」

「ペンキ屋？」ケイトは彼を凝視して聞いた。ペンキがどこから来るかなど考えたこともなかった。

「そのとおり。ペンキだけを売るんだ、きみの好きな色のペンキだけを。事業を始める前に、きみの好きな色が何か知る必要がある」

頭を振って、彼女は笑った。「あなたが考えているのは、わたしをベッドに連れていくことだけなの？」

「いいや、ときどききみを入浴させることも考える」

その場面が浮かんできて、ケイトの笑い声が不意に止まった。そう言ったとき、彼の声が深くなり、小刻みな震えが彼女の背骨に沿って飛びはねた。「わたしたちのお金をどうにかする方法を見つけたいと本気で思っているのよ、使ったものは自分に返ってくるのだから。投資について父と話すべきよ。あなたが働かなきゃならないわけじゃないわ」テーブルの上の巻き物に向かってうなずく。「たぶん、あなたが描いた建物で何かできるんじゃないかしら」

その提案に彼はひどく驚いたようだ。「どうして誰かがぼくのくだらないスケッチに興味を持つんだ？」

「なぜなら、あなたにはそれを建てるお金があるからよ、誰かが興味があろうとなかろうと」

書斎での真夜中の出会いのあと、ふたりの間の緊張はいくぶん和らいだが、完全になくなったわけではなかった。ファルコンリッジは彼女の寝室にまたやって来るようになった——ただ、おやすみを言う前に色を告げるために。そしてケイトは、もっと彼のことが知りたいと心から望んでいる自分に気づいた。

幾晩かのち、夕食のとき彼女は言った。「姉から手紙が届いたの。ジェニーから。来週、舞踏会を開くんですって。仮装舞踏会よ。わたしたちも出席するためにロンドンに戻りたいんだけど」

ケイトはファルコンリッジの顎がこわばるのを見て、何も言わなくても彼が仮装舞踏会など気に入らないことがわかった。この一週間で、彼の人生が楽しさに満ちたものではないのがわかった。驚いたことに、彼は領地の面倒を見ることに長《た》けているにもかかわらず、むしろそれに気づかれないのを好んだ。ふたりはすべての事柄を話し合い、彼の知識にケイトは感銘を受けた。怠惰な貴族というのは見せかけだけだ。

「それできみが喜ぶなら」彼はやがて言った。

ケイトはちょっと意地悪な気持ちになった。「わたしたちはトロイのヘレネとユリシーズの扮装《ふんそう》で行きましょう」

夫は子牛の肉を消化できなくなるだろう、と彼女は思った。

「よもや、ぼくが実際に衣装を着るなんて期待していないだろうね?」

「もちろん期待しているわ。それが仮装舞踏会の目的なんですもの。クレオパトラとシーザーもいいかもしれないわね」

「行かないかもしれない」

「お金を出すのをやめるかもしれないわ」

ファルコンリッジがワイングラスの脚に手をまわすのを見て、わたしの首に手をまわしたいのかもしれない、とケイトは思った。「衣装はくだらない浪費だ、一度しか着ないものを縫わせるなんて」

「その論理からいくと、わたしの服はほとんどくだらない浪費ね、ドレスは一度しか着ないんだから」

彼は目を細く狭めた。「アメリカ人は服に大金を使うと聞いた。何千――」

「正確には二万よ」

「ポンド？」

「ドル。ポカホンタスとジョン・スミス船長もいいかもしれないわね。面白そうだと思わない？」

「正直とんでもないと思うな。どうしてぼくはイギリスの貴族で、きみはその妻で行ってはだめなんだ？」

「そのままで行くなんて、とても退屈だわ。自分以外の何かになりたいという夢はないの？」

「ぼくの夢は声に出して言わないほうがいいに決まっているよ、奥さん」

「そんなに隠しだてしないで。教えて。海賊になる夢は見る？ それともカウボーイ？ 軍人？ さあ、白状して。わたしがぴったりの衣装を着せてあげる」

彼はワイングラスを持ち上げ、まるでそこに夢があるかのようにしげしげと眺めた。それから妻に視線を移すと、聞く前にケイトの息はつまった。

「きみの恋人だ」とうとう彼が言った。その声は低く、魅惑的だった。「それだと一糸まとわぬ姿で舞踏会に出席しなければならないだろう」

裸の彼を考えただけで顔が熱くなるのを感じ、ケイトは突然ひどく恐ろしくなった。裸？　完全な裸？　わたしの恋人になるのにどうして服を全部脱がなくてはならないの？　ウェスリーはそんな極端なことは決してしなかった。

皿を見下ろし、彼女はエンドウ豆にフォークを突き刺した。「皇太子と皇太子妃で行くべきかもしれないわね」

「本気か？　恋人同士で行けばすごい人気になるのに」

ファルコンリッジはからかっているのだ。彼がしょっちゅうわたしをどぎまぎさせるように、わたしも簡単に彼をどぎまぎさせることができたらいいのにと思う。ケイトは顔を上げて、夫と目を合わせた。「考えてみるわ」

13

「まあ、グィネヴィアね！　なんて愉快なの、ケイト！」ジェニーが言った。「あなたの侯爵さまは何？　アーサーかランスロットのどちらかとして来るの？」

ケイトとファルコンリッジは昨晩ロンドンに戻っていたので、ケイトはこの午後姉を訪ねて夜の催しの準備を手伝った。ふたりは何時間にもわたって召使に指示を与えて舞踏室の飾りつけをした。

「彼は彼自身として来ると思うわ」とケイトは言った。

「それのどこが面白いの？」

ふたりはジェニーの寝室で、衣装の最後の仕上げをしていた。ファルコンリッジとは今晩、この両親の邸宅で合流することになっている。夫婦が別々に着くのは珍しくないが、ケイト自身驚いたことに、腕を組んで一緒に到着しないのをひどく気にしていた。なんといっても、これは結婚後初めての社交界へのお目見えなのだ。どんなメッセージを送ることになるのだろう？　人々はわたしたちの愛の薔薇《ばら》がしおれたと思うだろうか？　侯爵はわたしとの結婚が望みのものではなかったことに気づいたと？　どうしてわたしはほかの人の考えが気になるのだろう？

「面白さというのが、夫のとても得意とするところではないとわかっているの」

「まあ、なんてこと」ジェニーが腕をとって、ケイトを自分に向き合わせた。「ひどく不幸せなの？」

「本当に不幸せというわけじゃないわ。ただ幸せじゃないだけ」

「全部話して」

「話すことなんて何もないのよ。彼は耐えがたいわけじゃなくて、ただわたしに関心がないらしいというだけ。一緒に食事をするけれど、会話はなんの意味もない。毎晩彼はわたしの寝室にやって来て色を告げる。わたしが首を振ると、彼はおやすみを言う」

「なんなの？」

ケイトは落胆のため息をつき、ファルコンリッジの妻としての最初の夜の話をした。

ジェニーは信じられないというような笑い声をあげた。「そのときあなたは本当は――」

ケイトは肩をすくめた。「彼を追い払いたかったのだとは認めたくなかった」

「そして彼は、あなたの好きな色を告げさえすれば、あなたがその腕に落ちると思っ

ている の?」

ている の?」

「明らかにね」

ジェニーはよりいっそう大きな笑い声をあげた。「まあ、それは面白いわね」

「いいえ、面白くなんかないわ。救いようがないのよ」ケイトも抑えきれずに笑った。

「彼は聞いたことのない色ばかり言うのよ」

「少なくとも、頑張っていることは認めてあげなくちゃね」

ケイトの笑いが不意にやんだ。「わたしが? 認めなくちゃいけない?」

「ものすごく優しいと思うわよ」

優しいという言葉を、ファルコンリッジと結びつけたことはない。

「彼はわたしのベッドへの近道を探しているのよ」

「どれほどハンサムかを考えたら、わたしなら彼が迷わないように道に薔薇の花びらを落としておくわね」

「情熱だけでは十分じゃないのよ、ジェニー。わたしは愛を知った。どうしても、もう一度愛が欲しいの」

「無理強いすることはできないわ、ケイト。それに、もし彼をベッドに迎え入れたら、愛情がもっと早く育つかもしれないわよ」

「心がついていかないのに、体が親密になるなんて考えられないわ」

「恋愛小説の読みすぎね。小説は現実とは違うわよ、ケイト」

「だったら、現実にするべきよ。女性は、男性に永遠の深い愛情を捧《ささ》げられるに値するわ」

「前にも口論になったわね」

「そして、いつもわたしが勝つのよ」

「違うわ！」

ケイトは微笑《ほほえ》んだ。ジェニーと過ごすといつも、とても気分がよくなる。「わたしの代わりに宝石店に行ってくれた？」

「ああ、ええ」ジェニーはぱっと立ち上がって、宝石箱のところへ行った。「家紋の類《たぐい》は入っていないわね」指輪をケイトに手渡す。

まるで金が編み込まれているような重い指輪だ。ところどころすり減っており、いったい何代の祖先がこれを指でこすったのだろうと、思う。

「あなたがこれを返してあげても、彼は驚かないかしら？」

「渡すかどうかわからないわ」

「どうして渡さないかもしれないの？」

「これを売ったことを、わたしに知られたくないかもしれないから。彼はとてもプライドが高いの、高すぎるくらい。これを売ったのをわたしが知っているだけでなく買い戻したことを知っても、彼が腹を立てないような関係になるまで待たなければならないわ」

「結婚というのは難しいものらしいわね」

「すぐにわかるわよ。公爵さまとはどうなっているの？」

「サー・ウォルター・ローリーの扮装《ふんそう》でやって来るわ。彼を夢中にさせようかしら？」

「レイヴンスレイから連絡は？」

「彼のことは話したくないわ」

「それは答えになっていないわね」

「今夜ここには来ないから、どうでもいいでしょ。ジェレミーはウォール街の銀行家としてやって来るのよ。あなたのだんなさまと同じくらい退屈ね」

「わたしがその銀行家の扮装をしたほうが面白かったでしょうね」

「あなたは実際に銀行家になれるわ、パパの言っていた条件を考えると」

「まあ、ジェニー。どこで時間を見つけるの？　貴族の家の財産管理にどれだけたくさんやらなければならないことがあるか、お姉さまにはわからないのよ。王室の方が見えたときだけ使われる特別の部屋や磁器があるのを知っている？　女王陛下が家の食堂のテーブルについているのなんて想像できる？」

「ママはきっとニューヨーク・タイムズにその記事を書かせるわね。街じゅうで評判になるでしょう」

「ママは喜ぶわよね?」

「ものすごくね」

「パパとママがまた海辺に行ったのには驚いたわ。数週間前に行ったばかりじゃない」

「ママは具合がよくないんだと思うわ、ケイト」

ケイトは心臓が急にぐらりと傾いたような気がした。「どういう意味?」

ジェニーの目に涙があふれるのを見て、ケイトは呆然《ぼうぜん》とした。「パパはわたしに、公爵の結婚の申し込みを受けるようにと強く言っているの。わたしたちを遠ざけようとしているわけじゃないわ。夏の終わりまでにわたしを結婚させたいのよ」

「ママは病気には見えないわ」

ジェニーは微笑んで涙をぬぐった。「だったら、わたしが間違っているのかもしれないわ。そう祈りましょうよ。さあ早く。今夜はふさぎ込みたくないわ。楽しみたいの。だからハーレムの女の衣装にしたのよ。さてと、わたしのスルタンを見つけなくちゃね」

「ホークハーストの妹さんを招待したなんて、信じられないわ」ケイトは言った。かなり大勢の客がすでに到着している。音楽が始まると、ジェニーは客の出迎えから逃れて、次から次へ紳士と踊りはじめた。そしてやっとケイトのもとに行くためにダンスをやめたのだった。

「ジェレミーから、彼女も招待客リストに入れてくれと頼まれたの」とジェニーが言う。

「それは興味深いわね。彼女にひかれているんだと思う？」

「ジェレミーのことはわからないけれど、でもキャロラインは生まれが定かではないから、ママは決して認めようとしないでしょう」

「わたしたちのうちの誰かひとりでも、ママに認められるかどうか気にせずに自分自身が望む人と結婚できたら爽快《そうかい》よね」

「わたしではなさそうだわ。反抗的な子供には、ジェレミーになってもらうと決めたと言っておくわね」

「仮面をつけたお客さまは誰？」とケイトが尋ねた。その人はフードのついたマントで頭を覆っているので、髪の色もわからず、それ以上表現することはできなかった。

「デュマの小説に出てくる鉄仮面じゃないかしら、たぶん」

「お客さまを出迎えたとき、彼がいたかどうか思い出せないわ」

「ダンスが始まったあと、すべり込んできたに違いないわ。これは仮装舞踏会であって仮面舞踏会ではないとはっきり書いておいたのに、招待状をちゃんと読まなかったのね。わたしは踊る相手が誰なのかわかっていたいもの。もしかしたら、あなたのだんなさまかもしれないわ」

「いいえ、ファルコンリッジの美貌《びぼう》に仮面なんてつけないわ。彼は来ないんじゃないかと思いはじめているの」

「少しは信じなさい、ケイト。彼は来るわ」ケイトから目をそらして、ジェニーは微笑んだ。「噂《うわさ》をすればよ。あなたは、彼は扮装しないと言っていたようだけど」

「しないわ」

「面白いわね。だったら鎖帷子《くさりかたびら》はいつもの装いなの？　家のまわりで、街なかで？　寝るときも？　ああ、そのとおりよ。あなたはまだ知らない……」

　ケイトはぐいと体を動かして姉に向き合い、いったいなんのたわ言を言っているのかと尋ねようとした。だがその言葉は、長身で肩幅の広い男性が王のプライドと気高さをまとって階段を下り、舞踏室に入ってきたのを見て、舌の先で止まってしまった。戦士の衣装にふさわしい表現はまったく思いつかなかった。腕には鎖帷子が見え、首のまわりにはフードがかき寄せられている。赤い十字がついた白いチュニックが上半身を覆っている。下半身はぴったりしたズボンと、輝く黒いブーツだ。騎士の衣装一式が本物だとは思わないが、ケイトを喜ばせるには十分だった。

「わかったでしょ、ケイト、間違っている可能性もあるけど、わたしには確かに仮装のように見えるわね」ジェニーがつつく。

「静かにしてくれない？」

「彼は本当に目立つわよね？　あなたがベッドに喜んで迎え入れないのが信じられないわ」

「黙っててくれない？」ケイトの声は荒々しく、息が切れているようだった。戦士を装ったファルコンリッジを見ていると、入浴しているのを彼に見られたときと同じくらい気力が奪われていく。彼がとんでもない手間をかけたのは言うまでもない――仮装舞踏会を忌み嫌っている夫が。

ファルコンリッジがやって来てふたりの前で立ち止まり、ジェニーに向かって軽くお辞儀をした。「やあ、ミス・ローズ」

「わたしたちは今では親戚《しんせき》よ。ジェニーと呼んでちょうだい」

ケイトと同じでまるで口をきくのが難しいかのように、彼はただうなずいた。それから視線をケイトに向けた。「これまで一度も会ったことがないみたいに見つめているな？」

「あなたは衣装は着ないと思っていたわ」

「きみは着てもらいたがっていると思っていた」

「そうね、着てもらいたかったけれど、あなたはいやがっているようだったから」

「ぼくがいやがっているかどうかは重要じゃない」

「だったら、あなたは衣装を着たくないということね？」

「もちろん、衣装は着たくない。きみの怒りを刺激するだけの会話を続けなければならないのか？」

「もちろん話題を変えるのは自由だけれど、でも、どうぞ教えて、あなたは厳密には誰なの？」ジェニーが尋ねた。

ファルコンリッジはさらに不機嫌になったようだ。「アーサーかランスロットか、どちらでもお好きなように」

ジェニーははるかに楽しくなったようだ。ケイトは当惑した。最終的になんの衣装に決めたか、彼には言っていなかったのだ。「どうしてわかった――」

「きみの小間使いさ。甲冑《かっちゅう》をつけようかと思ったんだが、それで踊るのは不可能だろう。これでも十分難しいだろうな」

「試してみましょうよ、侯爵さま」ジェニーが言う。「ワルツが始まるところだわ。お相手が必要かしら？」

ケイトは思いがけない嫉妬《しっと》の火花がほとばしるのを感じた。ジェニーはわたしの夫といちゃいちゃしようというのかしら？

ファルコンリッジはケイトを見て、ちらりと疑いの色を浮かべた。「きみのダンス・カードはもういっぱいなのか？」

夫が気にしていることに、突然、ケイトはひどく嬉《うれ》しくなった。あらまあ、彼は努力している。努力しているのだ。わたしが望むことがなんであれ、喜んでしようとしているように見える。微笑みながら、ケイトは首を振った。「もちろん、そんなことないわ」

「だったら、ぼくと――」

「ええ」ケイトはすぐに言った。最後まで言ってもらう必要はなかった。「王さまと踊るのは初めてよ」

「これはただふりをしているだけだ、奥さん」

「ときにはそれで十分だわ」

軽くお辞儀をして、ファルコンリッジは腕を伸ばした。ケイトはその腕に手を置き、ダンスフロアに導かれるに任せた。

「鎖帷子は重い？」彼女は尋ねた。

「それほど悪くない」

もし重かったとしても、彼はそう言わないだろう。「どこで衣装を見つけたの？」

「古いトランクの中だ。父がかつて舞踏会のために着飾っていたのを思い出して……ぼくにはかなりばかげて見えるが」

「わたしは仮装舞踏会が好きよ。ネルソン提督とウェリントン将軍がいるし、双子のシーザーも……。ほかの人がみな仮装しているときに衣装をつけていなかったら、自意識過剰にならない？」

「階段を下りてきたとき、衣装をまとっていないジェレミー・ローズに気づいた」彼女の質問は避け、不機嫌そうに言う。

「兄は投資銀行家になっているのよ」

ファルコンリッジは顔をしかめた。「ぼくは公爵になって来るべきだったのかもしれないな」

「わたしはアーサーとして来てくれてよかったわ……それともランスロットかしら」ケイトは首をかしげて微笑んだ。「九番目の曲がワルツだと思うの。それはランスロットと踊りたいわ」

「それできみが喜ぶなら」

「とっても」

その言葉に満足して彼は温かく微笑み、ケイトは夫と今夜ダンス以上のことをするかもしれないと思った。

好きな色を言うかもしれない。

ダンスはあまりにあっけなく終わった。ダンスフロアから引き上げてきたあと、九番目のダンスには戻ってくると約束して去っていく夫を見送るのをとても残念に思っていることに、ケイトは驚いた。なぜ夫婦がこんなときにもっと一緒に過ごさないのか、なぜほかの人たちと交わらなければならないのかわからない。静かな場所を見つけることだけを望んでいるときに、喧騒《けんそう》から逃れて夫とだけいられる静かな場所を見つけたいときに、歓談しなければならないのがとんでもなく面倒だった。彼を知れば知るほど、もっと知りたくなる。

次の曲は兄と踊った。

「こんなに独創性がないなんて信じられないわね」ケイトは非難した。

ジェレミーは微笑んだ。容易に脅されたりしない男の笑みだった。「仮装ごっこをするにはちょっと年をとりすぎているからな」

「楽しむのに年をとりすぎているなんてことはないわ」

「女性の楽しみは、男の苦痛にもなりうる」

彼女はにらんだ。「まあ、お兄さまはファルコンリッジと同じくらいひどいのね」

「結婚生活はどうなんだ、わが妹よ?」

ケイトは肩をすくめた。「だんだん慣れてきているわ」

「彼はよくしてくれるか?」

ジェレミーの表情に真剣さがあることにケイトは驚いた。兄は八歳年上だ。無頓《むとん》着《ちゃく》そうでのんきな態度だが、父をビジネスの世界で成功させた情け容赦のなさとずる賢さを、兄も持ち合わせているのではないだろうか。

「それで、もし彼がよくしていなかったら?」ケイトは尋ねた。

「父上が留守の間は、ぼくが代わりをすることになる」

兄が何かにつけ女性を守ろうとする人物であることはわかっている。ホークハーストがルイザを汚したときには、彼女の擁護者になった。

「何をするの? ホークハーストにしたように、ファルコンリッジを殴る?」

「もし必要なら」

「殴り返してくるかもしれないわよ」彼女はぼんやりと言った。

「彼にそうさせたいのか?」

「ときどき……」ケイトは首を振った。どう説明したらいいのだろう? 「ときどき、彼がただ消えうせろと言ってくれればいいのにと思うの。わたしが気難しくなると、彼は歯を食いしばるだけ。わたしを喜ばせるために、なんでもするのよ」

「それが女の望むことだろう」

「正直言って、自分がこれ以上何を求めているのかわからない」ケイトはため息をついた。「それはそうと、キャロラインを招待してほしいと言ったとジェニーから聞いたわ」

「かわいそうに、キャロラインはあまりパーティによばれないんだ。ほとんどの人は好奇の目で彼女を見ている」

「それで、あなたはどんな目で見ているの？」

「魅力的だという目で見ているのさ」

「ママはキャロラインとのおつき合いは絶対に認めないわ」

「彼女と結婚しようとしているわけじゃないぞ、ケイト」

「誰と結婚するつもりなの？」

「そんなことは考えてもいない」

女は結婚を――いい結婚を期待される年頃になると、ほかのことはあまり考えなくなるのだが。男の人生はそれほど気楽なのだ。

「晩年になって結婚のことをずっと考えなければならなくなるように、一ダースのお嬢さんたちから呪《のろ》いをかけられればいいのよ」

ジェレミーは声をあげて笑った。明るい笑顔だった。「ぼくに息子たちを与えてくれる女性と結婚しようと思っているさ。きみの夫も同じことを望んでいるんじゃないかな」

「貴族の社会では、それは望みではなく要求なの。相続人のこととなると、ずいぶん要求がきつくなるわ」

「おまえたちの最初の子供がいつ生まれるかの賭《かけ》が行われているのは知っているだろう」

「そう聞いたわ」ばかばかしい慣行に対する嫌悪をあえて隠そうともしなかった。

「ぼくは十カ月に賭《か》けた。勝てるかい？」

彼女はもう少しで踊りをやめるところだった。「そんなことをするなんて信じられない！」

「チャンスを利用してもいいと思うね。そのうえ、妹が恥ずべき状況のもとで結婚したのではないと知らせることにもなる」

「それで、わたしを守ってくれるというの？」

「疑ったことがあるのか？」

ケイトは首を振った。「でも、守るというのとお節介の間にははっきりした境界線があるわ」

「あの男はおまえにはふさわしくなかったんだよ、ケイト」

彼女は目を細く狭めて兄を見た。ウェスリーのことを話すつもりはない、今夜は、そしてもう二度と。

「本当のところを教えてくれ、ファルコンリッジといて幸せなんだね？」

「満足しているわ」

ファルコンリッジと踊ったときと違って、ジェレミーとのダンスが終わったときは執拗《しつよう》な問いかけに答えなくてすむから嬉しかった。大きな目的があっての質問だったとしても、妻としての自分に疑問を抱かされる結果になっただけだった。

わたしは、すべての女性が望むものを望んでいる――愛され、大事にされ、価値を認められることを。

夫は愛してくれるようになるだろうか？　わたしは彼を愛するようになるだろうか？　わたしは彼を好きになりはじめているの？

そんな疑問が、ペンバートン公爵と踊っている間も胸に渦巻いていた。母がジェニーの結婚相手にと望んでいる男性だ。ケイトはペンバートンがジェニーについて質問を浴びせてくると思っていたのに、彼はただ微笑むだけだった。明らかに、すでにジェニーを手中におさめたと確信しているのだ。公爵はすばらしく気品があるが、あまり刺激的ではなく冷淡なくらいで、ジェニーがなんとしても欲しがっている情熱を与えることができるのかどうか疑問だった。

八番目のダンスの間、ケイトは庭園に向かって開け放たれた扉のそばにたたずみ、涼しい夜風が熱くなった肌をなでるに任せていた。ジェニーがストーンヘヴン公爵と踊っているのが見える。ケイトのダンス・カードとは違って、ジェニーのカードは彼女が空けておこうとしても常に埋まってしまい、特に望んだとき以外は踊りから抜けられなかった。ジェニーの美しさと落ち着きは男性を引き寄せる。

ウェスリーだけが、ジェニーよりケイトを選んだ。ファルコンリッジもそうなのだが、けれども彼がお金以外の何かのために結婚したなどと、ケイトは勘違いしたりしなかった。大っぴらに彼女を崇《あが》めていたウェスリーとは違って。彼はわたしの心を――。

「やあ、かわい娘《こ》ちゃん」

背後から聞こえた愛情に満ちたなじみのある声にやすりをかけられ、ケイトの息は胸につまった。このほろ苦い瞬間がいつかやって来るとわかってはいたけれど、これほど早いとは思っておらず、準備もしていなかった。すべての力を使って涙を抑え、無理やり唇に微笑みをたたえて、ゆっくり振り向く。

「こんばんは、ウェスリー」

ウェスリーは手袋をした彼女の手をとって、手の甲にキスをした。「以前と変わりなくきれいだね。きみが結婚したと聞いたよ」

うなずきながら、ケイトはごくりとつばを飲み込んだ。「ファルコンリッジとね。信じられる？　侯爵よ」

「きみなら王にもふさわしいさ」

彼女はこの瞬間を台無しにしてしまいそうな涙を呪った。「あなたも結婚なさったそうね。幸せ？」

「相手がきみじゃないのに、どうして幸せになれるんだい？」


「それじゃ、あなたはフランス王の親戚なのね？　もしかしたら双子の兄弟？　バスチーユ監獄に閉じ込められていた？」ジェニーが黄金の仮面をつけた男に尋ねた。彼が人ごみを抜けてくる様子から、ケイトがファルコンリッジではないとすぐに気づいたように、その優雅な足取りから、ジェニーは彼が誰かはっきりとわかった。社交シーズンの初めのころは、彼の物腰を見て過ごす時間がずいぶんあった。最初から彼はジェニーに魅了されていた。「それとも、あまりに恥ずかしくてただ顔を見せられない人なのかしら？」

「真実を明らかにするとしたら、あとで」

「でも、あなたはいつも真実を話す人ではないわよね？　あなたに招待状を送った覚えはないわ、レイヴンスレイ」

「だが、不当に扱われた誰かとしてやって来ることにしたのには理由があるんだ」

ジェニーはあざ笑った。「あなたは自分で自分を不幸にしたのよ。ここにいることを妹さんは知っているの?」

「いいや。ルイザはずっと夫を見つめてばかりだから、ほかのことには気づきもしない。とても幸せそうだ」

「ふたりはお似合いだと思うけど、そのことで、彼らにかかわるあなたの嘆かわしい行為が許されるわけじゃないわ」

「きみがあいつと結婚するかと思うと我慢できなかった。今、きみはペンバートンと結婚するつもりだと聞いている」

「あなたはずっと社交界から離れていたんだから、何か耳にすることがあったなんて不思議ね」

「ぼくにはつてがあるから。本当なのか?」

ジェニーは、ルイザに苦しみを与えた彼に腹を立ててはいたものの、話ができて嬉しいことは否定できなかった。社交シーズンが始まったころ最初にダンスをしたときから、ジェニーは気がつくと後戻りできないほどレイヴンスレイにひかれていた。だが彼はただの伯爵で、母はジェニーを伯爵夫人ではなく公爵夫人にさせたがっているのだ。

「十中八九、彼が結婚相手になるでしょうね、まだ申し込まれてはいないけれど」

見えるのは青い瞳だけだが、彼が感じた悲しみと失望は十分読み取れた。

「一緒に庭をひとめぐりしないか?」レイヴンスレイが提案した。

ジェニーはまわりを見まわし――。

「ぼくたちに注意を向けている人はいない」彼は静かに言った。「裏口からこっそり出れば誰にも気づかれないさ」

「わたしがいないと気づかれるわ。女主人ですもの」

「五分だよ、ジェニー。ぼくが求めているのはそれだけだ」

うなずいて、ジェニーはもう一度周囲を見まわしたあと、横の扉からすべり出た。レイヴンスレイが近くにいることをひどく意識したが、意識するのはいつものことだ。

庭園内の小道へと導く代わりに、彼はジェニーの腕を優しくとって家の脇《わき》に急ぎ、ガス灯の明かりが届かない暗がりに入った。仮面がはずされていたことに気づいていなかったジェニーは、まさに突然、両腕に包み込まれた。社交シーズンの間ずっとうまく手はずを整えてひそかに会いつづけてきたときのように、唇が彼女の唇をあざけり、からかう。記憶のとおり、彼はえも言われぬ味がし、興奮がジェニーの体に流れ出す。レイヴンスレイは彼女の純潔を損なわない形で情熱を与えることができるけれど、もう少し一緒にいたいという気持ちにもさせる。

レイヴンスレイは仮面を落として手袋をはずし、一方の腕で彼女をしっかりと抱いたまま、素手を頬にすべらせ、親指で口の脇をたどった。ぐっと引き寄せ、額に額を押し当てる。「ああ、きみに会いたかった。ぼくと一緒に逃げてくれ」

顎に沿って熱い唇をすべらせ、喉へと下ろし、ジェニーから思考力を奪う。彼が作り出す信じられない感覚に溺《おぼ》れること以外何も望まないときに、言葉に集中するのは難しかった。「一緒に逃げるなどという選択肢があると思うだけでも、二倍愚かよ。あなたはロンドンで一番貧乏な貴族だし、両親はわたしたちが一緒になったらお金を出してくれないわ」

「金のことなんか気にしていない」

「だったら、気にすべきだわ」意図したより強い口調になる。「貧民として人生を終えるつもりはないもの」

「なんとか道を見つけるさ」

ジェニーは低い声でくっくっと笑った。「そんなことを信じているとしたら、ばかよ。あなたはまわりの状況を変えられていないし、わたしにはケイトのような数字に対する才能もない。いったん情熱が冷めたら、わたしたちは惨めになるわ」

「冷めることなんて決してない。ぼくがどれほどきみを求めているか、きみにはわからないんだ」

そして、わたしがどれほど彼を求めているか、彼にはわからないのよ。確かに魅力的だ。見つかる危険もなく親密さを分かち合える秘密のどこかに行くのは、とても魅力的だ。

「わたしたちはここにいるべきじゃないし、こんなことをしているべきじゃない」ジェニーは肩を押し、彼が離れやすいようにした。「舞踏室に戻らなくちゃ」

「きみが欲しい、ジェニー、きみを手に入れるためならなんだって、どんなことだってする」

レイヴンスレイの声は自暴自棄というより決意に満ちていた。とたんにジェニーは興奮し、ぞくぞくし、恐怖でいっぱいになった。「それを、あなたはすでにはっきり示したわ」

「妹とホークハーストに対する裏切りは、きみを手に入れるためにすることとは比べるべくもない」

「あなたの行動は、彼らを傷つけたのと同じくらいわたしを傷つけた。そう、あなたのキスはとてもたくさんのことを忘れさせてくれるけれど、それは結局終わり、終わったとき思い出が生まれる。ごめんなさい、アレックス、でもあなたとは決して結婚しない」

声に出して語られた言葉の痛みに、ジェニーは不意をつかれた。よろけそうになりながら、急いでレイヴンスレイから離れる。自分の夢とともに、彼を暗がりに残して。

「きみが仮装しているなんて信じられないな」

マイケルはホークハーストをじろりとにらんでから、ダンスフロアに注意を戻した。友人が正式な夜会服を着ていることは、なんの助けにもならなかった。

「少なくとも仮面をつける必要はなかった」マイケルは言った。

「衣装だって着る必要はなかった」

「仮装舞踏会だぞ。だったら仮装するのは当然じゃないか」

「以前は、金めっきを施された招待状の指図になんか絶対に従わなかったよな」

「以前は、結婚なんかしていなかったからな」

「彼女に言われればなんでもするんだろう」

マイケルは歯ぎしりをした。「悲しいことに、それがぼくの置かれている状況の真実さ。ルイザの兄貴が、きみが彼女を汚したことをロンドンじゅうに知らせたのは親切だったんじゃないかと思いはじめているんだ。もしジェニーがケイトの半分でも頑固だったら——」

「彼女の愛情を手に入れるのはあまりうまく進んでいないのか?」

「そうは思いたくないが」ふたりで踊っていたとき、ケイトが見つめていた様子を思い出す。「だが、今夜は大きく一歩進んだかもしれない」

もし鎖帷子がその秘訣《ひけつ》だと知っていたなら、結婚の夜に身につけていただろう。

「彼女に我慢しているなんて信じられないな」

「認めるしかない――」マイケルは首を振った。いや、信頼できる友にさえ認めるつもりはない、実際ケイトを喜ばせたい気分なのだということは。満たさなければならない条件を彼女が出しているのは不満でがっかりだが、彼女を微笑ませたときにはいつも、ある種の達成感を覚えるのだ。そして彼女が声をあげて笑ったときは……彼女の笑い声ほどすてきな音は、この世にないと思う。

「認めるしかない……？」ホークハーストが急《せ》かす。

「きみとの会話は楽しいが、妻ともう一回ダンスの約束をしていることを認めるしかない。だから、もしよければ義務を果たさなければ」

「妻と踊るのを義務だと考えている限り、彼女はきみを愛するようにはならないと、ルイザだったら警告すると思うな」

「きみは妻と踊るのを義務だとは思っていないようだな？」

ホークハーストは、いまいましいことに満面に笑みをたたえた。「ルイザと過ごす時間はすべて喜びさ」

「ぼくのユーモアを解する力をすっかり台無しにしてくれたな」

「申し訳ない。実はちょっと助言したいと思っていたんだ。ほかの誰より彼女を腕に抱きたいと思っていると信じさせるんだ。そうすれば、義務だなどと思えなくなる」

マイケルはうなずいた。ケイトといるのは楽しい。ぼくは、彼女と踊ることが義務だなどと考える愚か者だ。「きみの助言はよく心に留めておくよ。さあ、いいかな?」

「もちろんだ」

大またで友人から離れながら、彼はホークハーストを羨《うらや》んでいる自分に気づいて驚いた。ホークハーストは金を持たない女性と結婚したが、すっかり満足し、猛烈に妻を愛しているのだ。マイケルは猛烈に愛することなど考えられない。妻はいわば、彼を引きずりまわしている。彼女を愛することは、ぼくに及ぼす大きな力を与えるということだ。彼女はすでにその力を十分持っている。けれども実は、妻のなすがままになるのは思っていたほど不快ではなかった。

庭園に向かう扉の近くにケイトが立って、男と話しているのを見つけた。しかし、マイケルが足を止めたのはそのせいではなかった。

彼女の顔には打ち解けた飾らない表情が浮かんでいる——愛し、求め……欲しているような。

自分でも理解できない所有欲が、これまで経験したことのない嫉妬が、苦しげなほどのうなり声をあげる。目にしているものを否定したい、あんなふうに彼女に見つめてもらいたいと死に物狂いで望んでいることを否定したい。

自分がそんな深い愛情を彼女から受け取ることは決してないだろうという思いは、

たとえ何をしてでも、はねのけたかった。

深く息を吸い、大またでふたりに向かって近づくと、その男が誰かわかった。ウェスリー・ウィギンズ、ウィギンズ子爵の三男。アメリカの女相続人をつかまえた男だ。彼がマイケルに脅威をもたらすようなことはなかったが、マイケルは脅されたと感じずにはいられなかった。

靴音を響かせて近づいたので、ふたりがマイケルのほうを向いた。ウィギンズはケイトと同じくらいひどく赤面した。

「だんなさま」ケイトはぎこちなく微笑んだ。「紹介させて――」

「ミスター・ウィギンズとは知り合いだ」ウィギンズに称号がないことを強調するのは、たいそう嬉しかった。

「まあ、ええ、もちろんだわ。同じ上流社会のお仲間なんでしょうね」

「きみのきれいな奥さんはどこだい？」マイケルが聞く。

もしそんなことが可能ならばだが、ウィギンズはさらに赤くなった。「今宵《こよい》はあまり具合がよくなくて。彼女の妹に付き添ってきたんです」

「奥さんのそばにいるべきだったと思うが」

「彼女の苦痛を和らげるのに、ぼくにできることはほとんどありませんから」

しかしマイケル自身、妻の具合が悪いときに置いてきたりすれば、不評を買うことは想像できる。ウィギンズの失敗を指摘して慰めとしたのは、たぶんそのせいだろう。だが悔しいことに、ケイトは平気なようだ。

「あなたの奥さまと踊らせていただけたらと思っているのですが」突然訪れた静寂の中で、ウィギンズが言った。

くそっ、このダンスはぼくのものに決まっている。けれどもケイトの目の中に見えるのは……なんだ？　ためらい？　曖昧《あいまい》さ？　期待？

ウィギンズが実際ケイトに何をするつもりかは定かでないが、マイケルはこの男は脅威だと感じ取っていた。なんらかの形で脅かすのだ、ケイトかマイケルのどちらかを、あるいはふたりの未来を。

マイケルは脅威を軽く見る人間ではなかった。

「残念だが、妻とのこのダンスをとても楽しみにしていたからあきらめることはできないな」

マイケルは、びっくりしている様子のケイトに向かって腕を伸ばした。ぼくがほかの男にいともたやすく妻を渡すとでも本当に思っていたのだろうか？

彼女はウィギンズに微笑みかけた。「またお目にかかれて嬉しかったわ」

「ぼくもです、奥さま」

「きみの奥さんによろしく伝えてくれ」マイケルは、本当にちゃんと伝えろという巧妙な念押しをした。

「ありがとうございます」

ケイトに付き添ってほんの数歩進んだところで見ると、彼女がもう赤くなっていないことがわかった。むしろすっかり青ざめている。「家に帰りたいか？」とマイケルは聞いた。

彼女の瞳に浮かんだ感謝の念を見て、マイケルは気分がよかった。

「ええ、そうなの、もしあなたがよければ」

「ちょうどこの衣装を脱ぎたくなっていたところだ」

従僕に御者を呼びに行かせ、馬車を表にまわさせるのに、さほど時間はかからなかった。マイケルは妻が乗るのに手を貸してから、自分も乗り込み、いつもどおり彼女の向かい側に座った。薄暗い明かりのともった通りを進む間、彼女はまるで街灯の輝きに見ほれているように見えた。その心をどんな思いが行き交っているのだろうと、マイケルは考えずにはいられなかった。

知りたい気持ちがこれ以上抑えられなくなり、彼は聞いた。「ウェスリー・ウィギンズはきみにとってなんなんだ？」

「なんでもないわ」

妻は嘘《うそ》をつく人間ではないが、今は嘘をついているとマイケルは感じ取った。ウィギンズを見つめる彼女の目にあったのは興奮と切望だった。そして、何かほかのものも。もっとはるかに深いところにある何か。かつて鮮やかに燃え上がり、再び火がつく危険のある激情。いや、彼女は嘘はついていない。むしろ問いかけの言葉がまずかったのだ。

「きみにとって彼はなんだったんだ？」

ケイトは道から注意をそらし、薄暗い馬車の限られた空間の中、彼と目を合わせた。

「わたしの夫」

14

ケイトは現在の夫が大声を張り上げ、わめき散らし、尋問すると思っていた。だが夫は、彼女の言葉のあと、完璧《かんぺき》に冷たい利己的な沈黙の中に引きこもってしまった。家までの残りの道のりは何も話さなかった。到着して馬車から降りる彼女に手を貸したときも、まったくひと言も発しなかった。彼が完全に引いてしまったのは恐ろしかった。まるで、すべてを硬いボールの中につめ込んでしまったかのように――遅かれ早かれ爆発する以外、選択の余地がないボールに。

爆発が起きたとき、そばにいたくないと心から思う。

今、彼女は寝室の窓の前に立ち、夜の闇《やみ》を見つめていた。ウェスリーとファルコンリッジ両方との出会いに呆然《ぼうぜん》として、暗さにもほとんど気づかなかった。クロエに手伝ってもらい、衣装を脱いで、さしておしゃれではない綿のネグリジェに着替えた。舞踏会にどれほど期待していたか、信じられないくらいだった。ウェスリーの存在にどれほど困惑したか。彼のすべてがとてもなじみ深く、とてもいとしい。彼に会ったことで、ユーモアのセンスも、ファルコンリッジをベッドに招くために立てていた計画も、すっかり台無しになってしまった。

きっとジェニーは、ウェスリーが舞踏会に出席することを知らなかったのだ。そうでなければ、わたしに警告していたはずだ。彼がロンドンに戻っていたことさえ知らなかったのだろうか？　ウェスリーは注目を集めるほど重要人物ではない。彼が称号を受け継ぐことはない。三男なのだから。噂《うわさ》好きな人たちも彼にはほとんど注目しない。

ウェスリーが少しやつれたように見え、すばらしく喜びに満ちているわけではないという事実に、自分本位にもケイトはちょっと嬉《うれ》しくなった。メラニー・ジェファーズとの結婚は望んでいたようなものではないの？　それにしても彼はどうしてそんなばかな結婚をしたのだろう？　両親がメラニーの相続権を奪うと脅さなかったから？

ケイトは、ほかの人と結婚したウェスリーを激しく呪《のろ》った。

夫の寝室につながる扉が、かちっと開いた。ケイトの心臓があばら骨を打つ。彼のばかげた色あてゲームにつき合う気分ではない。そう言おうとして振り返ると、言葉が舌の上で止まってしまった。厳しい断固とした表情からすると、夫はばかげたゲームをしに来たのではない。

彼は鎖帷子《くさりかたびら》をガウンに着替えていたが、その目にある激しい怒りが、ケイトの背筋に凍えるような冷気を送り込んだ。顎は硬く引きしまっており、話などできるのだろうかと思う。彼の両手が体の脇《わき》でこぶしに固められている限り、それがこの首にまわされることはないだろうが。

ケイトは顔をそむけたかったが、むしろ難題に向き合った。まさにそのとき、夫の忍耐力をひどく過小評価していたことに気づいた。明らかにそれは終わりに近づいているのだ。

「きみがウェスリー・ウィギンズと結婚していたとはどういうことだ?」彼は歯をぎしぎしいわせた。

ケイトはごくりとつばを飲み込んだ。どこから始める? そもそも始めたいと思っているの? そして本当に、彼は関心があるの?

彼女の心の中を飛びまわるやみくもな思いに気づいているかのように、ファルコンリッジはベッドの支柱にこぶしを打ちつけた。ケイトはその音にひるみ、支柱が真っ二つにならないのが不思議だと思った。

「答えろ、くそっ!」

ケイトは顎を上げた。「そんな義務は――」

「今夜はゲームをしたくないだろう、奥さん。ぼくは結婚とひきかえに称号を差し出した。そして今わかったのが、手に入れたのが恥ずべき離婚の――」

「わたしは離婚していないわ」ケイトは自分の罪に受けた小さな傷に掛け金をかけて、すばやく請け合った。恥ずべきという部分には反論できなかった。彼女がしたことは母親を憂鬱症《ゆううつ》にした。

「だが、きみは結婚していた」

ケイトはうなずいた。「十七歳のときに。父がその結婚を無効にした。ありあまるほどのお金があれば、なんでも成し遂げられるのよ。そして、あなたもよくわかっているように、わたしたちは胸が悪くなるくらい裕福なの」彼女は苦々しげに笑った。

「わたしが未成年だったことは関係なかった」

「ウィギンズは夫の権利を行使したのか？」

夫の燃えたぎるまなざしを受け止めることはできなかった。ケイトは彼の足元に、大きな素足に視線を落とした。握りしめた手と同じで、まるで戦っているようだ。足首と体毛に覆われたふくらはぎが見える。ガウンの下には何も身につけていないのだろうか？

「沈黙はイエスと受け取っていいのか？」悪意のない言い方だった。言ったとたん、ファルコンリッジはまるで自分の言葉に驚いたかのようだった。

うなずきながら、ケイトは視線を夫の顔に戻した。

「それなら、きみはぼくが考えていたように無垢《むく》ではないし、男のやり方に優しい前置きも必要ないというわけだ」

　そんなもの言いに、わたしがどんな形にしろ答えると、彼は本当に思っているのだろうか？　わたしが無垢でないから、どうにかしなければならないのだろうか？　男のやり方を知っていたという事実が、まさに彼を寄せつけなかった理由そのものだった。

「男と女が分かち合う喜びを知っているのなら、なぜぼくを拒むんだ？」ファルコンリッジは一瞬じっと見つめたが、彼女の防御をかいくぐって心をのぞくには十分だったようだ。「なぜなら彼を愛しているから……今でも？」

　答えることで夫をこれ以上怒らせる危険を冒す勇気はなかった。

　だが明らかに、認める必要はなかったのだ。彼はただ長く深いため息をついた。

「今夜きみがあの男を見つめる様子を見た。ぼくはかなわないから、わざわざ試してみようとも思わない。だが、これ以上拒絶されるつもりもない。目を閉じて、きみを抱いているのが彼だというふりをしろ。絶頂のときには彼の名前を叫べ。ぼくは気にしない。しかし、これ以上拒絶されるつもりはない」

　ケイトは涙がこみ上げてくるのを感じた。「もしそんなことをしたら、あなたを決して愛するようにはならない」

　深い深い悲しみが彼の目に宿る。「どちらにしても、きみはぼくを愛するようにはならないさ」

ファルコンリッジは一歩踏み出すと、ケイトが思ってもいなかった優しさを見せて頬を包み込み、親指で頬を流れる涙をぬぐった。

「お願い――」彼女は耳障りな声で言った。

ファルコンリッジは親指を彼女の唇に当てて黙らせた。「今夜きみは、ときにはふりをするだけで十分だと言った。ふりをするんだ。きみを抱いているのが彼だというふりをしろ」力強い腕にケイトを抱き上げる。「きみに触れているのが彼だというふりをしろ」彼女をベッドへ運んでいって横たえた。「ふりをするんだ、きみ《スウィートハート》、ただふりをしろ」

見上げる彼女は、胸の中で心臓が激しく打ち、喉が締めつけられるのを感じながら、押し寄せる涙を寄せつけないようにした。夫は不可能なことを要求している。

「暗がりでは、どんな女性でも同じに見える」彼は穏やかに言った。「同じことが男にも当てはまると思う」

そう言うと、ファルコンリッジはガス灯を消して、ふたりは暗闇《くらやみ》の中に入った。絹が肌にすれる音が聞こえる。彼の重みでベッドが沈むのを感じた。どうやって彼が触れてくるのに耐えればいいの？　どうやって彼が裾《すそ》を持ち上げるのに――。

ただし、彼の注意を引いたのは裾ではなかった。彼の両手はケイトの喉を的確にとらえ、指が軽く肌をかすめて下へ向かい、ネグリジェのボタンをはずしにかかった。

女性のネグリジェは脱がす必要がないことがわからないのだろうか——。

唇が喉をかすめるのを感じ、彼に言おうという考えは朝日を浴びた霧のように吹き流されていった。熱く湿った舌が鎖骨をたどり、喉の付け根のくぼみに入って、彼の指が熱心に成し遂げようとしている作業からケイトの気をそらした。

彼の低いうめき声が響いてすぐに唇は離れ、ネグリジェの前が開けられて素肌が外気と闇にさらされたのがわかった。傷つきやすくなったように感じ、彼女は全身を走り抜ける震えを止めることができなかった。まるで闇が彼の視線から守ってくれるかのように、目をぎゅっと閉じる。

もう一度慈悲を請いたかった、顔をそむけたかった。だが、プライドが後ずさることを許さなかった。彼の言ったとおりにしよう。彼がウェスリーであるふりをするのだ。

ただしウェスリーは、決してわたしの肩からネグリジェをはいだりしなかった。決してわたしの腕に、脇腹《わきばら》に、布をすべりおろしたりしなかった。もっと下に下げるためだけに、決してわたしのウエストのあたりに布を集めたりしなかった。決してわたしの足から抜き取ったりしなかった。

ウェスリーは決して、まるでチョコレートを溶かすようにわたしの足首をこんなに温かく手のひらで覆ったりしなかった。決して、まるで秘宝を発見した探険家がその価値を推し量るかのように、両手をゆっくりとわたしの肌にすべらせたりはしなかった。

両手が先んじた場所を、唇が追う。

親密な触れ方に、ケイトは息をのんだ。青い瞳で見つめる男性をなんとか想像しようとしたが、緑の瞳しか見えない。金髪に絡まる自分の指を想像しようとしたが、真夜中の嵐《あらし》のような黒髪が心に浮かぶだけだ。

彼が腿の内側にキスをする。おへそのすぐ下にキスをし、舌をその中に沈める。少しもまごつくことなく、ぎこちないところをまったく見せず、どうして正確にそんなことができるのだろう？　まるですでにその方向がよくわかっているかのように。

彼の胸が胃のあたりをかすめるのを感じ、そのあと唇を胸に感じた。彼の肩に指を食い込ませ、ケイトはもう少しでベッドから離れそうになる。彼を押しやるために、彼をもっと引き寄せるために。

かつて三カ月間結婚していたけれど、こんなふうに触れられたことはなかった。こんな信じられない苦痛は知りもしなかった。体が燃え上がり、どうやって手に入れたらいいかわからない何かを求めてケイトは身もだえした。すすり泣きがもれていることにはほとんど気づかなかった。

本当に悪魔と結婚してしまったのだ。肉体的な罪が、これほど残酷で手慣れた拷問になりうるなんて。彼は、理解できない何かの縁にわたしを運んでいく。そして、わたしは舞い上がり、探し、見失い……。

彼はうなり声をあげて顔を戻すと、荒々しく体をぴったり密着させて、ケイトの首の曲線に顔をうずめた。肌の上にある彼の唇は熱く湿っている。一方の腕で強くしっかりと彼女を抱きかかえながら自分の体を支え、まるでこれほどすばらしいものは知らなかったとでもいうように、もう一方の手で胸を愛撫《あいぶ》する。

自分の裸の体が、全身すっぽりとほかの人の体に押しつけられていると感じたことなど一度もなかった。彼女の足が彼のふくらはぎをなでると、そこにある硬い毛が足の裏に当たる。両手に、彼の背中にうねる筋肉の動きが感じられる。

これほど力強く、これほど決意に満ちて、これほど抑えられない情熱を持った男性と結婚したという事実を、どうして見逃すことができたのだろう？　彼の手がひとつひとつ至るところを愛撫し、彼の唇の動きひとつひとつが肌を覆い、彼の舌がすべてをたちまちなでていく。喉の奥からもれたうめき声が、彼女の末端の神経に沿って揺らめく。

ケイトは地獄でのたうちながらも、絶頂に向かって漂っていった。

暗闇の中でさえ、ファルコンリッジが姿勢を変えて彼女の上で身を起こしたのがわかった。長く確実なひと打ちで彼が入ってきたときには、もうすっかり準備ができていた。満たされてケイトは驚いた。これほど張りつめた感じは経験したことがない、これほどの……。

ヒップに手をすべらせて持ち上げられると、信じられないほど深く……。

彼が前後に動いた瞬間、これまで経験したものはまったく役に立たなかった。彼に向かってやめてと叫びたかった。導かれていく先が恐ろしかった。彼に向かって続けてと大声をあげたかった。この旅が完結する前に立ち止まってしまうのが恐ろしかった。

最初の結婚の間に経験したのは、心地よいものだった。いつも心地よかった。これはまったく別のものだ。森の池のそばで彼が示した力の一片は、今見せられたものの前ではかすんでしまった。理解できない喜び、耐えられない感覚。

ファルコンリッジは荒々しく穏やかで、厳しく優しい。そのすべてだ。

そんなことが可能だとは思えないが、ケイトの体は彼のまわりでさらにしっかりと締まり、そして彼女は叫んでいた。はるか星が輝くような領域まで連れていかれ、叫んでいた。

彼が最後の突きを繰り出し、激しい身震いに全身が波立つのをぼんやりと感じる。彼は姿勢を保っていたので、腕を通して震えが感じられる。

ケイト自身の腕は力なく彼から離れた。

ファルコンリッジの荒い息遣いと、ごくりとつばを飲み込む音が聞こえる。体を離しながら、彼は首の曲線にキスをした。離れるとき、感じやすい肌が彼の肌にこすられる。彼の足が床にぶつかった音が聞こえ、意外なほど優しく上掛けが体の上にかけられた。

ケイトにはその動きがわかった。扉がかちりと開き、通ったあと閉まる一瞬前に、彼の寝室からもれた明かりに裸の輪郭が浮かび上がった。

彼女をひとり残して。そんなことがあるとは想像もつかなかったほど彼女をさらに寂しくさせて。

ケイトは体を横向きにして、涙が落ちるに任せた。彼らの間で交わされたものは、深く愛し合っているふたりが分かち合うべきものだ。奪われるべきではなかった。だが、奪われたのだ。

右手にガウンを握ったまま、マイケルは寝室を横切り、暖炉の前の長椅子に座り込んだ。前かがみになって両手に顔をうずめると、その手には妻の甘い香りがまだ残っていた。芳香が鼻腔を満たし、体が痛いくらいに硬くなる。

自分が彼女に要求したことに対しては覚悟ができているつもりだった——彼がほか

の人間だというふりをする。彼女がほかの誰かと愛し合っていると心に描いているのを知っていることが、ここまでの苦痛をもたらすとは思ってもみなかった。

顎に手を当てたまま顔を上げる。最後に女と愛を交わしたのはいつだっただろう？たくさんの女と関係を持った。単純で、簡単で、自分本位に。ああ、ぼくは彼女たちを喜ばせるのが好きだ。自分が喜ばせてもらうのと同じくらい彼女たちを喜ばせようと、いつも努力している。だが、今夜のことは……。

両手と唇で彼女に余すところなく触れた。あらゆるくぼみと曲線を覚えている。もし朝目覚めたとき視力を失っていたとしても、彼女の完璧な像を彫ることができるだろう。

マイケルはかすかな忍び笑いをもらした。いや、彫刻の腕はないのだから、それは無理だ。

しかし、彼女をはっきり思い描くことはできる。今は、あの夜浴室で見たすばらしいなめらかさをすべて知っている。すぐに彼女のもとに戻り、しっかりと抱き、もう一度なで、彼女の叫び声を聞きたい――。

マイケルはぎゅっと目を閉じた。それがぼくのためのものだというふりをしろ。

ぼくは自分がふりをしたくてたまらないとは気づかずに、彼女にふりをしろと言った。彼女がベッドにいてほしいと願う相手ではないのだから、自分がひどい苦しみを感じることになるとは気づかずに。

　頭をがっくりと垂れ、両手で髪をすいた。少なくとも彼女はぼくに触れた。そしてきつく締めつけてきた。ひどくきつく締めつけられ、彼女にあおられてもう少しで湿った温かい繭の中に種をまいてしまうところだった。体はすでに、その甘い苦痛をもう一度経験したがっている。

　しかし、すぐにケイトのところに戻ろうかと考えて、扉の前でためらったのだった。すすり泣きが聞こえた。そう、彼女は今夜ぼくが戻っても歓迎しないだろう。

　だが明日の夜、彼女が回復してから、彼女がもう一度ふりをする力を得たとき、彼女の寝室に、彼女のベッドに戻ろう。そして彼女が、ぼくが誰かほかの人間であるふりをしている間、ぼくは、彼女がぼく以外の誰かだと想像する理由などないふりをするのだ。

15

上掛けの下で伸びをしながら、こんなによく眠って、こんなにまばゆいばかりに目覚めたのはいつ以来かわからないとケイトは思った。体はすっかりほぐれている。彼女は満足げな小さな声をもらした。あらまあ、すばらしい気分だわ。

さらに伸びをしたケイトは、脚の間の痛みに動きを止めた。記憶が襲ってきて目をさっと開ける。

「まあ、やっとお目覚めになったんですね」

裸の体を覆う上掛けを握り——昨夜はあまりに眠く、あまりに満ち足りていて、ネグリジェを取り上げてもう一度着る気力がなかったのだ——顔をぐいと横に向け、クロエがゆっくり椅子から立ち上がるのを見た。

「だんなさまが、ご様子を見てくるようにとおっしゃって」小間使いが言う。「奥さまがまだ起きていらっしゃらないのでちょっとご心配のようでした。お昼をとうに過ぎていますから」

カーテンが開けられ、日の光が部屋に流れ込んでいたので、クロエが顔を赤らめているのがわかった。

「いつもはそれほど遅くまで寝ていらっしゃいませんし」クロエが言う。「ご気分がよろしくないんですか？」

「元気よ」ケイトはぴしゃりと言った。実は、元気という以上だ。

クロエは首をひょいと引っ込めた。「今日はハイネックのドレスになさったほうがいいと思います」

ケイトは使用人の前で裸になるのに慣れている。上掛けをはぐと、視線が腿の内側の打ち身に……。

ケイトは眉をひそめた。いいえ、正確には打ち身ではない。ファルコンリッジの熱い唇がとどまっていたことを思い出す。胸に視線を上げ、彼が残したまた別のしるしを見つけた。ベッドからさっと出ると急いで部屋を横切って洗面台のところに行き、鏡をのぞき込んで、喉の鎖骨のそばにうっすらと残るキスマークを見つけた。

夫は熱意を抑える必要がある。振り返ろうとして、鏡に映る自分の笑顔に気づいた。これまでに、こんなに満ち足りた表情をしていたことがあったかしら？

この一番新しい罪で彼を責めようとするときでさえ、声に真の怒りがこもるかどうかわからなかった。

彼によってこれまで到達したことのない高みに連れていかれたから、もうあまり注意を向けられなくなってもいいと本当に思っているの？

ジェニーが正しかったの？　情熱のほうが愛より望ましいものなの？

「侯爵は今どちら？」ケイトは尋ねた。

「存じません、奥さま。数時間前に馬車でお出かけになりました」

わたしが夫を避けようとしているように、彼もわたしを避けたがっているのだろうか。紳士らしく振る舞わない紳士に、レディはいったい何を言えばいいの？　彼が自分にしたことが全部わかっていて、どうして彼の目を見ることができる？　ウェスリーとはこんな問題はなかったが、彼との営みはもっと抑制のきいた思慮深いものだったから……彼を愛してはいたけれど。

ケイトは首を振った。愛していたのではない。今も愛しているのだ。愛している男性と視線を合わせるのは簡単だ。愛には信頼が含まれている。ファルコンリッジと顔を合わせると、とても居心地が悪くなる。できる限りずっと顔を合わせずにいたい。ニューヨークに戻るのは別問題としても、選択肢は限られている。買い物をしてまわらなくては。お金を使うといつも気持ちが落ち着き、困難に向き合いやすくなる。

ケイトはクロエのほうを向いた。「そうね、今日はハイネックのドレスがよさそうだわ。それから、馬車をまわしてちょうだい」

どうしても気晴らしをする必要がある。

ケイトが最初に行ったのは、両親が借りている家だった。彼女は強い決意を持って玄関扉を通り抜けた。玄関広間を歩いてきたジェレミーが足を止めた。

「もっと早くやって来ると思っていたよ」彼はゆったりと言った。

「ジェニーはどこ？」

「まだ寝てる。ジェニーは彼を招待しなかったよ、ケイト」

彼というのが誰のことかはわかっていた。「じゃあ、彼がやって来たのはかなり失礼なことよね？」

「両親の承諾なしにおまえと結婚したのも失礼なことだ」

ジェレミーは、父親が結婚を無効にするときに逆らわないように、うまくケイトを説得したのだった。兄は聖者に罪を犯すよう説得できるほど弁が立つ。その才能は母から受け継いだものに違いない。

「以前は彼が好きだった？」

「ずっと好きだったさ。ただ、おまえの扱い方が認められなかっただけだ」

「扱い方？　まるでわたしがいまいましい馬みたいな言い方ね」

ジェレミーはため息をついた。「ぼくが言っている意味はわかっているだろう。彼は実際おまえを誘拐して――」

「わたしは進んで行ったのよ」

兄は首を振った。「そのことを蒸し返すつもりはない。ウィギンズがおまえに注意を向けていたことを知って、ファルコンリッジはあまり喜んでいなかったようだとだけ言っておこう」

「ずいぶん控えめでいらっしゃること」

ジェレミーは顔をしかめて一歩近づいた。「おまえに怒りをぶつけたりしなかっただろうね？」

彼なりの方法で怒りをぶつけたが、それは不満を言うようなものではなかったし、もちろん詳細をジェレミーに話すつもりもなかった。「わたしがウェスリーといるのを見て、夫が不機嫌になったのは間違いないと言えば十分でしょう。さあ、もしよければ、ジェニーのところに行きたいんだけど」

「正しいかどうかはわからないが、ファルコンリッジのほうがいい男だと思うよ」

ケイトは声に出してあざ笑った。「何を基準にそう評価するわけ？」

「ファルコンリッジは自分の行動を恥じるかのように、こっそり口説いたりしなかった」

「彼はまったく口説いたりしなかったのよ、ばか！」

そう言うと、ケイトはくるりと向きを変えて階段を駆け上がっていった。ウェスリーが口説いたようにしてほしかったわけではない――チョコレート、詩、こっそりキスを盗むこと。あれほど心を寄せられたことは一度もなかった。とてもわくわくしたものだった。

ジェニーの部屋の扉をさっと抜けて、ずんずん中へと進み、カーテンをぐいっと引き開けた。日の光が無慈悲に降り注ぎ、ジェニーが金切り声をあげる。こんなに明るい日はめったになく、苦しむジェニーを見てケイトは愉快になった。

ジェニーは薄目を開けて彼女を見た。「ケイトなの？」そう言って起き上がった。「ここで何をしているの？」

ケイトがにらんだだけだったので、ジェニーはうめき声をあげた。「ああ、ウェスリーね」

「ジェレミーは、お姉さまは彼がロンドンにいることを知らなかったと言っている」

「知らなかったわ。それに、ウェスリーを招待しなかったのも確かよ。彼が到着したときすぐに知らせようとしたけど、あなたを見つけられなくて、そのあとは遅すぎてどうしようかと気をもんで――」ジェニーは首を振った。「ごめんなさい、ケイト。彼と再会して気分が悪かったでしょう？」

ケイトはベッドの端に座った。「思っていたほどひどくはなかったわ。彼の奥さんがそばにいなかったせいね」

「ストーンヘヴンの舞踏会には来ると思うわ。あなたは出席する？」

ケイトは自分の手袋をじっと見た。新しいのが必要だ。「わからないわ」メラニーと一緒にいるウェスリーを本当に見たいの？

「彼はあなたの侯爵さまほどハンサムじゃないわね」

ケイトは顔を上げた。「前に言ったでしょう、わたしは男の人を外見で判断しないって。その人がどんなふうに感じさせてくれるかで判断するのよ」

ジェニーが意地悪くにやりとする。「それで、あなたの侯爵さまはどんなふうに感じさせてくれるの？」

ケイトはさっとベッドから立って窓のところに行った。ベッドがきしむ音がして、ジェニーの足が床に軽く触れるのがわかった。

「ケイト？　ねえ？　どうしたの？」ジェニーが背後から静かに言った。

ケイトはいまいましい涙を振り払った。どこからこんなものが出てくるの？「昨《ゆう》夜《べ》、彼は夫の権利を行使したわ」

「あなたを傷つけたの？」

ケイトはすばやく首を振り、振り返って姉の心配そうな目と目を合わせた。「わかっていると思っていたのよ……ああ、ジェニー、わたしは結婚していたんだから。ウェスリーとは親密だったけれど、昨夜経験したことは……むしろ恐ろしかった。でも、不愉快な種類のものではなかったのよ」

ジェニーからはしたりげな笑みが返ってきた。彼女は近くの椅子に腰を落とすと、クッションの上に足を上げて両腕で脚をかかえ込んだ。「全部話して」

「無理よ。あまりにも個人的なことだもの」

「彼は情熱的だった？」

ケイトはうなずいた。「とても」

「すばらしかった？」

ケイトは唇を噛《か》み、目をぎゅっと閉じてうなずいた。

ジェニーが小さく声をあげる。「まあ、運のいい娘ね」

ケイトは目を開けて思わずにっこりした。「彼はすごく熱心で、小さなしるしを、小さなキスマークを残したの」

「あなたも彼にしるしを残したの？」

「そんなことないと思うわ。わたしは彼の全身に唇を這《は》わせたりしなかったから」

ジェニーの目が大きく見開かれ、ケイトは言うつもりのなかったことまで言ってしまったのに気づいた。彼女は目をぐるりとまわした。「彼はとてもなまめかしくて、営みの間とても積極的なの。ウェスリーとはまったく違うわ」

「ウェスリーのことは忘れるべきよ」

「どうしてそんなふうに言えるの？　初めての恋なのよ」

「でも、最後の恋になる必要はないわ」

「ファルコンリッジは、ふたりの間に愛は生まれないとはっきり言ったわ」

「男の人はよく、真実ではないことを口にするものよ。わたしはまったく無視するわね」

「それなら、お姉さまは男の人に詳しいの？」

「とんでもない。レイヴンスレイとのごたごたを見てちょうだい」

「彼を愛していたの？」

「もちろん違うけれど、レイヴンスレイは見かけよりもう少し、わたしの情熱に火をつけたみたいなの。彼がわたしを利用して自分自身の妹の評判を台無しにしたことは、絶対に許せない」

「ルイザはホークハーストと一緒になって幸せそうよ」

ジェニーは優しく微笑《ほほえ》んだ。「そうだと思う。でも、レイヴンスレイがあの状況を操ろうとしたのは嘆かわしいことだわ。彼らを裏切り、わたしのことも裏切った」

「彼は必死だったのよ。お姉さまと伯爵との結婚を、ママが承諾するわけがないから」

「レイヴンスレイの行動を弁護するの？」

「いいえ。わたしはただ自暴自棄というものが理解できるだけ」

「彼は昨夜、舞踏会にいたわ」

ケイトははっと気づいて姉を見つめた。「仮面の男ね」

ジェニーがうなずく。

「レイヴンスレイは気晴らしの相手だったの？」ケイトが尋ねる。

ジェニーは、クッキーをくすねようとしているところを見つかった子供のような顔をした。「そんなにショックを受けた顔をしないで。わたしたちはほんのちょっと話しただけよ」

「彼はあなたにとって、わたしにとってのウェスリーなのね」

「ばかげたことを言わないで。あなたはウェスリーを愛していた。レイヴンスレイはちょっとした情熱以上の何ものでもないわ」

そう確信できればいいのだけれど、とケイトは思った。

「ウェスリーにかかわることで、ばかなまねはしないわよね？」ジェニーは尋ねた。まるで自分自身の不審な行動から会話の矛先を変えようとするかのように。

「もちろん、しないわ」

「何をするつもりなの？」

「実はお買い物に行くつもりなの。一緒に行かない？」

「行きたいけれど、でもペンバートンと公園に行くのよ」

「彼と結婚するの？」

「たぶん」

「女性なら、結婚の可能性に関して話すときはもう少しうきうきした声を出すべきじゃないかしら」

「小さなキスマークをつける可能性に関してはうきうきしているわ」

「とてもお行儀が悪いわね」

「あなたほどじゃないわ」

その言葉で、ケイトは再び、ファルコンリッジといったいどうやって顔を合わせたらいいだろうという思いに引き戻された。


書店の扉についた鐘がじゃらじゃら鳴るのが聞こえ、その振動にマイケルの神経はまたいらいらした。ここに着いてから数えきれないほど何度も聞いた。さまざまな本を見ながらぶらぶらしている間に、十人かそこらの人が入ってきては出ていった。

どうして妻が楽しく読めるものが選べると思ったのか、どうして彼女がまだ読んでいないものがどれなのか見極められると思ったのか、わからない。

そのうえ、彼女には自由になる金が十分あるのだから、もし望めば本屋を丸ごと買えるのは間違いない。一方、ぼくには父上の指輪を売った金が少し残っているだけだ。それをきちんと考えて使わなければ。

ここでいったい何をしているんだ？　何を成し遂げようと思っているんだ？　彼女の読書の好みについてほとんど知らないことを証明する以外に。それは、彼女の好きな色がわからないことより悪いとみなされるのは間違いない。

昨夜ふたりの間であんなことがあったのだから、マイケルはただ、今宵《こよい》彼女と顔を合わせるのをほんの少し楽にしてくれる何かが欲しかった。彼女をまた抱くつもりだ。今朝そうしようと思い、熱烈に触れて目覚めさせようと寝室に行ったが、ケイトはとても無垢《むく》で純粋で、ぐっすり眠っているように見えた。

別の男が彼女を見つめていたという事実が、眠って髪をくしゃくしゃにした姿がどんなに魅力的か知っていたという事実が、いやだった。彼女を起こすことはできなかった。ケイトは死んだように眠っていた。顔にかかった髪を後ろにかき上げてやると、鼻だけを動かした。無邪気にかわいらしく、わずかにぴくぴく動く。

そこでマイケルは何かを贈りたいと思ったが、贈り物をしたいというこの願望が理解できなかった。ああ、愛人を幸せにしておくために、愛人が幸せを与えつづけてくれるように、たくさんの装身具は与えてきた。ケイトにはただ単に贈り物をしたい。

彼女の目に浮かぶ優しさを見るために。彼女自身のために、彼女を幸せにしたい。他意はまったくない、自分自身のためには何も望んでいない。どの本を買えばいいかちゃんとわかったらと必死に願っているなんて、かなり妙な雲行きだ。単にチョコレートを買うのなら、うまくやれた。ここで間違うわけにはいかない。

棚から別の本を取り、ぱらぱらめくってみる。これもまた明らかに、危険にさらされた女性と、その女性を救い出す勇気ある紳士の物語だ。本当にこんな物語を女性は好むのか？　何ページか見たとき聞き慣れた声がした。「ファルコンリッジ？」

音をたてて本を閉じ、彼はくるりと妻に顔を向けた。ずっとファルコンリッジと呼ばれることに慣れていたが、昨夜分かち合ったものを思うと、それは親密とも個人的ともほど遠い。彼はそっけなくうなずいた。「やあ、奥さん」

「ロマンチックな小説が好きなの？」ケイトが聞く。寄せられた眉とあざ笑うようにゆがんだ口元は、まるで心配すべきか面白がるべきか決めかねているようだった。

マイケルは咳払《せきばら》いをした。「店主が、このあたりにある小説が女性の好みだと言ったからだ」

「そう」面白がることに決めたらしく、ケイトはさらに一歩近づいた。「どうしてあなたが、女性好みの小説を読みたがるの？」

「ぼくじゃないよ、奥さん」マイケルは棚の元の位置に本を戻し、ほかのものを物色した。「探していたんだ、決めようとしていて……くそっ」彼は声をひそめてつぶやいた。ばかげた計画だった。

ケイトは甘い香りを漂わせ、彼を通り越して手を伸ばすと、元の位置に戻したばかりの本をとった。「よさそうに見えた？」と聞く。

「女家庭教師と男やもめの話らしい。実はそれほど面白そうじゃない」

「でも、ハンサムだと思うわ。ヒーローはいつもハンサムよ」

「きみはここで何をしているんだ？」マイケルは尋ねた。

「あなたの馬車が通りに止まっていて御者もいるのがわかったし、わたしは本が必要だったから、それで——」彼女は軽やかな笑い声をあげた。「それで何を考えたのかはわからないわ。ここにはよく来るの？」

「ここに来たのは初めてだ」

「今日はなぜ？」

「どうしても知りたいのなら言うが、きみに贈り物を買おうと思っていたんだ。だが、きみの好みがわからないから、結果的にむなしい努力だった。それに、支払うのはきみなんだから、本当にぼくが買ったことにはならないだろう？」彼女の望むタイプの夫になろうとした愚かしさについて話すのはうんざりだった。「この午後は、気分はどうだい？」

ケイトはうなずいて顔をそむけた。「とてもいいわ」

「これからどうするつもりだ？」

「特には決めていないの。ただ……」

「一緒に馬車に乗るかい？　公園をひとまわりするというのは？」

彼女は本を示して微笑んだ。「買ったあとでね」


ケイトが会計をしている間に、ファルコンリッジが外に出て彼女の御者にこの先はもう馬車は必要ないと伝えていた。馬車に一緒に乗ることを自分がどうして楽しみにしているのか、ケイトにはわからなかった。わたしが現れたので彼が魅力的に狼狽《ろうばい》しているように見えたからかもしれない。不意打ちを計画していたことを台無しにされて彼がむっとしていたからかもしれない。それとも、彼をまた間近で見るのは思っていたより厄介ではなく、とてもわくわくするものだったからかもしれない。

見つめるときはいつも、そのまなざしに熱がこもっている様子から、彼が昨夜ふたりの間に起きたことを考えているのがわかる。わたしも見抜かれやすいのかしら、とケイトは思った。

「さあどうぞ、お客さま」カウンターにいる店員が、保護のために茶紙に包んだ本を手渡しながら言った。「物語を楽しまれますように」

「楽しめるのはわかっているの。もう読んだから」

店を出ると、夫が馬車のそばで待っていた。彼は乗り込むのに手を貸し、ケイトはひどくゆっくり腰を横にずらした。夫は突っ立ったまま、注視していた。

「金めっきが施された招待状を送ったとしても、これ以上じろじろ見られることはないと思うわ」ケイトはとうとう噛みついた。

にやりと笑って、彼はわずかにうなずいた。「そうだろうな」

彼が乗り込んで隣に腰をおろすと、馬車が揺れた。ぴりっとした柑橘《かんきつ》系の芳香を感じ、それが情熱によって温められた香りを思い出す。

「公園を抜けて家へ行ってくれ」ファルコンリッジが御者に指示する。「ゆっくりとな」

ふたりは数分間黙ったまま乗っていたが、やがてケイトが言った。「貴族の男性を称号で呼ぶイギリスの習慣は、あまり好きじゃないわ。ファルコンリッジというのは、とても厳しい感じだもの。結婚式のことはほとんど覚えていないけれど――」彼女は視線を夫に向けた。「あなたの名前がマイケルだというのは覚えているみたい」

彼はおもむろにうなずいた。

「それなら、マイケルと呼んだほうがいいわね」

「それできみが喜ぶなら」

「そうよ」

「昨夜はきみを喜ばせることができたか?」

ケイトははっと息をのんだ。「紳士はそんなこと聞かないものよ」レディは絶頂のときに叫んだりしないものだと、言われるのではないかと思う。

「そうだろうな」彼は穏やかに言った。「きみは今日ぼくと一緒にいたくないだろうと思っていた。だから、これは嬉《うれ》しい驚きだ」

「あなたは昨夜始めたことを続けるつもりなんでしょうね」

「確かに」

彼女は眉を弓なりにした。「なんですって? いつものように、それできみが喜ぶならって言わないの?」

「きみが喜んだとわかっているから。より重要なのは、ぼくが喜んだかどうかだ」彼は手袋をした指をケイトの頰に伸ばし、ほどけたひと房の髪を耳の後ろに挟み込んだ。

「どうして結婚していたことを言わなかった?」

「紳士は純潔な女性を好むものよね」

「ぼくは処女にひかれたことはない」

昼日中にこんな親密な事柄を、こと細かに話し合うわけにはいかない。

「あなたが腹を立てたことは否定できないでしょ」

「だから、ぼくが結婚していたかどうかは聞きもしなかったのか?」

ケイトは彼の顔がもっとよく見えるように座席の中で少し体をずらした。「していたの?」

「いいや」

「わたし以外に結婚したいと思う女性がいたかという意味だけど?」

「いいや」

「こんな会話が心地いいかしら」

「いいや。ぼくたちの過去をかきまわす必要はないと思う」

「昨夜はわたしの過去を進んでかきまわしていたようだったけど」

「あれは別だ」

「どういうふうに?」

「ぼくは質問に答える必要はなかった」

ロンドンから領地に向かっていたときと同じように、マイケルの輝く目はケイトに引き寄せられている。御者が公園の中へと馬車を向け、気がつくと彼女はくすくす笑っていた。会話を、もう少しどちらも不愉快にならないものへと変えるべきときだ。

「イギリスの庭園の花はいつもとてもきれいだわ」とケイトは言った。

「きみには好きな花があって、ぼくはそれを当てなければならないんだろう――」

「忘れな草よ」お互いを知るのがどうしてこんなに難しいのだろうと思いながら、彼女は膝に置いた本を見た。「わたしは忘れな草が好きなの」

「だから青が好きな色なのか？」

ケイトは恥ずかしそうに夫を盗み見た。「ほかにも青い花はあるわ。それに、あなたはもう青は言ったと思ったけど」

マイケルはにやりとした。「それは疑わしいな。色が好きだからというのでないなら、なぜその花が好きなんだ？」

「それが象徴しているもののせいよ。いつも思い出すもの」

彼は目をそらしたが、そらす前にその目に悲しみがちらりとよぎったのをケイトは見たような気がした。

「ああ」マイケルは静かに言った。「忘れ去られるのは嬉しいことじゃない」

「誰かがあなたを忘れるなんて想像できないわ」

彼は妻に注意を戻した。「きみがぼくを忘れないように、全力を注ぐつもりだ」

マイケルの目に燃える熱が激しさを増し、それはケイトが目をそらすほどだった。彼を忘れるなんてありえないのに、と思う。

馬にまたがっている紳士に、彼女は視線を向けた。「あれはペンバートン？」

「そうだと思うよ。なぜ？」

「ジェニーが、ペンバートンと公園に行く約束があるからわたしとは一緒に行けないと言ってたのよ。おかしいわね」

「誰かほかの人との約束だと言ったのかもしれないし、ペンバートンと出かけるのはもう少しあとなのかもしれない」

「そうかもしれないわね」

けれども、事態は何やらもっと悪い気がした。

ああ、ジェニー、お願いだからばかなまねはしないで。

「大丈夫か?」マイケルが聞く。

ケイトはうなずいて微笑んだ。「大丈夫よ」

姉も同じように本当に大丈夫なことを祈るしかなかった。


ケイトは夫に心を奪われたくなかったが、奪われていることは否定できなかった。いくつかの公園をまわる間たいして話はしなかったものの、彼は学校教育について少し話し、彼女も同じように学校のことを話した。大学に行く機会に恵まれたジェレミーが羨《うらや》ましくてならなかったことさえ告白した。

「どうして男が教育のある妻を持つ必要があるんだ?」マイケルはあえて彼女にそう聞いた。

そこで彼女はきつい小言を言ったのだった。彼に示したかったのかもしれない。ケイトは参政権運動に参加していた。新しく手に入れた称号は重みを持つだろうし、経済的な状況は万全だから、きっと変化を起こせるはずだ。

だが、寝室で窓の外を眺める彼女の心を占めていたのは、女性の権利ではなかった。楽しい午後は、楽しい満ち足りた夕食へと続いた。そのあと一時間の静かな読書、それから各々の寝室に引き上げ、マイケルはおやすみの挨拶《あいさつ》をしに来ると約束した。

そのとき彼が肩越しに振り返って、したりげな笑みを浮かべて言ったことで、完璧《かんぺき》にすてきな夕べを台無しにしかけた。「もっと正確な言い方をすれば、おやすみ前の挨拶をしに行くということになるかな」

今、彼女の胃はざわついている。ベッドの近くまで行き、それからまた窓のところに戻る。彼が来るのを期待していると思われたくない。

でも、ああ神さま、助けて。わたしは期待している。彼が寝室に入ってくると思っただけで乳首がすぼまる。長椅子のほうへふらふら歩いていって、腰をおろし、立ち上がり、窓辺に戻る。寝る準備をするのに、どうしてわたしより時間がかかるの？

今夜はわざわざ髪を編んだりしなかった。もう少しでネグリジェのボタンも留めずにおくところだった。

またベッドのほうに行って、枕《まくら》をふくらませ、扉がとうとう開いたときには凍りついた。窓のところに突進しようかと思ったが、その代わりに顎を上げて、大までで部屋に入ってくるマイケルと目を合わせた。今はもう見慣れたガウンを着ている。

彼は大きな猫か何かのように、ベッドの角のあたりでちょっとうろうろした。彼女は近くに来た夫と向き合った。彼は体を寄せて、ケイトの向こうに手を伸ばし――。彼女
「明かりを消す必要はないわ」そう言った彼女は、息がつまったような自分の声に驚いた。

夫がいぶかしげな視線を向ける。ケイトは挑戦的に顎を上げた。「目を閉じればいいから」

ふたりの営みの奇妙な始まりに、マイケルは考え込んだように見えたが、ケイトはたとえ目を閉じているように見せかけていても、夫を見るチャンスが欲しいから明かりをつけておきたいのだということを認めたくなかった。昨夜触れたものすべてを、この目で見たかった。

ベッドに上がろうとしたケイトの腕を、彼が優しくつかんだ。

「まだだ」

視線がゆっくりと、彼女の瞳から唇に動き、そこにとどまる。ケイトは唇をなめながら、マイケルの目が黒ずんで小鼻がふくらんでいることを強く意識した。彼はわたしにキスしようとしている。そう確信した。彼が頭を下げたとき、目を閉じ、顎を上

げて、唇が合わさるように――。

挑発するかのように顎の先にキスをしただけで、唇と同じく彼の舌がじらした。ケイトは衝撃がつま先まで広がっていくのを感じた。マイケルは喉をたどっていった。急ぐことなく、あせることなく、ひと晩じゅうでも続くように。

手を伸ばした覚えはなかったが、ふいに指に絹の感触がし、ガウンなどいらないと思った。ベルベットのようになめらかな肉体を感じたかった。合わせ目に手をすべらすと、肌の熱が感じられる。彼のうめき声はこれまで聞いた中で最も美しい交響曲だった。どうしてピアノを弾くように簡単に彼を弾きこなせるなどと思ったのだろう？

ケイトは閉じたまつげを透かして、彼がネグリジェのボタンをはずそうとしながらじっと見つめているのを目にした。けぶっていても彼のまなざしは真価を認めている。

手のひらが喉に触れると、彼がごくりとつばを飲んだのがわかった。

これほどの力は知らなかった。こんなふうに見つめられると、自分が美しいという以上である気にさせられる。まるで貧しい人間になった感じで、それでも彼は巧みに開けようとしている贈り物の価値を認めているかのように。

ネグリジェが床にすべり、足元で水たまりになる。彼はケイトの顔に目を上げ、彼女は急いでさらにきつく目を閉じた。わたしの目はどんなことを明らかにするの？

彼女はネグリジェが作った輪の中から出てベッドに向かったが、再びマイケルが腕をつかんで欲望にかすれた声で言った。「まだだ」

まだですって？　わたしがやっと立っているのがわからないの？　ネグリジェと同じように今にも彼の足元で水たまりになってしまいそうなのがわからない？　夫の前に全裸で立っていて自意識過剰になるはずだと思ったが、彼の視線にはみだらなところはまったくなかった。むしろ、すばらしい芸術作品を鑑賞しているかのようだ。

それから視線が合い、彼女は自分も彼と同じように大きく目を見開いているのがわかった。手はすでに彼のウエストまで下がり、ガウンを留めている帯にぶつかった。

視線を合わせたまま、彼はケイトより下に手をすべらせ、簡単に帯を解いた。なめらかな肩を丸めてガウンをすっかり脱いだので、彼女は昨夜感じただけだったものを目にした。彼は本当にすばらしい。断固として堂々として……とても誇らしげだ。

両手を胸に戻し、ケイトはすっと目を閉じた。ベッドに連れていってもらえると思って。しかしそうする代わりに、彼の唇と両手が体をたどり、目の前に立つ彼女は差し迫った思いに震え、欲望におののいていた。マイケルはキスをし、なでさすり、味わい、触れ、唇は下に下がって胸のふくらみを越え、さらに下がっていく。彼がしゃがみ込んで膝が曲がる音が聞こえた。ケイトは目を開けて黒髪を見下ろし、それが雨にぬれていたことを思い出した。

あのとき、愛情を持たない相手に自分を与えることはできないと言ったのだった。

愛しているとは言えないけれど、ケイトは彼の髪に指を走らせながら、彼を好きにはなっていると認めた。妙なことにどういうわけか、ほんの短い間に、まるで哀れみ深くないわたしを喜ばせようとひどく哀れみ深く振る舞う彼が好きになったのだ。

マイケルはお尻のくぼみに沿ってかすめるように唇をすべらせる。そのあと、これまで経験したことのないほど親密なキスをして、荒れ狂う情熱に拍車をかけた。彼の唇は、飲みつくそうとするかのように強烈だ。ケイトは肩に指を食い込ませて、もっと求めた。だがマイケルは自分のペースで、自分のやり方で、彼女の向きを変えさせ、優しくベッドの端に座らせると、横たわらせてその体を探求しはじめた。

腿の間に身を置き、中に入って、同じように彼の体も爆発寸前であるかのように、激しい勢いで動く。彼女はしっかりつかみ、そのままかかえ込んだ。両脚を彼のウエストにまわして包み込むと、情熱が高まる。ひとつになった彼の体の動きほど美しいものは、これまで見たことがないと思った。大洪水が訪れたとき、彼の下で体が弓なりになった。マイケルは頭をのけぞらして、喜びに我を失った。その光景を目にしてケイトは誇らしさを感じ、自分が解き放たれたのと同じくらい満足感を覚えた。

震えながらも力強い腕で、彼は自分の体を支えている。少し下がって喉にキスをし、身を離した。まるで自分が何をしたのかはっきりわからないかのように、今経験したことに呆然《ぼうぜん》としたかのように、一瞬ケイトをじっと見た。足をおろすと、片手でガウンをつかんだまま、ネグリジェを彼女の上にかけた。

「おやすみ」きしるような声で言い、後ろによろめいてから、マイケルは体をまっすぐにして大またで寝室から去っていった。

ケイトは脚を引き寄せて横向きに体を丸め、ネグリジェを胸に押しつけた。まるでそれが子供のころ一緒に眠っていたぼろぼろの人形であるかのように。彼はとても多くを与えてくれるのに、どうしてわたしをひとり残していくのだろう?


マイケルは自分の寝室で空っぽのベッドを見つめていた。なんの魅力もない。

上掛けの下で、ケイトと完全に完璧にゆったりとしていたかった。彼女を抱き寄せ、息づかいに満たされて眠りたかった。

これまでは一度も、そんなことを女性に望んだりしなかった。

旅の終わりまで乗り、そのあとはひとりで進む。それはいつものやり方だった。しかし彼女とは、もっと多くを求めている。

目を開けているとき、彼女はぼくを見ているのか、それともほかの人間を?

以前はたやすく富を手に入れようと思っていたが、今は彼女がぼくを求めるのなら進んですべてをあきらめるかもしれないと思う。たった一度でも、ぼくを求めるなら。

16

ストーンヘヴンの舞踏会には、たぶんこの社交シーズンで一番多くの出席者があった。

ケイトは先ほどすでに夫と踊っていた。そして、もう一度踊りたいと思っていた。彼の見つめ方が気に入っている。彼女と同じように、彼はその真価を認めるように見つめるのだ。ああ、夫は今でも気難しく、自分自身についての情報を明かすのにとても協力的とは言えないが、ベッドで分かち合う親密さはふたりの生活にあふれ出ているようだ。机について帳簿を見ているときには彼が背後に立つ。身を乗り出して、ある買い物の項目を指さす。ときには頬が触れそうになり、近くにいることでわたしを悩ませて楽しんでいるのではないかと思う。

ときには夜寝室に引き上げるまでに、彼女はすっかりとろけてしまっているのだ。

「赤くなっているの?」ジェニーが聞く。

ケイトは象牙《ぞうげ》の扇子を振った。「ここはとても暑くて」

「風に当たりに外に出ようかと思うの。一緒に行く?」

「すてきね」

ジェニーはケイトの腕に腕をすべり込ませた。「社交シーズンはもうすぐ終わりだから、とても寂しくなるわ」

「あらゆる種類の地方での集まりに招かれるのは間違いないわ」

「あなたたちの領地で一緒に過ごすかもしれないわね」

ベランダに出ると、ケイトは肌に優しいそよ風を感じて嬉《うれ》しかった。「そうしたいけれど、すべてをきちんとするまでに何カ月か待って」

「まあ、ケイト、わたしはそんなこと何も気にしないわ。あなたを訪ねたいだけで、家事の管理能力を調べたいわけじゃないもの」ジェニーは小石を敷きつめた小道で足を止め、肩越しに振り返った。「ああ、そうだ、忘れていたわ。先に行っていて。追いかけるから」

何を忘れたのか聞く前に、ジェニーはテラスに向かって急いで戻っていった。ケイトは舞踏室に戻ろうかと思ったが、霧のない美しい夜だし、ほかの客たちもそぞろ歩いている。どうしてわたしはいけないの?

ジェニーが置き去りにするつもりだとわかったら、マイケルを誘えばいい。何も話さないときでも一緒にいるのが楽しくなりはじめていた。彼の近くにいると心地よい。

ひとつわからないのは、彼が決してキスをしないことだ。そして、なぜわたしのベッドでぐずぐずしたりしないかだ。彼はおやすみ前の挨拶《あいさつ》をして、それから去る。わたしは彼に、心底いてほしかった――でも、わたしが必要としているからではない。それが彼の望んでいることだから、いてほしかった。

「やあ、かわい娘《こ》ちゃん」

暗がりから声がし、ケイトは驚いて前のめりになった。くるりと振り返ると、ウェスリーが指を曲げて薔薇《ばら》の生垣の後ろに来るように手招きしているのが見える。ジェニーに置いていかれた場所にほんのしばらく立ち止まって、ケイトはこそこそとまわりに視線を走らせた。この出会いはお姉さまが仕組んだことなの？　そうではないかという、ひそかな疑いを抱いた。

「ちょっと話したいだけなんだよ、ケイト」ウェスリーがささやく。

彼が妻と到着したときに会って、ふたりと一瞬言葉も交わしたが、ウェスリーがなぜメラニーと結婚したのかは想像もできなかった。もちろんお金のためではない。自分の幸運をありがたく思うほど、その女性は信じられないくらい歯が大きかった。暗い中では、ウェスリーは彼女がケイトだと想像しているのだろうか。

「お願いだ、ケイト」ウェスリーが強く迫る。「こんなことはまったく不適――」

しぶしぶケイトは彼のところに行った。

そのときウェスリーがキスをした。まるで今でもふたりが結婚しているかのように、まるで彼の権利であるかのように、まるで今でも彼女を愛しているかのように、そのことでとても幸せであるかのように、キスをした。

夫からは受け取ったことのない親密さでキスをした。マイケルは彼女を抱いても、決して唇にはキスをしない。マイケルは首にキスし、胸にキスし、腿にキスする。つま先にさえ、指のひとつひとつにキスをする。だが決して唇には唇を押しつけないし、舌を差し入れたりしない。

身を引いて、ウェスリーは両手で彼女の顔を挟んで揺すった。「会いたくてたまらなかった」

ケイトは息を殺して彼を見つめた。「あなたが結婚していることを思い出させてあげなければならない?」

「ぼくをさらに惨めにさせるだけさ。メラニーは、ああ、きみじゃない」

「でもそれは、結婚したときからわかっていたでしょう」

「だが、ぼくにどんな選択肢があったというんだ？　ぼくたちふたりにどんな選択肢があった？　きみの母上がそうしたんだ。ぼくたちを引き裂いた彼女を決して許さない」

「母がすべて悪いわけじゃないわ。あなたが結婚せずにいる限りは、わたしたちがお互いに抱いている気持ちを納得してもらえる見込みがあった。でも、あなたは待たなかった」

「辛抱できなくなったことは認めるよ。母上はきみに会わせてもくれなかったから。手紙もすべて送り返してきた」

「手紙を書いたの？」

「もちろん書いたさ。ぼくはメラニーと幸せになれると思ったが、彼女にはきみのような情熱がない。ぼくの人生にきみを取り戻したい、ケイト、そこここでほんの一瞬であっても。きみに溺《おぼ》れて、ぼくはただ――」

「ぼくの妻から手を離したまえ、その手をへし折られたくないと思うなら」

ウェスリーが実際に命令されたとおりにするかどうかは問題ではなかった。ケイトがくるりと夫に向き直ったので、その体はウェスリーの手からうまく離れたのだから。マイケルの声の響きは怒っているときのものだとわかっていたし、これは腹を立てているという以上だった。彼から伝わってくるのは生々しい激しい怒りだった。

「マイケル――」

「この大事な瞬間は黙っていてくれるのが一番いいんだがな、奥さん」

ウェスリーは満足げに笑った。実際に笑ったのだった。「彼女に指図することはできないよ」

「彼女はぼくの妻だ」

「ただし、彼女の父上がほかの人より高い値をつけたからだがな」

ケイトはさっとウェスリーを見た。「なんですって?」

「彼から聞いていないのか?　彼は自分自身を売りに出したんだ――最も高い値をつけるアメリカ人の父親に」

彼女はマイケルのほうに向き直った。「わからないわ。父は、あなたがわたしに結婚を申し込んだと――」

「ただし、きみの父上がほかの人より高く払ってくれるのを確信したあとにな」

ウェスリーには口を閉じていてもらいたかったし、マイケルにはその非難を否定してもらいたかった。何か、なんでもいいから言って。ウェスリーのばかげた言葉を笑い飛ばして。ウェスリーの顔を殴りつけて。

「彼の言っていることは本当なの?」

薄暗い庭園の明かりの中でさえ、マイケルが闘おうともがき、否定しようともがき、認めようともがいているのがわかった。もがかなければならないというのが、すでに答えになっていた。ケイトの目に涙があふれる。「あなたは自分を競りにかけたのね?」

「彼はそうしたんだ」

ケイトはくるりと振り返った。ウェスリーがさっと後ろに下がる。彼女が考えたのは、どんな感情が顔に出ているのだろうということだけだった。「どうしてあなたはそんなによく知っているの?」

「メラニーの父親もその個人的な――そして秘密の――競売に招かれていたからさ」

ウェスリーはひと言ひと言をほとんど吐き出すように言った。

「父はわたしに、それほど結婚してもらいたいとは……自分で品位を落とすようなことは……」彼女はマイケルにさっと注意を戻した。「お金がかかわっているのはわかっていたけれど、それがあなたと結婚した理由のすべてだとは思わなかった。お金。わたしはただそれだけだったのね」

「ケイト――」

「地獄に落ちればいいわ」

彼女はスカートを持ち上げ、急いで庭園から出ると、屋敷は避けて門を探した。たくさんの馬車が主を待っている円形の車まわしに出た。涙を振り払って、死に物狂いで侯爵家の馬車を探す。消えなければ、逃げ出さなければ……。

ようやく見つけると、従僕が扉を開けてくれた。「父の家まで行って」中に乗り込んで、そう指示する。

「だんなさまは?」

「彼は来ないわ」

両親の家はさほど遠くなかったが、着くまでに一生分の時間がかかったように感じた。頭の中で映像がぐるぐるまわる――結婚式の日、あなたが求婚したと聞いたと言ったときのマイケルの驚いた表情、彼と笑ったこと、彼の両手と唇が――。

馬車が止まったので、従僕が開ける前にケイトは扉に飛びついた。踏みはずして首の骨を折るのを恐れなかったら飛び降りていただろう。その代わりに、従僕が手を貸すのを辛抱強く待った。

階段を駆け上がり、扉をたたく。開くやいなや執事の横をすりぬけていった。

「お嬢さま――」

「お父さまはどこ？　図書室？」

「はい、さようでございます。わたくしがお伝えしに――」

「まあ、お願いよ。伝える必要はないわ」

実際、わたしが興奮した様子で現れたら十分伝わるのではないかと思う。

父は、彼女が思っていたとおりだった――机に向かい、強い匂《にお》いの葉巻の煙越しに帳簿をじっと見つめていた。顔を上げた父は、誰かほかの人物かと思っていたように目を大きく見開いたあと、いぶかしげにその目を細めた。眉根を寄せてゆっくりと立ち上がる。

「ケイト、どうしたんだ？　夜のこんな時間にここで何をしているんだ？」

「彼に値をつけたの？」

父親はがっくりと肩を落とした。ケイトはこんなふうに敗北感をにじませた父の姿は見たことがなかったが、彼は即座に背筋を伸ばした。

「くそっ、ファルコンリッジめ、約束を守る男だと思っていたのに」

「約束を守る男？」

「競売は秘密にしておくということだ。おまえがそれを聞くとは思いもしな——」

「彼が話したんじゃないわ。ウェスリーよ」

目をさらに細くし、父は葉巻をつかむと、ひとつ深く吸い込んだ。難しい計算に直面したときにする習慣だ。「ジェファーズのやつ」彼はやがてぶつぶつ言った。「契約違反で訴えてやる」

ケイトは机に近づき、その上に両手をつくと、父のほうに身を乗り出した。「信じられないわ、自分自身をまるで……まるで高級な家財みたいに競売にかけるような男を、娘と結婚させる価値があると思うなんて」

父は手を伸ばし、高価な葉巻の入った彫刻を施した木箱の蓋《ふた》を持ち上げた。「ひとつどうだ？」

それはふたりの秘密、彼女の罪深い楽しみだった。娘というより息子に生まれたかのように、かつては何時間も葉巻をふかしながら、父と帳簿をじっくり調べて過ごしたものだ。ケイトは首を振った。今夜は、ささやかな習慣を分かち合う気分ではなかった。

彼は酒棚のところに歩いていき、ふたつのグラスにウイスキーを飛び散らせながら派手に注いだ。それを運んできて、ひとつを差し出す。「これが欲しくなるだろう。座って、ケイト」

「パパ――」

「ウイスキーを受け取って座るんだよ、おまえ《スウィートハート》」

彼女は言われたとおりにし、父が隣に、必要なら手を握れるくらい近くに座るのを見ていた。父はいつこんなに年取ってしまったのだろう？

「父親というものは、自分の子供の中にお気に入りを作るべきじゃない」彼は話しはじめた。「だが神さまがご存じのとおり、おまえも、おまえのお母さんも知っているとおり――くそっ、ジェニーもジェレミーも知っているんだが――おまえがずっとわたしのお気に入りだった」

「それほど愛していたなら、どうしてわたしを愛する男性と結婚させておいてくれなかったの？　意味をなさないわ。パパはウェスリーが財産目当てだと言った。じゃあ、競売の落札者に自分自身を売った男はなんて呼ぶの？」

「正直者だ。おまえは彼に与えはじめているんだ、ケイト。ファルコンリッジは自分のしていることに正直で、自分が望んでいるものに正直で、自分が差し出しているものに正直なんだ」

「わたしは彼に何も与える必要はないわ」ケイトは不平がましく言って、ウイスキーをちびちび飲み、なじみのある風味を舌の上で転がし、喉に流し込んだ。「彼はわたしを愛していないし、わたしは愛を求めている。ウェスリーは少なくともわたしを愛していたわ」

「それについては言うことがある。くそっ、証明できたんだ。しかし、今夜じゃない。おまえが今夜ここに来たのはそのためじゃないからな」

「ええ、そうよ。わたしが知りたいのは、どうしてパパが競売で――」

「お母さんがおまえを貴族と結婚させたがったからだ、称号を持つ男と。売りに出されているものがあったから、わたしはそれを買った」

「わたしが自分では手に入れられないと思ったから？」

「時間がなくなりかけていたし、おまえは自分で手に入れようと努力してもいなかったからだ」

そのほのめかしにケイトの胃がよじれた。「ジェニーはママが病気だと思っていて、だからパパが海辺に連れていったって」

父はウイスキーをぐいっとあおってからうなずいた。

「どのくらい悪いの？」

「かなりだ。お母さんは娘たちには知らせたくないと思っていた」

「ジェレミーは知っているの？　だから世界じゅうを飛びまわるのをやめて、ロンドンでわたしたちと過ごしているの？」

父はうなずいた。両手で空のグラスを包み込み、前かがみになって腿に肘をついている。「わたしは結婚したとき、お母さんを愛していなかったんだよ、ケイト。彼女の中に失敗を受け入れない強い女性を見たから結婚したんだ、わたしより大きな野望を抱いている女性だったから。一緒になれば、ふたりは止められないとわかっていた。ふたりともまだ知らない成功の高みに行きつくことができるとわかっていた。ニューヨーク市民がお母さんの鼻をへし折ったとき、舞踏会の招待状を送ってこなかったとき……わたしたちは誰よりも裕福だったんだよ、ケイト、でもそれでは十分じゃなかった。わたしたちは最高の屋敷を建てて、最高の服を着ていたが、それでは十分じゃなかった。お母さんが鏡を見たとき、一番いいドレスを着て結婚したはずの若い女性の裾《すそ》はほつれていた。そして、彼女が結婚した男はそれほどすばらしい服は着ていなかった」

父は悲しげな微笑《ほほえ》みをたたえ、両手の中にある空のグラスを見つめた。ケイトはそれを取り上げて自分のグラスと取り替えた。うなずいて、彼はウイスキーをぐっと飲んだ。

「いつ彼女と恋に落ちたのかはわからないんだよ、ケイト。ある日、彼女は何かのことでわたしにがみがみ言っていた。いつも、手が届くものよりさらに遠くに手を伸ばせとうるさく言っていたからね。だがその日、わたしはただ彼女を見て思った、この女性を愛していると。心のすべてで、そう思った。わたしが今日あるのは、お母さんがわたしを信じてくれたからだ、自分自身が信じられないときでさえ」目に涙がわき上がる。「彼女が幸せな死を迎えるのを見るためならなんでも、どんなことでもする」

「でも、わたしに言ってくれさえしたら――」

「あまりにも現実みを帯びてしまうだろう、おまえ《スウィートハート》。誰も知らなければ、それが真実ではないというふりをすることができる」

「どこが悪いの？」

「癌《がん》だ。詳しいことは話すつもりはない」

「どのくらい？」

「一年。あるいはもっと。お母さんのことは知っているだろう。彼女は自分のやり方を信じている。彼女なら、死神をさんざん引きずりまわして困らせるかもしれない」

ケイトは、もはや自分の世界に確固たるものがなくなってしまったように感じた。

母に抱きしめられたいと思っていたのは、ずいぶん昔みたいだ。いつも父親とのほうが親密だった。

「ジェニーに話すべきよ、パパ」

父はうなずいた。「わかっている」

しばらく、ふたりはただ黙って考えにひたっていた。

「おまえの侯爵はそんなにひどいのか？」やがて父が尋ねた。

ケイトは首を振った。

「いつの日か、彼を見て思うかもしれない、この人を愛していると。そして、わたしのことをもう少し優しく考えてくれるかもしれない」彼女の膝の上に手を伸ばして、手をぎゅっと握る。「お母さんに知られないようにするんだよ、おまえが……このことについて何か知っているとは」

「わかったわ」ケイトは立ち上がった。「パパがしたことの理由はわかったわ。たぶん、わたしの中のある部分は感心もしていると思う。でも、許すことはできないでしょうね」そう言うと、部屋から出ていった。

マイケルは玄関広間の階段までは間に合った。

ストーンヘヴンの庭で、彼はケイトを追おうとしたのだが、ウィギンズに腕をつかまれた。

「行かせてやれ」ウィギンズはそう命じたのだった。

マイケルは、その男が言うことなど何も聞こうとしなかった。男の顔に激しい一撃を加え、それをはっきりさせた。途中で、自分の手が折れたかもしれないと思った。ようやく通りに出ると、ちょうど馬車が去ったところだった。

彼は乗合馬車が拾える場所まで歩いていった。そして家に戻ると、妻はいないのがわかった。

そこで手袋を引き抜き、ネッカチーフをはずして、踊り場に続く階段の三段目に落としながら、選択肢を考えた。

彼女が両親の家に戻ったのは間違いないし、二度とここに戻ってこない可能性も十分ある。夫が自分自身を売りに出したと知って、失望と嫌悪を抱いたのは明らかだ。鏡の中の自分の姿を見ながらそう思ったのも十分辛《つら》かったが、彼女の目を見て――。

深いため息をついて両手に顔をうずめ、指を頭に押しつける。

この取引で手に入れたものは手放さない。苦労して稼いだ金は、ぼくのものだ。持ち去られるつもりはない。彼らはそれをすべてぼくに与えて、愛がひどく大事だと考えている娘を取り戻すことも……。

彼女のゲームにつき合うのは疲れた。好きな色に、花に、本に……。

もうたくさんだ。彼女はぼくが大事にしているものをすっかり台無しにしてしまう。彼女なんか必要じゃない。ぼくが必要なのは――ぼくが求めているのは、金だ。願いはそれだけだ。ケイトはウェスリー・ウィギンズのもとに戻って――。

苦痛の叫びが彼のまわりでこだました。ほかの男と一緒にいる彼女を思うと耐えられない。その男に微笑みを与え、笑いかけ、つけ上がらせないように辛辣《しんらつ》な言葉を口にする寸前にいたずらっぽくじっと見つめる。

彼女の好きな色を知っている男と一緒にいてほしくない。

ぼくは彼女を求めている。

彼女の微笑みを、彼女の笑い声を求めている。人生に対する真面目《まじめ》な取り組み方で、この家で采配《さいはい》を振るってほしい。彼女と踊ったときに感じた満足感を、朝一番に彼女を見つめる喜びを求めている。夜には、彼女の情熱の叫びや涙を求めている。たとえ、ほかの男の記憶にかき乱されようとも。

マイケルは自分を苦しめるほろ苦い瞬間を呪《のろ》った。疑いはじめていたとおり本当にケイトが好きなのだとしたら、進んで彼女をあきらめるべきだろう。自分の幸せより彼女の幸せを大切にするのだ。

だがあきらめる代わりに、冷たく硬い階段に座って、自分が彼女の愛情に値する男だということをどうやって納得させたらいいのだろうと考えていた。

17

マイケルはローズ家の玄関に立ち、取り次がれるのを待っていた。階段を駆け上がって妻が見つかるまで部屋の扉をひとつひとつたたいてまわりたくてたまらなかった。夜が明けるまで、彼は自分の家の硬い階段の上に座り込んでいたのだった――妻が戻ってくるのを待って。窓から差し込んできた日の光が、これまでまったく知らなかった闇《やみ》を彼の心にもたらした。

ケイトを失いたくないのだと気づいて、ショックを受けた。それは彼女がもたらした金のせいではなく、彼女がもたらした微笑や笑い声や、さらには彼女の愛情を勝ち取るべきだというばかげた意見のせいだった。

だが、ぼくはケイトを失う危機に瀕《ひん》しているようだ、まだ彼女の愛情を手に入れる方法がわからないから。

そこで、彼は選択肢を考えはじめた。彼女に一ダースの忘れな草の花束を買おう。二ダースのチョコレートの箱を。百の、いや千の本を。そして、考えたものをすべて退けた。

ぼくは彼女の愛を手に入れる力は持っていないけれど、彼女の理解は得られるかもしれない。

廊下をやって来る軽い足音が聞こえた。執事がわずかに頭を下げる。「だんなさま、一緒にいらしてくださいい、ミスター・ローズがお会いになるそうです」

執事について図書室に行ったマイケルは、ジェイムズ・ローズがふたつのグラスに琥珀《こはく》色の液体を注いでいるのを目にした。ローズは彼をちらりと見た。「やあ、ファルコンリッジ」

「ローズ」

ローズはテーブルから振り返って、グラスを彼に手渡した。「ちょっと早すぎる時間なのはわかっているが、われわれふたりとも強い飲み物が必要だと思ってね。昨夜《ゆうべ》ケイトがここに来て、全部話した。わたしたちの契約を役立たずの義理の息子に話したことでジェファーズを訴えるつもりだ」彼は飲み物をぐいっとひと口飲んだ。「金はもちろんきみの手元に行く、わたしには必要ないから。だが、もう最高の弁護士を雇って――」

「そんなことはどうでもいいんです。ぼくはケイトのためにここに来た」

ローズはまるで、マイケルが彼の顔に高価なウイスキーをぶちまけたかのように見た。「ケイトのためにここに来たとはどういう意味だ？　娘は昨夜きみのところに戻ったぞ」

「いいえ、戻りませんでした」

「もちろん、戻ったはずだ。ほかに行くところなどないからな。戻ったのを、ただきみが見なかっただけだ」

「ぼくは夜明けまで玄関広間の階段に座っていたから、彼女が帰ってきたのを見逃すはずがありません。彼女は本当にここにいないんですか？」

ローズはうなずいた。「それは絶対に確かだ。もっともなことだが娘はわたしに腹を立てていた。そして飛び出していった。あとを追って、無事に馬車に乗り込むのを見たんだぞ。わたしはてっきり――」彼は椅子に座り込み、頭をがっくりと垂れた。「裏切られたように感じたんだろう。初めてじゃないからな。もしおまえが夫を見つけようとしていたら、わたしはわざわざ競売に参加したりしなかったと説明したんだ。おまえは自分の部屋にこもって本を読んでいることに満足しきっていたから、と。わたしは娘を結婚させる必要があったんだ」

マイケルはまだ口をつけていないグラスを机に置いた。頭を働かせる必要がある。この瞬間に立ち至った経緯に特別興味はなかった。すでに終わったことなので、もはや制御できないし、制御できないのには慣れてきていた。できる限りのことをするまでだ。「彼女の行きそうなところに心あたりは？」

ローズは顔を上げ、マイケルと視線を合わせた。「いいや。ここには友達もいないし」彼はぱっと立ち上がった。「しまった！　金の管理を娘に任せてしまった。世界じゅうどこにでも行くチケットが買えるから、二度と見つけられないかもしれない」

「ぼくが彼女を見つけます」マイケルは立ち去ろうと向きを変えた。

「きみに金の管理をさせるべきだったよ」

マイケルはローズのほうを向いた。「いいえ、そんなことしなくてよかったんです。ケイトは金に関して鋭い感覚を持っています——あなたがおっしゃっていたとおり。ぼくがその立場であればよかったんですが……」床に目を落とすと、そこにある敷物はすりきれてもすり減ってもいない。彼は視線を上げた。「約束してくださった一年分の手当ですが、あれは必要にはなりませんから」

ローズは、競馬場で賭《か》けた馬が一番にゴールするのを見た男のような表情をした。

「そんなことは考えてもいないよ」

マイケルも必要にならなければいいがと思った。「彼女にきちんと求婚していなかったのが悔やまれます。少なくとも彼女はそれに値する」

「上着をとってくる、一緒に探そう」

「その必要はありません」昨夜庭に足を踏み入れて以来初めて、マイケルは心から微笑《ほほえ》んだ。彼女の好きな色は知らないかもしれないが、これはわかっている。「不可能に見えるかもしれませんが、ケイトがどこにいるかわかっています」

「お訪ねくださってとても嬉《うれ》しいですわ、社交的な訪問には常識はずれの早い時間だとしても」公爵夫人が磁器のカップにお茶を注ぎながら言った。「残念な習慣をお持ちのようね――適切な時間にお訪ねにならないという」

マイケルは取り次がれる間待たされていたのだが、夫人が、お茶がちょうどよい具合に出て注ぐ準備が整うまで挨拶《あいさつ》する必要もないと思っていたのは明らかだった。

「彼女に会いたい」

公爵夫人は彼を見た。「それで、彼女というのはどなたなのかしら?」

「ぼくの妻だ」彼は歯をきしらせて言った。

寄りかかる壁が必要だとでもいうように暖炉にもたれかかっていたホークが咳払《せきばら》いをし、マイケルは苛立《いらだ》ちを抑えた。

「彼女はここにいますよね?」

「お砂糖は入れますか?」

「お茶のためにここにいるのではありません、公爵夫人。妻のためにここにいるんです」

「どうして彼女がここにいると思うんです？」

「頼むから、ルイザ、その男を苦しめるのはやめてくれ」ホークが言う。「ケイトはここにいる。真夜中に着いて、まだ寝ているよ」

これほど安心したことはこれまでなかった、とマイケルは思った。ケイトが無事だったからだけでなく、ほかに行くところがなければ彼女がどこに行くかを推測することができたからだ。「ぼくがここにいることを彼女に知らせていただけませんか？」

「彼女が必要な限り、避難していていいと約束しましたから」公爵夫人が言う。

「避難？　彼女を殴るつもりなどありませんよ」

「だったら何をするつもりなんです？」

まったく女ってやつは！

「無礼をお許しいただきたいのですが、公爵夫人、あなたに弁明する必要はないと思います。説明は妻にしますから」

「彼女は今、とても傷つきやすくなっているようです」

「ぼくは話したいだけです。もし彼女が一緒に戻りたくないなら――」ケイトがここにとどまると思うと我慢できない気がするが……。「戻る必要がないと思うなら、彼女の衣類をつめて届けます。ケイトに聞いてください。できるだけ、うまくやろうとしてきたんです。何も変わらないかもしれないが、どうしても妻と話さなければならない」

公爵夫人は夫がちらりと見た。ホークはうなずいた。彼女は大事な戦いに敗れたかのようにため息をついた。「わかりました。あなたがここにいることは伝えますが、あなたに会えと強要したりはしません。ケイトはあまりに何度も、意に染まないことを強いられてきたんですから。彼女の人生をこれ以上惨めにすることに加担するつもりはありません」

ルイザは立ち上がり、マイケルが見たこともないような正義の憤りに満ちて部屋をさっと出ていった。妻の姿が見えなくなるやいなや、ホークがつぶやいた。「警告しておくよ、秘密は――」

「ああ、わかってる、わかってる。きみはとても賢明だし、物事がよくわかっている。こんな賢い友達を持つとは、なんて運がいいんだろう」

「きみより確かに賢いよ、女性の心をつかむには泣かせちゃだめだとわかっているからな。ここに来たとき、彼女はひどく取り乱していたぞ。ルイザが夜の間かなりずっと一緒にいた」

ホークの言葉はマイケルの苛立ちを静めるのに効果的だった。「ケイトがどうやってぼくの妻になったかについて騙《だま》すつもりはなかったんだ。だが、彼女の両親が別の話をしているとわかった以上……ぼくはどうすればよかったんだ？　両親が嘘《うそ》つきだと暴露するのか?」

「嘘をずっと続けるよりはよかったのかもしれないぞ」

マイケルは手を振って退けた。「それはもう問題じゃない。ケイトが理解してくれることだけが重要だ」

「今彼女に会うのが正しい行動だと思うのか?」ホークが穏やかに聞く。

「きみがぼくの立場で、ルイザがきみとは何も一緒にしたくないと言ったらどうする?」

ホークは驚いて眉を弓なりにした。「きみは彼女が好きだから来たというわけか」

好きという言葉では、ケイトに感じている思いはとうてい表現できない気がした。短い間に、彼女はぼくにとってすべてを意味するようになった。彼女のいない人生なんて想像もできない。

「ケイトは金以上の存在でありたいと思っていた。だが、彼女の持参金なしではぼくたちは生き延びることができない。彼女のほうがもっと大事だと、どうやって納得させたらいいんだ?」

「ただ、そう言えばいいのさ」

マイケルは首を振った。「この数週間でケイトについて学んだことがあるとすれば、それは彼女には見せなければだめだということだ」

そして見せれば、彼女を永遠に失う恐れが大きいことはわかっていた。

「ケイト？」

もの柔らかな声が聞こえたが、ケイトは日光のささやきさえも触れることのできない上掛けの下にうずくまったままでいたかった。ああ、頭は痛み、ここに着いて以来流した涙で目はざらつき、腫《は》れ上がっている。

「ケイト、起きなくちゃいけないわ」

ほんの少しだけ毛布を下げ、安息の場所である繭の中からのぞけるようにすると、ホークハースト公爵夫人が見下ろしているのが見えた。「起きるというのは、わたしが寝ていることをさすでしょ。わたしは眠っていないわよ」

ルイザはベッドの端に腰かけ、上掛けをもっと下におろして、ほつれた髪をケイトの顔から優しくかき上げた。「ファルコンリッジが来ているの。あなたに会いたいって」

「彼に知らせたの――」

「いいえ。彼はただやって来て、妻に会わせろと言ったの、まるであなたがここにいるのを知っているみたいにね。でも、ホークもわたしも知らせてはいないわ」

「だったら、どうしてわかったの？」ケイトは当惑して尋ねた。

「わからないけれど、でも彼もあなたと同じくらい辛《つら》い夜を過ごしたように見えるわ。着替えを手伝いましょう」

ケイトは首を振った。「物事のけりをつけるにはもっと時間が必要なの。準備ができたら家に戻ると彼に伝えて」

「そんな返事を受け入れる気分じゃなさそうよ」

「それは残念と言うしかないわ。彼は自分自身を売ったのよ、ルイザ。そして父が彼を買った。彼に値段をつけただけでなく、わたしにも値段をつけてね。そんなことの一部にはなれない。なりたくない。わたしは彼の所有物じゃないのよ。彼の言うとおりにはしないわ」

「ファルコンリッジは必死だったに違いないわ――」

「それとも信じられないくらい怠惰だったか。アメリカの女相続人は貴族を競り落とすだろうという皮肉な意見を耳にしたことがあるわ。でも、誰かが実際にそうすることを考えるとは思わなかった」ケイトはため息をついた。「わたしは家には戻らないと彼に言って。消えうせろと言って」

ルイザは明らかな憤りの深いため息をついた。「やってみるけど、うまくいかなかった場合のために準備しておくべきだと思うわよ。彼は自分のやり方を通すときっぱり決めているようだから」

「ええ、それなら、わたしも同じように頑固になれるし、それは彼もよくわかっているわ」というか、少なくともわたしはそう思っている。だが、マイケルはわたしのことをほとんど知らない。どうやってわたしがここにいると推測できたのだろう？

「最初にわたしの両親の家に行ったのかしら？」ケイトは自分がそうつぶやくのを聞いた。

「わからないわ」ルイザが言う。「たぶん、下におりてきてあなたが直接聞くべきでしょうね」

「いいえ、彼には会いたくない。ただ彼に、立ち去ってくれたら嬉しいと言って。彼はいつもわたしを喜ばせることをするから」

「女性は夫に、それ以上求めることはできないわ」

「女性は愛を求めることはできる」ケイトは静かに言った。

「ファルコンリッジはあなたに愛情を持っているに違いないわ、そうでなければ探しに来るはずないもの」

「わたしは財布の紐《ひも》をしっかり握っているのよ、ルイザ。わたしなしでは、彼はお金を手にできない。そして、彼は屋敷の修理をするのに多額の資金が必要なの。わたしが話したことを、ただ彼に言ってちょうだい。彼はいなくなるわ」横になると、また頭まで上掛けを引き上げる。そこには居心地のよい暗闇があった。

何分かたってから、扉がまた開く音が聞こえた。「彼は帰った?」

「いや、帰らなかった」聞き慣れた深みのある声が返ってきた。

ケイトはぐいっと毛布を下げ、夫を見た。彼は後ろ手に扉をゆっくり閉め、まるで彼女がベッド脇《わき》のテーブルの上にあるものをとって投げつけるのではないかと思っているかのように、じっと視線を注いでいる。もしそれが自分のものだったら、投げつけていた可能性は十分ある。ルイザさえもわたしを裏切ったのだから。誰も信じられる人はいないのだろうか?

「女主人に腹を立てるなよ。公爵夫人はぼくが帰ったと信じている。彼女の失敗は、ぼくの言葉を信じて玄関まで見送らなかったことだ」

「だったらルイザも簡単に騙したのね、わたしを騙したように」

「きみに嘘をついたことはないよ、ケイト。ちょっと真実のまわりを飛びはねていたかもしれないが、それはただ、きみのご両親がぼくたちの取り決めの詳細をきみに知られたくないと思っているのがわかったからだ」

「あなたはわたしの父に近づいたと言ったわ――」

「そう、近づいた。競売の招待状を送ったんだ」

「ほかには誰を招待したの?」

「きみの父上。ジェファーズ、ブレア、ハドック、キーン」

ケイトは体を起こし、枕《まくら》に寄りかかって座ると、毛布を腰のところに置いた。「かなり厳しく選んだのね。金持ちの中の金持ち。少なくとも、上を目指していないといってあなたを責めることはできないわね」

マイケルは窓辺に行って外を見つめ、朝の日の明るさに目を細めた。「若いころ、ホークハーストを訪ねたときはこの部屋に泊まったものだ」

奇妙な話題の転換に思えたが、同時にそれは、彼女がはっきりとは理解できない何かを明らかにしていた。「でも、あなたのお屋敷はそれほど遠くないでしょう」

「だが、ここのほうが居心地がよかった。ホークの母上は親切にしてくれたからな」

「そして、あなたのお母さまはそうではなかったと？」

「ぼくの母はめったに家にいなかった。母も父も、ぼくのことは必要な邪魔者と思っていたんだろう。不可欠な跡取りであり、面倒以外の何ものでもない。乳母と女家庭教師がぼくの世話をした。ふたりとも親切ではなかったし、とりわけ愉快ではなかったな」

「わたしにも女家庭教師がいたわ。彼女はそれほどひどくはなかった」

彼は肩越しにケイトをちらりと見た。「きみがサヤエンドウを食べなかったら衣装戸棚に閉じ込めた？」

彼女はゆっくりと首を振った。「あなたはそうされたの？」

「今でもサヤエンドウは進んで食べない」

「でもあなたは若き貴族で、跡取りで――」

「だからこそ、女家庭教師はぼくをいじめるのが楽しかったんじゃないかな。彼女はとても賢かった。ぼくの態度が悪くて罰せられなければならないのだと知ったら、両親はひどく失望するだろうとぼくに信じ込ませた。だから、ぼくは女家庭教師の残酷な行為にも黙って耐えていた」

「彼女が罰を与えたのは、あなたが閉じ込められても平気だったから？」

「たぶん」

「それが、あなたがお母さまを嫌っている理由なの？　あなたが会いに行かな――」

「ぼくは母を嫌ってはいない。ぼくのために時間を割いてはくれなかったけれど、それでも常に愛してきた。そして、よく会いにも行く」

「でも、一度もわたしを会わせてくれないわ」

「それには理由があるんだ」

　マイケルは部屋を横切ってベッドの足元のほうに立ち、支柱を握った。ケイトには今は彼がはっきり見えた。わたしと同じように、とんでもない夜を過ごしたみたいだ。目の縁は赤くなっているが、彼が泣いたとは想像できなかった。お酒を飲んだのは間違いない。好きな酒に夢中になったか、それとも単に寝不足のせいで疲れきった感じに見えるのだろう。髪はまるで何千回もかきむしったかのように、ひどく乱れている。それ以外に服装に非の打ちどころはなく、きちんと整えられていた。

ケイトは守りが崩れそうになっているのを感じて、必死に自分を支えた。何よりも彼女を食べつくしたいと言わんばかりに見つめる彼を前にして、どうして抵抗できるだろう？　視線を彼の手に落とした。まるで距離を保つためにはその確固とした碇《いかり》が必要だとでもいうようにベッドの支柱を握る手は、関節が白くなっている。

「手が腫れ上がっているみたいだわ」

「昨夜、何かにぶつけたんだ」

「腹を立てて？」

マイケルはうなずいた。

「痛む？」

「きみに与えた痛みに比べたら、たいしたものじゃない」

「聞かないでおこうと決めていたんだけれど、知る必要があるわ。父が競り落としたあと、あなたは結婚したい相手がわたしだと言ったの？」

彼が視線を受け止めるのに苦労しているのがわかった。「いいや」

「ジェニーと結婚したかったのね」

「彼女のほうが失望する見込みが低いと思った」

「わたしのことは愛せないから?」

「どうやって愛したらいいかわからないんだ、ケイト。愛は、ぼくにとってはなじみのあるものではないから。きみを傷つけるつもりはなかったことは確かだ」

「花嫁選びの基本がまず最高落札者の父親だとして、どうやってそれを成し遂げるつもりだったの? あなたはレディにわざわざ求婚もしなかった。あなたが望んでいたのは、最も早く、最も簡単に――」

「ぼくがしたことは簡単じゃなかった」魂の奥深くから一語一語を絞り出すような響きがあった。「ぼくは重んじていたものすべてを失った。自尊心、男としての威厳。そして今、きみを失おうとしている。ぼくがどうしてそんなことをしたのか、きみに理解してもらう必要がある」

「理由ははっきりしているわ。あなたの領地の様子、ロンドンの屋敷――」

「自分の人生がひどい状態になるのは受け入れられた。もっと別のことがあるんだが、きみには見せる必要がある。一時間くれないか。そして、もしそのあとにぼくから自由になりたいと思ったら、そうなるように方法を見つけよう」

　今でさえ、こんなに傷ついているのに、彼から自由になりたいとは思わなかった。どうしたいのかは、はっきりとはわからなかったが、したくないことはわかっていた。

「適当な服がないわ。あるのは昨夜舞踏会で着ていたドレスだけだから、とてもふさわしいとは――」

「屋敷はさほど遠くない。まずそちらに寄ろう」

「そのあとどこに?」

「地獄の訪問だ」

18

　ふさわしい服装をするためには、どこに行くのかちゃんと知らなければいけないと言いつくろって、ケイトは夫からもっと情報を手に入れようとした。しかし、彼は手がかりさえ与えてくれなかった。わたしと同じように頑固になれるのだとわかるくらいは、彼のことを知っている。ある意味ふたりは似ている。

　そこで、赤いベルベットの縁取りがある灰色の簡素なドレスを選び、それに合う上品なケープと、アップにした髪のてっぺんにぴったりおさまるきちんとした帽子に決めた。目の腫《は》れを抑えるために、キュウリの薄切りをしばらく目の上にのせておくこともした。地獄には絶対に、最高の姿で着くつもりだった。

　もし彼が簡潔な答えで威圧しようとしたのなら、わたしがたやすく威圧されたりはしないことがわかるだろう。すでにそのことにはちゃんと気づいているだろうけれど。屋敷までの道中、ふたりは何も話さなかった。そして、これから行こうとしているどこかへの途中でも、彼は同じように口を閉ざしていようと決めているようだ。

「わたしがルイザのところにいると、どうしてわかったの？」重苦しい沈黙に神経がきしみだし、とうとうケイトは尋ねた。

隣に座った彼は、視線を合わせるためにわずかに頭を傾けただけだった。「ただ、わかったんだ」

「まず両親のところに行ったの？」

マイケルはうなずいた。「今朝、父上と話をした。とても心配しておられたよ。きみは大丈夫だと伝言を送っておいた」

「わたしはまだ父に腹を立てているの」

「まだぼくたちふたりに腹を立てている、だろう？」

「あなたたちの行為は、わたしを侮辱するものだわ」

「失礼だが同意できないな。ぼくたちは侮辱されるだろうが、きみはかかわりないんだ……このことすべてに対して」

ふたりとも正直になるときが来たようだ。

「昨夜《ゆうべ》、庭でウェスリーと会うように仕組んだわけじゃないのよ。ジェニーと散歩しようとしていて、彼女が忘れ物をして、わたしを置いていって……するとウェスリーがそこにいたの。彼が現れたことにとても驚いたから、すぐに立ち去れなかったの。立ち去るべきだったのに」

「そう思ってくれたことに感謝するよ」

「知ってのとおり、わたしを愛してくれる男性と結婚したかったのは、誰かを愛するとその人の欠点が簡単に許せるからなの。わたしにはとてもたくさん欠点があるわ」

「きみの好きな色でなくそれをリストにしたら、もっと評価してくれるかい？」

彼の目は見慣れたからかいの光をたたえている。

「もう気づいていたと言っているの？」ケイトは辛辣《しんらつ》に尋ねた。

「きみの好きな色より推測しやすいと言っているんだよ。だが、ぼくにはもっとたくさん欠点がある」

「あなたはひどい秘密主義者だわ」

「分かち合うということに慣れていないんだ」

ロンドンでも建物や人がまばらになる地域に入った。すぐに彼女の好奇心が増す。彼に子供がいるとしたら……誰かをこっそり訪ねていたとしたら？

「誰かに、それとも何かに会いに行くの？」ケイトは聞いた。

「両方だ。さあ着いた」木々の切れ目に見えてきた遠くの建物を指し示す。細工の施された鉄柵《てっさく》が地所を取り囲んでいるのがわかる。

「ここもあなたの屋敷なの？」

「いいや。ここは〈グレンウッド精神病院〉だ」

心臓の鼓動が速くなり、彼女は夫のほうに顔をしっかりと向けた。無垢《むく》な乙女が閉じ込められているという小説をあまりにたくさん読んできたから……。

「どうしてここに来たの？」

彼はケイトをじっと見つめた。思わせぶりだが、ハンサムな容貌《ようぼう》を損なう残酷な表情が浮かんでいる。「おやおや。閉じ込められるのではないかと怖がっているんだな」手を伸ばして、ほつれた髪を彼女の耳にかけた。「たぶんきみに、ぼくの好きな色を当てさせるべきだったんだろうな」

「あなたの好きな色がなんのかかわりがあるの？」

「それがわかっていれば、そんなばかげた考えに飛びつかないくらいは、ぼくのことを理解したかもしれないからさ」

これほどたやすく心を読まれてしまうことに、彼女はちょっと当惑した。マイケルはわたしの考えを、それほど理解しはじめているの……わたしの必要とするものを……わたしの恐れを？

「もしわたしを閉じ込めようとするのなら、最初の夜にそうしていたわね」ケイトは確信を持って言った。「そして、あなたの好きな色は黒」

「どちらも間違っている。誰かの好きな色を当てるのは、きみが考えているほど簡単じゃない」

ケイトは、ふたりの話がばかげた方向に向かっているのに気づいた。これから行こうとしている場所やこれから分かち合おうとしていることが、彼にとってまるで心地よくないものだから、そんな話を続けようとしているのかもしれない。御者が舗装されていない小道に馬車を向け、両脇《りょうわき》の石に〈グレンウッド病院〉と彫られた門をくぐった。マイケルの目が信じられないくらい悲しげになる。手を伸ばしてケイトは慰めるように彼の手を強く握った。「わたしたちはどうしてここにいるの、マイケル？」

「きみをある人に紹介したいんだ」

「誰？」

「ぼくの母だ」

「でもあなたは、お母さまは病気だと言ったわ……癌《がん》だと」

「いいや。彼女は具合がよくないと言ったんだ。きみの母上が、それは癌だと懸念を言葉にした。ぼくは決して認めたわけじゃないが、母の状態を表すのに癌はいい方法だと思った。あたかも何かが彼女の記憶を食べているようだから」

「わからないわ」

「誰にもわからないと思うよ」

不気味に迫る建物の前に、御者が馬車を止めた。いつの間にか気づかぬうちに、ケイトが彼の手を握りしめるのをやめ、マイケルのほうが彼女の手を握っていた。

「ケイト、きみに理解してもらう必要があるんだ、どうしてぼくが……いわゆる競売台に踏み出したのか」

「新しい壁紙やカーテンのためではないのね」

「ああ」マイケルは皮肉たっぷりの笑顔を向けた。「それに、きみは母に会いたがっていたじゃないか」

彼女はごくりとつばを飲んだ。「伝染するものなの?」

「そうではないと思う。少なくともぼくにはなんの症状も出ていない。ぼくは出ていないと思うが、もし出ていても覚えていないだろうな」

「なんの話をしているの?」

「母の病気だよ。彼女は物事を覚えていないんだ」

ケイトは信じられない思いに頭を振った。「それは病院に入れておく理由にはならないわ。ときどきわたしも、どこに本や財布を置いたか思い出せないし――」

ケイトの顔を両手で挟んで揺するマイケルの瞳に深い悲しみが存在するのを見て、彼女はもう少しで泣きだしそうになった。

「ケイト、母はぼくを覚えていないんだ」

彼女が何も言えないうちに、マイケルは体を離して馬車の扉を開け、外に出ると振り返って手を伸ばした。「理解してもらうために一緒に来てくれ」

だがケイトは怖かった、真実を知るのが怖かった。

それでも、彼のそばにいずにはいられない。彼は夫なのだ。そしてそれ以上に、気になる存在になりつつあった。

だがケイトは恐れていた。「怖がらないで、ケイト」

「こういう場所にいる人は誰も知らないわ」

「こういう場所にいるべき人間が存在するのかどうか」

「さあ、母に会いに行こう」マイケルが手をとった。

深く息を吸って、ケイトは馬車から降りた。「どうして覚えていないなんてことがあるの？」玄関に向かいながら尋ねる。

「母にとってぼくは、きみがさっき置き忘れたことがあると言った本のように、取るに足りないものなのさ」

「あなたがお母さまにとってあまり意味がないなんて信じられないわ」

「ここ数日、もう何を信じたらいいのかわからない」

なんとか歩を進めて彼が開けてくれた扉を抜け、ケイトは洞穴のような入り口に足を踏み入れた。両脇に階段がそびえ、遠くで失われた魂の苦痛の叫びが聞こえた気がする。

机に座っていた若い男が立ち上がった。「ファルコンリッジ卿《きょう》」彼は微笑《ほほえ》んだ。「お母さまは具合がよろしいようです。庭にいらっしゃいますよ」

マイケルは煉瓦《れんが》の壁にぶち当たったように見えた。「具合がいい？　よくなってきているという意味か？」

ケイトは彼の声に希望を聞き、彼の目にそれが映し出されるのを見て、母親に対する愛情の大きさに疑問の余地はないと思った。それなのに、彼は愛し方を知らないと言い張るの？

「そこまではよくわかりません」机の向こうの若い男は言った。「ケント先生にお聞きください」通りかかった別の男に大声で呼びかける。「チャールズ、ファルコンリッジ卿をお母さまのところにご案内してくれないか？」それから彼はマイケルのほうに向き直った。「あなたがいらしていることをケント先生に知らせてきます」

暗い通りでは絶対に出会いたくないと思うようなチャールズという男は、ロビーを通って裏手にある両開きの扉へどたどたと歩いていった。

「ここはどなたかのお屋敷だったの？」ケイトは尋ねた。迫りくる対面から気持ちをそらしてくれるものならなんでもよかった。神経質にはなりたくなかったが、実際そうなっていた。

「かつてはそうだったと聞いたことがある」マイケルが言う。「だが、誰のものだったかは覚えていない」

彼らは外に踏み出した。マイケルは手を伸ばしてチャールズの腕に触れた。「もうわかったよ。ありがとう」

「それではよい一日を」チャールズは中に戻り、マイケルとケイトが残された。

「すてきなお庭ね」ケイトは何か言ったほうがいいと思って口にした。

「先に母と話をさせてくれ、紹介するのに心の準備をしてもらうために」マイケルは穏やかに言った。「戻ってくるまでここで待っててくれ」

「お目にかかるのを楽しみにしていると伝えて」

「理解できるとは限らないが――」彼は首を振った。「伝えよう」

ケイトは、高くそびえる木の陰にしつらえられたテーブルに向かってマイケルが大またで歩いていくのを見ていた。そこには簡素なドレスを着た女性が座っており、彼女の肩にはわずかな白髪がかかっていた。彼が少し前かがみになり、聞き取れはしなかったものの、唇が動いているのはわかった。

突然、その女性が突進した。そしてマイケルに激しく襲いかかるのを、ケイトは恐怖に満ちた目で見つめていた。

「嘘《うそ》つき！　わたしに息子なんていない！　嘘つき！」

庭に突っ立ったまま、マイケルは母の甲高い金切り声を聞いていた。彼女の非難の声が周囲にこだましている。話しかけるまで、彼女はまわりのものにほとんど気づいていないようだった。そのあと、仰天するような凶暴さを見せて向かってきた。目の隅に、ケイトが大急ぎでやって来るのが映った――なんだ？　ぼくを救うためか？――そして、ぼくは母を平手打ちした。生んでくれた女性を平手打ちしたのだ。母を落ち着かせようとして、ただ状況を悪化させただけだった。

彼女を引き離し、泣き叫ぶのを無理やり部屋まで引きずっていくには、ふたりの看護人が必要だった。その間、ケイトは目にしたものに明らかに怯《おび》えた様子で、彼をじっと見つめていた。

「何が起きたの？」ケイトはとうとう尋ねた。

マイケルは首を振った。「わからない。ぼくは母に、妻を紹介したいと言ったんだ」

「おお！」ケント医師が急いでやって来た。長い脚でどんどん距離をつめる。「事件が起きたと聞きました。大変申し訳ありません。ここにいるべきでしたが――」

「問題ありません。彼女に怪《け》我《が》をさせなければいいが――」

「拘束すべきでした」

マイケルは目をぎゅっと閉じた。使用される恐ろしい金属の拘束衣は見たことがある。彼は妻を見た。「レディ・ファルコンリッジ、ケント医師を紹介しよう。彼がこの施設を経営しているんだ」

医師はケイトにお辞儀をした。「奥さま、ここにいらしていただけて光栄です」

「光栄？　頼むから、そんな――」マイケルが言いはじめる。

ケイトが夫の腕に手をかけた。「いいのよ、マイケル」彼女はケント医師を見た。「侯爵未亡人はなんのご病気でしょうか？」

「重症の認知障害です、今まで一度も見たことがない種類の。治療の効果はありません。ご主人からお聞きになっていらっしゃるでしょうが、不治の病です。治せる方だけを収容するというのが、わたしたちの方針なんですが」

「ありがとう、先生」マイケルが言う。「もう失礼するよ」

「お母さまは？」

「手はずが整ったら教えるよ」

ケイトは夫の腕に手を置いて尋ねた。「庭を抜けて表に出てもいいかしら？　施設の中は通らずに」

「そのほうがよければ」

「ぜひそうしたいわ」彼女はハンドバッグを開けて麻のハンカチを取り出し、口に当てて隅を湿らせると、マイケルの頬に優しく当てた。「ひっかかれたのね――」

彼はさっと遠ざかった。

「マイケル、血が出ているのよ」

優しくされたら、粉々に砕けてしまうかもしれない。今ここで、庭の真ん中で、病院の塀の中で。その代わりに、彼は上着に手を伸ばし、自分のハンカチを取り出すと、頬に押し当てた。母の鋭いつめにこすられた顔がまだひりひり痛むのだから、ひどい跡がついているのは間違いない。

「ここにどのくらいいらっしゃるの?」ケイトはもの柔らかに聞いた。彼がたやすく粉々になってしまいそうなことがわかっているかのようだった。

マイケルは話したくなかった。家に帰って、彼女の中に深く身をうずめたいだけだった。

「五年だ」

ああ、ここにケイトを連れてきたのは間違いだった。彼女に見せようと、説明しようとしたのは――。

「馬車のところで落ち合おう」と彼は言った。

ケイトは呆然《ぼうぜん》として、夫が雑木林に向かって大またで歩きはじめるのを見つめた。

「マイケル!」

スカートを持ち上げて急いであとを追い、林まで行ったところでようやく追いついた。風にそよぐ葉の音には胸が悪くなる。ここには安らげるものは何ひとつない。

「マイケル――」

「馬車のところに行け、ケイト」

彼がひどく参っているのが、どれほど傷ついているかがわかっているときに、どうしてそんなことを要求するのだろう？　お母さまが彼のことを覚えていないとマイケルに言われるのと、本人の唇からこぼれ出る言葉を聞くのとでは大違いだ。

「どうして自分には息子はいないとおっしゃるのかしら？」

こちらに顔を向けた彼の目に深い苦悩を見て、ケイトはもう少しで打ち倒されそうになった。

「言っただろう！　母はぼくを覚えていないからだ！」

マイケルはどさりと腰を落とし、腿に肘をついて、手のひらを額に押し当てた。

「どうしてあなたを攻撃したの？」

「母はいまいましい精神病院にいるんだ！　彼女の行動なんて説明できるわけがないじゃないか」

「どうしてお母さまのことをもっと早く話して――」

「もう一度言う、ぼくの母はいまいましい精神病院にいるんだ！」

彼は手を下ろして頭を後ろにのけぞらし、晴れ渡った空に視線を向けた。

「また血が出ているわ」

「それがどうした？　このことがどうかなるのか？」

これまで一度も感じたことがないくらい、彼を思ってケイトの胸は痛んだ。夫の苦悩に比べれば、自分の人生のすべてがひどく些細《ささい》なものに思える。彼が耐えているような衝撃的な事柄に対して、これほど無力だと、これほど覚悟ができていないと感じたことはなかった。

「もっといいお医者さまを見つけられるわ」とケイトは言った。「十分なお金があるからお母さまを治せる」

彼女の顔をじっと見つめる目には疑いの色がある。「ひどく無邪気でおめでたいな」

「少なくとも試してみることは――」

「ぼくがやっていないとでも？」

「ああ、なんてこと」ケイトは彼の前に膝をついて顔をじっと見つめ、理解しはじめたことで涙がちくちく目を刺すのを感じた。「お母さまのためだったのね、あなたが……あなたが自分自身を競りにかけたのは」

「私立の精神病院は回復の見込みがある人を受け入れたいんだ。ぼくは母を公立の施設には入れたくない。金があるから、もう少しここに置いてもらえることになったが、何か手はずを整えなければならない。母を連れて帰りたい。〈レイバーン〉の近くに安息の場所を建てて、世話をしてくれる人を雇いたい」彼は目をぎゅっとつぶった。

「母は侯爵未亡人なんだ。もっといい扱いを受けてしかるべきだろう」

ケイトにはわかった。母親の愛を受けられずに育った少年が、すべての感情から距離を置いた男になったのだ――今でさえも。自分をその行動にかりたてたのが愛だったとは認めようともせずに。マイケルが自尊心を犠牲にしたのは、貴族としての母の立場を尊重したからではなく、母への愛のためにほかならない。

「あのう……」彼女はごくりとつばを飲み込んだ。「家に戻る途中、銀行に寄るべきだと思うの。あなたのサインでも、わたしのサインと同じに資金を引き出せるようにすると知らせておく必要があるから」

「そのためにきみをここに連れてきたわけじゃない」

「わかっているわ。あなたがしたことの理由を理解してほしかったのよね」ああ、なんてこと。彼の苦しみに、わたしが彼の人生に軽率にもつけ加えてしまった重荷のために、泣きたい思いだ。「でも、父があなたに娘を任せてお金を任せなかったのは、ばかげたことだと思うわ」

マイケルが何か言いたげにじっと見つめる。ケイトは、彼が心の奥深くにある思いをためらいなくもらすことができる日が来るのだろうかと思った。今日明らかにしたことが始まりではないだろうか。

体を伸ばしてマイケルは立ち上がると、彼女の肘に手を添えて立たせた。馬車まで歩く間、何も言わないのがふさわしく思えた。まるで哀悼の地を去っていくようだったのだから。

19

数時間後、マイケルは書斎に立って六カ月以上前に描いた間取り図を見ながら、金を引き出せるようにすると言ったケイトの気前のよさに、まだ圧倒されていた。〈グレンウッド〉では、十分な感謝の言葉が見つからなかった。頭に浮かぶことはすべて些細《ささい》で、取るに足りない陳腐なものだ。裕福な女相続人を探し出したときに達成したいと夢見てきたことは全部、すぐに手が届くところにある。

すべては、母についての真実をあえて彼女と分かち合ったゆえに。

ケイトは理解し、同情し、慰めてくれた。彼の手を握り、何が起きたにせよ、どんな困難に直面しているにせよ、常にぼくのためにいると静かに伝えているようだった。

生まれて初めてマイケルは、ひとりではないと感じた。

そう悟ると、ひどく怖くなった。この……分かち合うという感覚を信じるのが怖い。だが、それが消え去ってしまうかもしれないと思うと、もっと恐ろしい。

夕食の間、ケイトをじっと見つめていた。自分がしたこと——彼女を妻にしたこと――の大きさがようやくわかりはじめたのは不思議だ。彼女はぼくの残りの人生で、毎晩夕食のテーブルにいるだろう。寝室で、ぼくの隣にいるだろう。彼女の父親に、ケイトは求婚される価値があると言った。こんなまぎれもない不当な仕打ちを、どうやって償ったらいいのだろう？　図面を見つめながらマイケルは、もっと前に彼女に与えるべきだったものを今どうやって与えたらいいだろうと思った。

ぼくは彼女と結婚し、彼女の父親の金を与えられた。そのお返しにケイトが望んだものはただ、好きな色を見つけ出して彼女の愛を手に入れることだった。それをやり損ねてしまったのだ。

夕食のあと、ケイトは読書をするために図書室に行き、彼は書斎に来て、今や現実味を帯びた夢を眺めた――彼女の気前のよさのおかげで。建築業者と打ち合わせができるように、図面を持ってきたのだ。〈レイバーン〉では、家を建てることがどうして重要なのかはケイトに話していなかった。今はもう何も言う必要がない。

奇妙なことに、突然どうしてもそうしたくなった。彼女にすべてを話したくてたまらない。罪を分かち合うのだ、ぼくの罪を……高貴なものであるかのような目で見てもらいたくない。あるがままの本当の自分を見てほしい。自分自身が憎んでいるのと同じくらい、ぼくのことを憎んでもらう必要がある――。

愛より憎しみのほうがどれほど扱いやすいか。

ああ、哀れなことに、ぼくは彼女を愛するようになっている。

ケイトは図書室に座り、膝の上に本を広げたまま読みもせずにいた。この午後意外な事実を知ったあと、どうしてふたりの間の事柄が変化するだろうと考えたのか、なぜ進んで彼の支払いの制限をすべて取り除いたのか、わからなかった。本当に彼女を悩ませているのは、彼と同じくらい自分が不機嫌になっていることだった。

夕食後、夫は言い訳をして書斎に移った。ひとり静かに考えにふけりたかったのは間違いない。そんな彼を見ると胸が痛む。マイケルが不幸な様子を見ると、自分自身の幸せが台無しにされたように感じるほど、いつ彼のことが好きになりはじめたのだろうと思う。

夫を探し出して、夕べを一緒に過ごそうと言おうかと思ったが、ただ自分がそうしてほしいという理由だけで彼にすべてを望んでいることにうんざりした。わたしは彼に一緒にいてほしい。わたしは彼に――。

図書室の扉が開いたので目を上げると、マイケルが巻き物を持って入ってきた。彼の姿を見て喜びが全身を駆けめぐったのにはまごついた。わたしを見て彼がこんなふうに嬉《うれ》しくなったことがあるだろうか？

「きみと分かち合いたいと思ったんだ」マイケルは穏やかに言った。

ケイトは本を閉じ、彼が王冠を贈るつもりだと言ったとしてもこれほど嬉しくなかっただろうと思った。有頂天になっていると見えないように、優雅に立ち上がった。

マイケルは机の上をきれいにしてから巻き物を広げ、片側をランプで、もう一方を本で固定した。

「それは知っているわ。あなたが池のそばに建てたいと思っている家ね」と彼女は言った。

「ああ、母のために建てるんだ。きみが詳細に興味があるかもしれないと思って」

「とても興味があるわ」そして、お互いにひどくよそよそしくなければいいのだけれど、と思った。まわり込んで隣に立つと、彼と同じ眺めを目にすることができた。

「母を〈グレンウッド〉から連れ出したいんだ。安全で揺るぎないと感じられる場所を与えたい」

「どうしてこんなに小さいの？　もっとずっと大きな建物でも大丈夫なのに」

「母はすぐに迷子になる。それがひとつの……それが何かおかしいと疑いはじめた原因だったんだ」

鼓動がいくつか打つ間、沈黙が続き、ケイトは彼を見上げた。マイケルは羊皮紙を眺めているが、線や数字を見ているとは思えない。記憶にとらえられているのだと、彼女は思った。「何が起きたの？」ケイトは優しく聞いた。

「領地の屋敷でのことだった。きみも見たとおり、あそこはとても広い。百三十七の部屋。廊下、小部屋《アルコーブ》。母は迷子になった。迷っただけでなく、怯《おび》えた。そして金切り声をあげていた。寝室に戻る道がわからなくなったんだ。夜中の十二時過ぎだった。まず、なぜ寝室から出たのかさえわからない」マイケルは図面の上に覆いかぶさり、自分が描いた線を指でたどった。「母には小さな家を準備したい。表の部屋、言うなれば居間。横が食堂になる。ふたつの間には大きな通路があって、居間の奥は寝室につながっている」彼は咳払《せきばら》いをした。「寝室はなじみのある感じにしたい。母は以前はきみの寝室で寝ていたんだ。新しい家に家具を移したいと思っている」

まるで反対に遭うのを予想しているかのように、視線を彼女に向ける。

「それはすてきな考えだと思うわ」それからケイトは彼が微笑《ほほえ》むのを見たいと思って言った。「部屋に新しい家具を買うまで、毎晩あなたと隠れんぼうをしたらいいわね」じっと見つめられ、説明を加えた。「わたしは別の寝室で眠るから、あなたは見つけ出さなければならない。それをゲームにできるわ」

「これが面白いことだと思うのか？」

「お母さまの状況は違うわ。でも、わたしはあなたの笑顔が見たいの」

彼はあざ笑った。「笑顔か」

まるでその言葉が意味することがほとんど思い出せないかのようだった。

ケイトは見取り図の小さな空間に触れた。「ここは何？」

「看護婦が寝る場所だ。三人雇いたいと思っている。八時間交替で世話をしてもらえば、母は決してひとりにならなくてすむから。彼女を見ているとき以外は母屋のほうにいてもらえばいい。もちろん、メイドに家政婦、料理人も母屋にいる。母も、ときには試してみたらいいんだ」

「ずいぶんいろいろ考えたのね」

マイケルは視線を図面に戻した。「ああ」

彼女は夫の横顔を、誇りに満ちた頑固な横顔を、じっと見つめた。頬に走る三本のひっかき傷を見て、傷跡が残って美貌《びぼう》が損なわれなければいいけれど、と自分本位にも思った。「これほど立派な――」

「立派？」マイケルは辛辣《しんらつ》な笑い声をあげた。「ぼくがしてきたことを知らないからだ、母に対してやってもいいと許可してきたことを」隅にあるテーブルに行って、グラスにウイスキーを注ぎ、ぐっと飲み干す。「ショックを与えれば正気に戻るかもしれないと言われて、母を凍るような水につけさせた」

彼はまたグラスに注ぎ、飲み干した。

「ヒステリー状態になったときには、腕を動かせなくする拘束衣で抑制させた」

彼はまたグラスに注ぎ、飲み干した。

「お母さまによくなってほしくてたまらなかったのね」

マイケルはさっと顔を向けてケイトをにらみつけた。「自分自身の身震いを終わらせたくてたまらなかったんだ」彼女に一歩近づく。「母がぼくを忘れたくらい簡単に、ぼくも母を忘れたい」彼女の腕をつかんで揺さぶる。「わからないか？　ぼくをこんなふうにしたことで、ぼくに強いてきたことで、母を憎んでいる」彼はまたケイトを揺さぶった。「ぼくはただ忘れたいんだ」

やすりをかけたような最後の宣言に涙が混じっていたとしても、彼が引き寄せて首筋に顔をうずめたので、ケイトにはわからなかった。「ぼくに忘れさせてくれ、ケイト。忘れさせてくれ」

マイケルは彼女をきつく抱きしめた。もう拒まれたりしないと言い張ったこの男性は、彼女をきつく抱きしめ、待っている。この二日間で明らかになった事実で彼女を傷つけたから、もう彼女が腕の中に、ベッドに迎えてはくれないと恐れているかのように。ケイトは彼の髪に手をくぐらせ、乱れた髪を指に巻きつけた。

「ええ」とだけささやく。それで十分だった。

体を曲げて、マイケルはケイトを腕に抱き上げ、部屋から運び出した。彼女の香りに、彼女の温かさに、彼女の体の柔らかさに我を失いたいと、どうしようもなく望んでいることをケイトはうすうす感じているのだろうか、と思った。それとも、彼女が好きな色を隠しているのと同じくらい用心深く、ぼくは欲望を隠せているのだろうか？　彼女に知ってもらいたいのか？　そんなに傷つきやすくなりたいのか？　防御を低くしたら、母のように彼女もぼくを傷つけるだろうか？

ぼくにひどいことを言い、罪がないのにぼくが悪事を働いたと言って責めるだろうか？　ぼくがとった行動のせいで軽蔑《けいべつ》するようになるだろうか、それとも欠点があってもぼくを好きになるだろうか？

夢中で、一度に二段ずつ階段を上がって運んでいく。彼女が近くにいることにどれほど依存するようになってきているかをじっくり考えるのは怖かった。昨夜、屋敷はひどく静かで空っぽのようだった。ひとりの女性が、いないことがこんなに痛切に感じられるほどの存在感を持てるのだろうか？　もし彼女がぼくのもとを去って戻らなかったら、どうしたらいいのだろう？

一方では、自分に対して大きな力を発揮しようとしている彼女に憤慨していた。他方では、自分に気にかける能力があることに畏敬《いけい》の念を抱いていた。心を守るためにまわりに築いていた壁を、彼女がゆっくりと、煉瓦《れんが》ひとつずつ、微笑みひとつずつ、笑い声ひとつずつ、優しさひとつずつで引きはがしていったのだ。明日、その壁をもう一度強化しよう。今夜はただ、彼女が与えてくれる安息が欲しい。

目的だけを胸に、ケイトの寝室にさっと入る。できるだけ早く、ふたりの服をはぐのだ。だが、まるで彼女も同様に熱中しているかのように、両手で触れ、体をたどって邪魔をしつづける。「ぼくの服を脱がすのを手伝ってくれ」マイケルが、彼女の服を脱がそうとしながら言う。

「常にロマンチックにね、だんなさま」ケイトがそうつぶやいて首にキスをし、全身に震えを送り込む。そして彼のシャツのボタンをはずしはじめた。

マイケルはかすかに後ろに体をそらし、彼女が目を閉じているのを見た。一瞬、ケイトはこの部屋にぼくといるのだと、あえて思った。だが彼女はすでに、別の人間といるところへと漂いはじめている。これほど自分自身の身震いから逃れる必要がなければやめていたかもしれないが、彼はケイト自身が逃避するのを認めるしかなかった。

だからふたりの服がすべて取り除かれたとき、彼女をベッドに横たえ、自分が必要とすることに集中した。隣に横たわり、ヒップのふくらみに手をすべらせることに。忘れられない香水の香りが今なお漂う首の曲線に、顔をうずめることに。頭を下げ、硬い胸のつぼみを唇に感じることに。さらにゆっくりと下がり、彼女の欲望のしょっぱさを味わうことに。ヒップが彼に向かって跳ね上がるのを感じ、彼女の泣き声と叫び声がまわりに響くのを聞き、彼女の指が髪に絡むのを感じ、彼女の脚が体に巻きつく重さを経験し、信じられないくらいきつく包み込まれることが必要だった。

ケイトは彼の火をかきたて、マイケルは彼女が身もだえするまで、舌で炎を広げる。

彼女自身の世界で我を失うまで。そこではほかの男が彼女に触れ、彼女の情熱を刺激しているのだ。それは不貞になるのだろうか？

そんなことは問題じゃない。彼女の体が締めつけ震え、彼女のあえぎ声がまわりを囲み、彼女の指が肩に食い込んでいるのだから、そんなことは問題じゃない。彼女は迎え入れる準備がすっかり整っている。その体をなおも震えが滝のように流れ落ちる。彼が難なく熱い安息の地にすべり込むと、きつく確かな脈動に迎えられた。

彼は上になって、けだるげなケイトの目をのぞき込んだ……それは情熱で青くなっていた。見たこともない青の色だった。それから彼女の目が閉ざされ、ふたりのものであった瞬間は消え去った。

マイケルは身を引き裂く痛みを無視した――別の男を夢見ることを自分が許可したのだ――自分が彼女の中にやすらぎを見いだしている間、彼女が思い出の中に慰めを見いだしていても責めることはできない。彼はとりつかれた男のように馬乗りになり、ひと打ちごとに喜びをつのらせ、ひと打ちごとに忘れたいものすべてから遠ざかっていった。幼いころ母はぼくの世話を冷たい女たちに任せた。母はぼくが誰か覚えてもいないくらい愛していなかった。妻はほかの男を愛している。

ケイトの腕がまわされ、きつく抱きしめてきたとき、彼は姿勢を低くして肩のくぼみに顔をうずめた。力強い突きが喜びを大きくし、叫び声に指示されたように彼女の背中がそる。

　ケイトは大声をあげて弓なりになり、彼自身の解放もすばやく激しいものになった。その激しさにほとんど目がくらみそうだった。彼女をきつく抱きしめ、なんとか息を止めてこめかみに集まった滴をキスでぬぐい去る。マイケルの心は喜びの名残以外、彼女の体のなめらかさ以外、何も存在しない空っぽの忘却だった。ひと晩じゅうここにいたかった。

　その代わりに、最後のキスを喉に押し当て、彼女から離れた。立ち上がると膝が崩れそうになり、服を拾うことにはかまっていられなかった。朝になったら従僕に取りに来させよう。今は、ただ自分のベッドに倒れ込みたいだけだ、ケイトとの記憶がこの上なく幸せな眠りに運んでいってくれるほど強力なうちに。

　ケイトは天蓋《てんがい》をじっと見つめていた。涙があふれ、止める間もなく枕《まくら》にすべり落ちる。今日分かち合ったすべてのもののあとで、今ベッドで分かち合ったもののあとで、どうして彼はこんなにたやすく立ち去ることができるのだろう？

　ぼくに忘れさせてくれ。死に物狂いの彼の願いはケイトの心を引き裂いた。どうして彼は、ここであまりにも多くを与え――あまりにも多くを奪い――そして、ほんのひとときさえとどまらないなんてことができるの？

20

翌朝、ケイトは母と一緒に過ごした。母の病気を知っていることを態度に出さずにいるのはひどく難しかった。だが知っている以上、顔色の悪さや、その目がもはや輝きを失っているのにもっと早く気づかなかったことに罪の意識を感じた。ケイトはいつも、母は止まらない機関車だと思っていたのだ。結局、母もただの人間だったと認識させられて当惑した。

それでも母の精神は手ごわいので、息を引き取るのは子供たち全員が結婚したのを見届けてからに違いない——母の選んだ結婚相手と。

そんなことを考えながら家に戻り、マイケルを探して屋敷の中を歩きまわった。書斎で大きな紙に線を描いている彼を見つけた。「何をしているの?」

彼は視線を上げた。「〈レイバーン〉にあるひとつの部屋の案だ。そこを図書室に改造しようと思う」

「もう三つも図書室があるわ」

「だがここは、もっと温かくて居心地がいい場所になるんだ。女性の優しさを映し出から、厳格というより歓迎してくれる。〈ケイトの図書室〉と名づけよう」

ケイトの嗚咽《おえつ》が廊下まで響き渡り、涙がその目にあふれ、頬に流れ落ちる。彼の思いやりが、ただただあまりにもすばらしかった。

「ケイト、何も泣くようなことじゃない。ただの案だ。そうしなければならないわけじゃない」

彼女は慌てて激しく首を振った。ここ数日間の鬱積《うっせき》していた感情がこみ上げてくる。

「母は死の病なの」きしるような声で言う。「それが、父があなたのばかげた競りに参加した理由なの。ほかの父親たちより高値をつけるのをいとわなかったのは」

「ああ、きみ《スウィートハート》、かわいそうに」マイケルは机をまわってきて彼女を腕に抱き、胸のところで揺すった。ケイトは彼の首に腕を巻きつけ、肩のくぼみに顔をうずめた。とてもいい匂《にお》いがして、彼がケイトのために設計してくれている図書室のようにやすらぎを与えてくれる。

マイケルは階段を上がって寝室まで彼女を運んでいった。その間、彼女の涙がシャツをぬらし、悲しみの重さが彼の心を引き裂いた。

彼はケイトをベッドに横たえ、そばにひざまずくと、その顔から髪をかき上げた。

「わたしは一度も母が好きだと思ったことはないの」ケイトの声には悲しみと深い喪

失感があった。「母はいつもとても厳しくて、とても自分勝手だった」彼女ははかなげな笑い声をあげた。「すべて母のやり方で行わなければならなかった」視線を彼に向ける。「でも死んでほしくはないの」

「誰も、死んでほしいときみが思っているなんて考えないさ」マイケルが静かに言う。

「結婚したとき父は母を愛していなかったそうだけれど、今は母が幸せになるためならなんでもするのよ」

「それがぼくに有利に働いたわけだ」

「母のいない人生なんて想像できないわ」

「彼女はまだお墓に入っていないんだぞ、ケイト」

「たぶん何度かわたしたちと〈レイバーン〉で過ごせるわね」

「それできみが喜ぶのなら」

今一緒に過ごしたいと思うのが奇妙なほど、ここ数年ずいぶん母を避けてきた。だが母に関する限り、ケイトに後悔はなかった。それでも、彼を温かい気持ちにさせなければと感じた。「母はとてもお節介になれるのよ」

「それに悩まされないようにしたいものだな」

「もし悩まされたとしても、あなたはわたしには言わないでしょうね」

「きみの家族はいつだって歓迎だ」

ため息をついて、彼女は起き上がった。「それに、あなたのお母さまが〈レイバーン〉に戻れるように、準備をすべて整える必要があるわね」

マイケルはうなずいた。「今日の午後、建築業者と会う予定なんだ。その前に庭で昼食をとらないか？」

手を伸ばして、ケイトは彼の髪を顔からかき上げた。「すごくいいわね」

昼食のあと、ケイトとマイケルは詳しく戦略を立てた。彼が建築業者を手配し、一方、彼女は領地のために追加の人員を面接して雇う。時が来たら、ふたりで看護婦の面接をする。そのことについてはマイケルのほうがはるかに慣れているが、ケイトの意見を尊重したいと思ったのだ。

彼が手助けを求めてきたことは、彼女にとって言い表せないほどの意味があった。ケイトが図書室で、使用人を雇い入れる必要がある仕事の一覧表を書いていると、執事が銀のお盆を持って部屋に入ってきた。

「紳士がお見えになっています、奥さま」

訪ねてきたのが父か兄だとしたら、形式ばったりしないはずだ。訪ねてきた人物が誰なのか不安な気持ちになった。カードに浮き出し文字で記された名前を見る。その名前がいつもの興奮を引き起こさなかったのは、驚きであると同時に当然なことでもあった。ふたりとも今は結婚しているのだから、彼が来たからといってどんな種類であろうと興奮するのは適切でない。だがそれ以上に、彼が来たことに何より苛立《いらだ》ちを感じた。

そして、ロンドンの屋敷でウェスリーをもてなしたと知ったときのマイケルの反応がどんなものかは、考えたくもなかった。

「庭でお会いします」礼儀正しく会いはするものの、邪推されるような状況ではなかったことをはっきりさせておきたかった。誰にもとがめられないように、ちゃんと慎重にしておきたかった。

髪をなでつけ、自意識過剰になってハイネックのドレスに指を走らせる。さらに服の下へ、マイケルの熱心な営みのあかしへと。ウェスリーがそのしるしを見たら何を思うだろうと、一瞬考えた。ウェスリーは決して残さなかったのだから、それが何かわからないのではないだろうか。

外に出てみると、彼はテラスの端に立っていた。足音が響いたのでウェスリーが振り返った。あざのある腫《は》れ上がった頬を目にして、ケイトは即座に足を止めた。「何があったの？」

「きみの夫だ」

マイケルの手が腫れていたこと、何かに打ちつけたと言っていたことを思い出した。

それがウェスリーの顔だったという事実に、なぜゆがんだ喜びを感じるのかはわからなかった。「生まれからいって、彼が他人を殴るようなタイプの男性だとはまるで思えないわ」

「いいや、彼はそうなんだ。とんでもなく野蛮だよ」

「あなたがここにいるのを見てとても喜ぶような人ではないことは、指摘する必要もないわよね」とケイトは言った。

「ぼくにとっては、きみが喜ぶかどうかだけが問題だ」

「正直言って、わたしはどうかわからないわ。夫は――」

「近くにはいない。彼が出かけるまで待っていたんだ」

ウェスリーが見張っていたという事実がいやだった。「何が望みなの？」

「きみだよ、もちろん」

「そうね、それにはちょっと遅いわ」

「歩かないか？」ウェスリーはまわりを見まわした。「召使たちは思慮分別があるかもしれないが、それでも耳は持っているからね」

「見えるところにいるのならね。格子垣の陰にこっそり行くつもりはないわ」

「話をしたいだけだ」

うなずいて、彼女は庭を曲がりくねって進む丸石を敷いた小道に足を踏み出した。

「あの夜ぼくが暴露したあと、きみが大丈夫だったかどうか確かめたかったんだ」

「わたしは大丈夫」

「彼が怒りをぼくにぶつけたから、きみは無事でいられたと自分を安心させたかった」

「自分を安心させるのに二日間待ったのね」彼女はそう指摘せずにはいられなかった。

「今まで、きみがひとりのところをつかまえられなかったからさ。無事なのを知って嬉《うれ》しいよ。きみに持ってきたものがあるんだ」

ふたりは今、家からかなり離れている。彼は上着の内側から細長い紙を取り出した。

「詩を作ってきた」

ケイトは、ウェスリーが書いてくれた詩のことを思った。すべてとってあり、箱に入れて衣装戸棚の奥にしまってある。

「こんなこと、すべきじゃないと思うわ」ケイトは彼に言った。「あなたは結婚しているのよ」

「きみを思う気持ちは止められない」

ケイトは首を振った。「ウェスリー――」

「どうか受け取って」

言われたとおりに、彼女はそれを手につかんだ。「読むとは約束できないわ」

「受け取ってくれただけで十分だよ。ファルコンリッジとの結婚を続けるつもりなのかい？」

「なんですって？」

「きみが結婚していなければ、ぼくはすぐにメラニーと離婚していたよ。いや、もっといいのは、ぼくたちふたりとも結婚を無効にできる。どちらも長く結婚してはいないんだから。離婚より手っ取り早い解決方法だ」

ケイトは陰気な笑い声をあげた。「あなたがそんな提案をするなんて信じられない」

「きみを愛することは決してやめられないんだ」

心がウェスリーの告白によろめき、彼女は頭を振った。「ファルコンリッジはわたしの夫よ。彼が必要と――」

「だがきみを愛してはいない。彼は厳密に言えば、きみの金のために結婚したんだ」

「彼がしたことをあなたに思い出させてもらう必要はないわ」マイケルには理由があったのだと言いそうになったが、それをウェスリーに弁明するつもりはなかった。マイケルはとても秘密を重んじる人だ。

「きみが彼のもとを離れなくても、ぼくたちが会えない理由はないだろう」ウェスリーが言う。

「わたしたちが結婚していることをどうして絶えず見落としているのかしら？」

「どちらも便宜結婚だからさ。そんな状況下では、誰も配偶者の貞節を期待したりしないものだ」

「わたしは違うわ」彼女はしわくちゃになった紙を上に上げた。「詩をありがとう。従僕に見送らせるわね」

「ケイト」ウェスリーが手を伸ばしたので、彼女は一歩下がった。

「あなたがほかの人と結婚した日、わたしの心は粉々になった。今になって詩と約束をたずさえてやって来て、わたしが喜んで両方を受け取ると思うなんて、ありえないわ」

ケイトはくるりと踵《きびす》を返し、家へと急いだ。ウェスリーから逃れたいのと同じくらい、心にある疑いから逃れたくてたまらなかった。


その夜かなり遅く、ケイトは夫の下で息をはずませ、震えながら横たわっていた。別の震えが彼の体に拷問をかける。ふたりが同時に絶頂を迎えたのは確かで、彼女の叫び声と彼のうなり声が完璧《かんぺき》に調和した。彼女は汗ですべる彼の背中に両手をまわし、低いうめき声を引き出した。それからマイケルは優しくケイトから離れた。

夫が離れていくといつもの喪失感に圧倒される。夜ごとの訪問の雰囲気作りに、今夜は蠟燭《ろうそく》をつけておいたのだった。彼のシルエットがベッドのまわりを動き、扉に向かって——。

「マイケル、もう少しここにいて、わたしを抱きしめていてくれない？」彼女はすばやくそう頼んだ。ここにいて、ウェスリーが来たことを忘れさせて。抗《あらが》いきれずに読んでしまった、わたしへの愛をつづった美しい詩を忘れさせて。

「それできみが喜ぶなら」彼は穏やかに言って、上掛けの下にすべり込んだ。「きみが好きなだけ抱きしめていよう」

マイケルのそばに身を落ち着け、肩のくぼみに頭を置く。彼の腕が背中にまわって抱きしめ、もう一方の手がぼんやりと彼女の腕を上下しはじめる。

いてほしいと頼まなければ彼が自分から決してとどまろうとしないのが、いやでたまらなかった。あとの瞬間を楽しみたいと思うほどわたしのことが好きではないのだ。

ケイトは肘をついて体を起こした。「行って。もう行っていいわ」

蠟燭の炎がちらちらと影を投げかける中、マイケルが眉根を寄せたのがわかった。

「ケイト、どうしたんだ？」

彼女は首を振った。「あなたがここにいたいという理由で、いてほしいの」

「ここにいたいに決まっている」

「いいえ、違うわ。あなたはいつもできるだけすぐに去って——」

「それがきみの望むことだと思ったからだ」

「まあ」今夜は明かりをつけたままにしておけばよかったと思いながら、ケイトは彼をじっと見つめた。「あなたの望みは?」

彼女の頬をなで、指を髪にくぐらせ、マイケルは彼女を胸に引き寄せた。「もっときみを抱きしめていることだ」

ケイトはさらに近くにすり寄り、彼が発するほとんど聞こえないうめき声と、頬をなでる彼の胸の眺めを楽しんだ。愛し合ったあとの土のような香りがする。彼の肩のくぼみに顔をうずめるのは、彼が去る前に横になっていた枕《まくら》に顔をうずめるよりはるかに心地よい。

彼女は指でマイケルの乳首に円を描き、低いうなり声を聞いて楽しんだ。

「どうしてわたしにキスしないの?」

かすかだが、彼の体がこわばったのを感じた。まるで筋肉のひとつひとつが、答えを明らかにするのを恐れているかのように。

「キスしないほうが、ぼくでないふりをしやすいと思った」マイケルはとうとう言った。

夫の横顔がもっとはっきり見えるように、ケイトは顔を傾けた。「理解できないわ」

とても優しく、マイケルは彼女の髪を横にやり、耳にかけた。

「ぼくがベッドに来ると、きみがほかの人間だというふりをするのはわかっている。

さわり方、匂《にお》い、うなり声、体の感触……ぼくはそれを変えることはできないし、きみがそれらに気づいていないふりをすることもできない。だが、味覚は……キスしないほうが、きみがふりをしやすいと思った」

苦しさに、彼女の胸はつぶれそうになった。最初の夜、マイケルは、彼がウェスリーだというふりをしろと言った。わたしをあれほどすばらしい高みに運んでいったとき、わたしが何かを考えることができたと本当に思っているのだろうか？

激しい失望を感じて、ケイトは驚いた。そんなことができると夫が考えたから。誰かほかの人だと考えることに彼自身は大成功していたから。

「あなたはわたしが誰だというふりをしているの？」

もう一度、マイケルは彼女の腕をなではじめた。「ぼくはロンドンで一番すてきな女性と結婚しているんだぞ。どうしてほかの誰かだというふりをしなくちゃならない？」

涙で目がひりひりする。詩ではないけれど、それにとても近くて、とても心にしみる。かすかなむせび泣きがもれた。

彼はケイトを向き直らせた。だがそれは、彼の目に気遣いを見た彼女をさらに激しく泣かせただけだった。「ケイト？　どうしたんだ？」

説明できなかった。今夜彼が心に触れたことは。彼の顎を包み込み、親指を唇にすべらせる。「キスしてくれる？」

「それできみが喜ぶなら」

ケイトはうなずいた。「そうよ」

彼がごくりとつばを飲み、喉仏が上下する。教会で誓いの言葉を交わしたときも、これほど緊張した様子ではなかったと、ケイトは思った。「嚙《か》みついたりしないわ」

マイケルが低い笑い声をもらし、彼女はその胸に指を押しつけた。「それほどしょっちゅうは嚙みつかないね」

「あなたがわたしの人生にやって来てからは、ずいぶん嚙みついている」

それからマイケルは唇を唇に下げ、彼女は笑うことなど考えられなくなった。ただ彼のキスの不思議さだけを考えていた。舌が彼女の唇の輪郭をゆっくりとたどり、手が彼女の頰を包み、キスで唇が開くまで親指が口の端をなでる。それは不思議で――舌、唇、手のひら、指が、この幾夜も彼女の体を自由奔放に動いたことを考えると――彼のキスはただエロチックで、説得力があり、彼がするほかのことと同じように情熱を運んでくる力があった。

ケイトがため息をつくと、開いた唇に彼が舌をすべり込ませた。触れずに残っている部分がほんの少しもないように、大胆に熱心に口を探る。彼女の舌もそれにこたえて同じように前に出て、じらし、彼の口の形や肌合いや、味を知ろうとする。夕食のワインとデザートのチョコレートケーキ。デザートはいつもなんらかの形のチョコレートであることを思い出した――ケーキ、プリン、ラズベリーのチョコレートがけ。気がつくと、その甘さに彼女は笑い声をあげていた。

マイケルは身を引いて不平がましく言った。「男が女を誘惑しようとしているときに、まさに聞きたいものがそれだな。笑い声だ」

夫が逃げ出す前に、ケイトは彼の肩に腕をまわして、頭の後ろに手を押し当てた。「夕食のデザートにはいつも、いろんな種類のチョコレートが出てきたことを思い出したただけなの。あなたがそうさせたんでしょう？　わたしがどれほどチョコレート好きか知っているから」

彼はすばらしい満足感に満ちた笑みをたたえた。それが答えだった。「ほかに、わたしが気づいていないどんなことをしたの？」

マイケルは彼女の口の端にキスをした。「園丁が忘れな草を植えているが、来年にならなければ咲かない」

ケイトは微笑《ほほえ》んで、唇がまっすぐになるように顔をひねり、彼と同じように深く、だが短くキスをした。「ほかには？」

「サプライズをすべて台無しにしたいのか？」

「サプライズを計画しているの？」

マイケルはすっかりうぬぼれているようだ。

「詩ね。わたしに詩を書いてくれたんでしょ」

「詩なんて我慢できない。くだらないたわ言だ」

「でも、わたしは詩が好きだわ」

彼はしかめっ面をした。

「それから？」

彼は首を振った。

ケイトが胸の脇《わき》を指でたどると、マイケルはぐいと動いた。「あなたはくすぐったがりね」

マイケルが手首をつかみ、頭の上で片手で両方の腕を押さえ込むまで、彼女はくすぐった。

「そんなゲームはしたくないはずだぞ、奥さん」

「そのほかのサプライズは？　教えて、お願い」

「気に入らないかもしれない」

「だったら、今言ったほうがいいと思わない？」

ケイトを押さえつけたまま、彼はその腰に脚をだらりともたせかけた。彼女をじっと見つめる。「子犬だ」

とても早口だったので、聞き逃しそうになった。

「ぼくがいないとき、きみの相手になるように。だから、ひどく寂しくはならないだろう。きみは孤独が苦手ではないようだから」秘密にしておきたかったらしく、マイケルはすっかり気分を害しているようだ。ケイトはきつく抱きしめたかったが、夫に手を握られていた。「バートラム卿《きょう》の子犬だ」

彼女は我慢できなかった。「バートラム卿が子犬を生んだの？」

「いや、彼のコッカースパニエルが生んだんだ」

ケイトは笑い声をあげた。「まあ、マイケル、わたしが冗談を言っているのがわからないの？　笑わないのなら、キスして」

「笑うかキスするかどちらかを選ばせてくれ。いつもキスするほうを選ぶよ」唇が唇を覆い、彼は深くむさぼるようにキスをした。まるでずっと食べ物を与えられずにきて、突然盛大な大宴会に出席していることに気づいた男のように。その徹底ぶりは信じられないくらいだった。

ふたりはすでに一度愛し合っていたが、キスが欲望の渦を引き起こした。いや、ただ彼が口にした言葉のせいだったのかもしれない。彼女の詩的でない夫は、単純で正直な方法においてはとても詩的だった。美しくも饒舌《じようぜつ》でもないし、もちろん韻を踏む傾向もないが、それでも彼は詩を口にした。

さらに、彼の舌が彼女の舌とワルツを踊り、太古のリズムで突き進んでスパーリングをし、夫がキスを徹底的に楽しんでいるのは明らかだった。どうやって彼は毎夜この純粋な喜びを抑えていたのだろう。自分が望むものを、わたしが望んでいるもののために——いや、わたしが望んでいると彼が思い込んでいたもののために。いったいどれだけの夫が、自分の喜びを犠牲にしてまで妻の喜びを大切にしようとするだろう?

すでに彼女の手首を放していたので、マイケルは両手をもう一度、体全体にすべらせ、官能的になでさすった。ざらざらした手のひらが、彼女はとても好きになっていた。まめがあるわけではないが、それでもなめらかではない。大きくて、彼が胸やお尻や腿を強く握るときは痛みを感じるはずだと思ったが、ただこの上ないすばらしさを感じるだけだった。ひとつになった最初の夜から、ケイトは感覚に、彼のすることに、細かい気配りに圧倒されていた。しかし、まるでこれまで十分に味わったことがないとでもいうように熱烈にキスされると、ふたりの営みはまったく別の段階に上がった。とうとう彼のキスを手に入れて、これまで見失っていたものを強く意識するようになったらしい。

熱はさらに熱さを増し、喜びはさらに喜びを増し、肌はさらに敏感になり、感覚がもっと激しく渦巻く。まるで以前の営みが単に表面的で、今すべて飲みつくされてしまったかのように。もはや個人的なものではなく、それでいて、とてもとても個人的なものだ。

マイケルは正しかった。味覚はすべての面をもっと強くする要素を持っている。そして彼を、肉体的なもの以上に身近にする。感情も歯止めのきかないものにする。とても親密で、とても個人的。彼がしてきたどんなことより、もっと個人的だ——彼はこれまで信じられないほど個人的なことをしてきたのだけれど。

マイケルの唇が唇から去り、全身にとどまったが、ケイトはまだキスのチョコレートの味を感じ、まだワインの風味に酔っていた。

彼が体を起こして上になったので、ケイトはその顔を両手で挟んで、唇を唇に近づけた。体がひとつになると同時に、ふたりの唇が合い、彼の唇が彼女の喜びのため息をのみ込む。彼を受け入れたときいつももれる満足の低いうめき声を耳にする。夫に対してそんな力があることを知って、彼のほうも自分に対して同じ力があると認めて、ケイトは信じられないほどぞくぞくした。

愛のないつながりで、これほどの喜びを見いだすことができるだろうか？

わたしはいつも自分を喜ばせてほしいと言っているけれど、彼も同じではないかと思う。彼は気前よく思いやりを示してくれて、ゆったりと慎重で、とてもとても熟練している。

腰が突き出されるごとに喜びが増す。彼女の体がきつく引きしまる。解放のときが来て、マイケルは彼女の泣き声をのみ込んだ。彼も絶頂に我を失い、しっかりと抱きしめたので、低いうめき声が彼女の体に響き渡った。ケイトは手足をきつくまわし、力つきた彼の体が押しつけられる感触を味わった。

そして、マイケルが立ち去る気配がないのがわかると、微笑んで満足しきったため息をついた。

目を覚ましたマイケルは、腕の中にまだ妻がいて、彼女の鼻がしっかりと胸に押しつけられているのに気づいた。息ができるのだろうか、と思った。ひと晩じゅう誰かと一緒にいたことはこれまで一度もなかった。いつも、煩わしすぎると思っていた。だがケイトが相手だと、毎晩でも喜んで一緒に眠れると思う。

隣で目覚めるのは楽しい。たぶん領地の彼女の寝室には、もう家具を置かないだろう。彼女は常に、ぼくのベッドで眠ることになるだろう。

まつげが肌の上でひらひらするのを感じ、目覚めた彼女がくすぐっているのがわかった。ケイトが彼の体に沿って伸びをし、足がふくらはぎをこする。彼女が喉を鳴らすような音をたてると、彼もうめき声を返さずにはいられなかった。

それから、ケイトは声をあげて笑った。とても楽しげな響きだった。

「ぼくをいじめて喜んでいるんだな」マイケルが不平がましく言う。

「ふうん、そうかしら」ケイトは彼の胸にキスをする。「目覚めたときあなたがベッドにいるのがいいわ」

どうして簡単にとんでもない告白をさせられてしまうのかわからなかったが、マイケルは気がつくと誰にも話したことのない事実を告げていた。

「いつもは違うし……これまでは決して――」妻が彼をじっと見つめた。顎はマイケルの胸骨のくぼみに置かれている。「誰かとひと晩じゅうベッドにいたことはないんだ。ずっと煩わしいと思っていた。愛人には……立ち去れと言い張っていた」当惑して彼女の髪を指ですく。「きみとだと、どうしてすべてがこんなに違うんだろう？ どうしてきみを喜ばせることがこんなに嬉しいんだろう？」

ケイトの口元がいたずらっぽい笑みを描く。「わたしを好きになったから？」

質問ではなく、自信に満ちた宣言としてその言葉を口にしたつもりなのだろうか、とマイケルは思った。彼女を愛し、彼女と結婚し、彼女を求めた別の男がいたのだ。自分自身の魅力を疑うはずがないだろう？ ぼくが彼女を崇《あが》めていることに気づかないはずがないだろう？

彼女に言うべきだ。その言葉を声に出して言うべきだが、口にすれば自分が傷つきやすくなる。それを明かせば傷ついてしまうだろう。彼女がぼくに愛情を持ったと知る方法は、ベッドに迎えてくれることだった——だが、ぼくは待てなかった。最初の夜、怒りに任せて彼女を自分のものにし、その後毎晩、夜をともにしてきた。彼女がもはや拒否する理由がないというだけで。拒絶されはしないと彼女に告げたというだけで。しかし、妻のほうから求めることはなかったし、彼の寝室にやって来ることもなかった。

そして何より、ぼくがベッドにやって来ると、彼女は目をつぶった。

だから、マイケルは言葉をしっかりと心にしまった。嘲笑《ちょうしょう》されないように、傷つけられないように。そしてただ微笑むと、明らかにする勇気がなかった心の中の思いを、体で示した。

21

「まあ、幸せそうに見えること」ホークハースト公爵夫人が言った。

微笑《ほほえ》んで、ケイトは客の頰にキスをして出迎えた。「当然でしょう?」

「正直言って、あなたとファルコンリッジの間には不自然なものがあると思っていたの。若いレディがうちを訪ねてきて、夫と父親をののしっていた夜に限ったことじゃないのよ」

ケイトはルイザをテラスに導いた。ビスケットとお茶の用意がしてあった。「わたしに安息の場所を与えてくれたことでは感謝しきれないわ」

ふたりは丸テーブルに座り、ケイトがお茶を入れた。

「あなたはいつだって歓迎よ」ルイザが言う。「一緒にいたわずかの間に、わたしはあなたとジェニーが大好きになったんだもの」

ケイトはカップをルイザに手渡した。「お兄さまから連絡は?」

ルイザは首を振ってお茶を少しずつ飲んだ。

「ジェニーは彼に会っているんじゃないかと思うの」

手が一瞬止まり、それからルイザはカップを受け皿に戻した。「どうしてそう思うの？」

「彼を見かけたわけじゃないし、ジェニーが何か言ったわけでもない。ただ、そんな気がするの」

「そうだったら、とんでもないことになるわ」ルイザは首を振った。「あなたは間違っているわよ。ペンバートンとの外出の際はわたしが付き添っているし、彼は真剣に求婚を考えるようになってきている。すぐにでも結婚を申し込むのではないかと思うの」

「それはよかった。母は公爵夫人が家族になったら喜ぶわ」

「兄が家族にならなかったら喜ばれるでしょうね」

手を伸ばして、ケイトはルイザの手をぎゅっと握った。「恋に落ちたときは理性的に振る舞わなかったりするわよね」

「ファルコンリッジと恋に落ちたの？」

「彼が好きになったけれど、恋というのはもっと激しいものじゃないかしら」

「居心地悪くさせてしまったわね」ルイザが言う。「今日ここに来たのは、あなたの様子を見るためだけでなく、今晩わたしたちとオペラに行かないかと誘うためだったの。急な話だとわかっているけれど、ホークが持っている劇場のボックス席はめったに使わないから。わたしたちと一緒に行ってくれたら、とても嬉《うれ》しいわ」

「マイケルはオペラが好きかどうかもわからないの」

「もし彼がホークと同じだとしたら、大嫌いでしょうね。でも、それは問題じゃないわ」

マイケルとの会話はもう想像できた。

「ホークハースト公爵夫妻が今晩オペラに誘ってくださったの。行きましょうか？」

「それできみが喜ぶなら」

数時間後、鏡台の前に座ったケイトは、アップにした髪にクロエが上品なダイヤモンドのティアラをのせている間、鏡に映った自分の姿に微笑まずにはいられなかった。マイケルとの会話はまったく予想どおりだったのだ。

クロエを下がらせると、ケイトは引き出しを開けてウェスリーが昨日の午後置いていった紙を取り出した。もっと強くなりたいと思う。何かを引きずるのをやめたいと思う。だが弱さのせいで、その紙を開いて読んでしまった。


きみはぼくの空に輝く星。

きみはぼくの庭の緑。

きみはぼくの木の枝でさえずる鳥の甘い歌。

きみの美しさは、ぼくの薔薇《ばら》の永遠の美しさ。

きみは——今もこれからもずっと——ぼくの心の愛。

——W

彼はいつもわたしを薔薇にたとえていた。ぼくの完璧《かんぺき》な薔薇と。

マイケルの部屋との境の扉が開く。彼女は詩をねじって化粧台の下の足元に落とし、立ち上がってもう一度鏡をちらりと見た。ドレスの身頃は胸の谷間をあらわにするほど深くくれているが、昨夜夫が右の胸の内側に残したキスマークはちゃんと隠せている。喉元にあるごく小さな跡は誰にも気づかれないか、もし気づかれても照明のせいだと思ってもらえるだろう。劇場はそれほど明るくない。

夫を迎えるために振り返ると、気がついたときには彼の腕の中にいて、情熱的に唇をふさがれていた。それは、家に戻ったときのすばらしい出来事を約束していた。彼の唇は熱く柔軟にキスを深める、まるで彼女を飲みつくそうとするように。

彼のキスを解き放った今、ケイトはそれをたくさん楽しく受け取っていた。夫は顔を合わせると少なくともひとつはキスをするのだ。

マイケルは彼女の鼻のてっぺんに唇を押し当てた。「この恐ろしいイベントに行かなければならないのか?」

ふざけて、ケイトは彼をちょっと押した。「行きますと、もう返事をしてしまったのよ。行かなかったら失礼だわ」

マイケルは指を伸ばして彼女の鎖骨のラインに触れ、キスマークの横で止めた。

「何人かは眉を上げるかもしれないな」

「ハイネックのイブニングドレスは持っていないの」首を取り巻く一連の真珠は、あまりうまく覆いの役目を果たしていない。

「これが役に立つかもしれない」

マイケルはポケットから美しい銀のネックレスを取り出した。銀の紐《ひも》で見事に編み込まれた蜘蛛《くも》の巣に、まるでエメラルドの列がとらえられているように見える。自分の目に畏敬《いけい》の念が表れているだろうと思いながら、ケイトは彼を見た。「わかるわ。初代侯爵夫人が、結婚式のあとに描かれた肖像画の中で身につけていたものね」

「初代侯爵からの贈り物だ」

「ああ、マイケル、あまりにも貴重なものだから、無理だわ」

「今はきみがファルコンリッジ侯爵夫人なんだ。きみの首元を飾るにふさわしい。どうかこれをつけて一族の一員になってほしい」

なんと言ったらいいのかわからないまま、ケイトはただうなずいて、つけていた真珠のネックレスをはずした。マイケルが背後にやって来て、銀のネックレスを垂らす。後ろで留めると、その先端は喉を取り巻く襟のようになった。前の部分は胸に向かって下がっている。

ケイトは、ジェニーが宝石店から取り戻してきてくれた指輪のことを考えた。宝石箱の中にしまってある。今が彼に返すべき瞬間だろうか、彼が犠牲にしたものを知っているとわかっても大丈夫なくらい、ふたりの関係は強固になったのだろうか、と思う。それとも、まだあまりにももろいだろうか？　結局、マイケルがこんなにすばらしい贈り物をしてくれたこの瞬間の魔法を台無しにする危険は冒せなかった。

振り向くと、ケイトはつま先立ちになってキスをした。体に巻きついてぐいと引き寄せるマイケルの腕の感触が嬉しかった。昨夜キスを求めたことが、彼が抑えてきたたくさんのものを解き放ったようだ。ついに、ふたりの間に特別なものが築かれたのだ。

「あなたが考えていることはわかっているわ」彼の腰が押しつけられるのを感じながら、ケイトが言う。「でも、それは待たなくちゃ」

マイケルは声をあげて笑った。低い声がふたりの間に響き渡り、戻ってきたときに彼女を――ふたりを――待ち受けている期待と興奮に満たされる。

マイケルは彼女の首に、ちょうどネックレスの上に鼻をこすりつけた。「今夜ベッドではこれだけを身につけてほしいな」と、きしるような声で言う。「このネックレスだけを」

ベッドに横たわったあとにせめたてられるイメージがどっと襲ってきて、ケイトの膝が崩れそうになる。どういうわけか、宝石をひとつだけ身につけているというのは、まったくの裸よりもっと官能的に思えた。そして、夫の反応と体がこわばったところから判断すると、彼も同じことを感じている。ケイトは一歩踏み出した。「本当に行かなくちゃ」

妻の頬の赤みがネックレスの下へと消え、あらわになった胸のふくらみにまた現れる様子を、マイケルはじっと見つめた。ほかの部分もあらわにするのが、隠れた場所に赤みがすべり込んでいくのを見るのが、待ちきれない。彼女が何も身につけずにベッドに行く姿が、これほどの期待感をもたらすとは考えもしなかった。

「わかったよ」マイケルはつぶやくと、ポケットから白い手袋を取り出し、それをぐいっと引っ張りながら、妻のあとから寝室を出た。「オペラが退屈だったら、終演を待たずに帰ると約束してくれ」

「そんなこと約束できないわ」彼女は辛辣《しんらつ》に言った。「どんなにすばらしい出来ばえかには関係なく、あなたは退屈するって、もうわかっているもの」

マイケルは我慢できなかった。笑い声が妻のあとを追っていき、ふたりは玄関広間に着いた。突然、ケイトがくるりと向きを変えた。笑ったことに対して何か言うつもりだろうと、彼は思った。だが、その代わりにケイトは言った。「ああ、ショールを忘れたわ」

「とってくるよ。ここで待っててくれ」

「ベッドの足台の上に置いてあるの」

階段を飛んで上がりながら、マイケルはにやりとせずにはいられなかった。ベッドの足台はあとで使うことになるだろう。ショールを召使にとりに行かせてもよかったが、彼は長い脚ですぐにケイトの部屋に戻った。

自分が感じていることに、どう名前をつけたらいいのかわからない。まだ苦難が待ち受けているかもしれないが、人生に大いに満足していた。昨夜のあのキスで何かが変わった……彼女に頼まれたことと、それに続いた激しさで、心を取り囲んでいた壁の最後の煉瓦《れんが》が永久に倒されたのだ。マイケルは感動していた。これまではあったかどうかもわからなかった将来への希望を感じていた。ふたりで限りない幸せを見つけられそうだ。心を覆いつくす辛《つら》いときはあるが、幸せを抱きしめたいと思う。妻に与えられるものはすべて与えたいと思う。

彼女の寝室に大またで入っていき、ベッドから絹のショールをさっととり、戸口に向かう。視線が、鏡台の下にあるくしゃくしゃの紙に落ちた。何に引き寄せられたのかはわからない。重要なものではなさそうだが――。

かがんでそれを拾い上げ、しっかりと伸ばす。きちんと学んだ者の詩でないのは、はっきりしていた。昔のもので、ケイトが過去に忘れ去っていたものなのか？　それより最近、夜の闇《やみ》に隠れた庭園での出会いのときに受け取ったものだろう。それとも、密会のときか。ケイトはウィギンズのどこにひかれたのだろう。マイケルがただ抽象的に持っている考えを、あの男は言葉にする能力があるからかもしれない。あまりにも力強く、あまりにも圧倒的に、あまりにも大げさに、ほんのわずかな言葉に集約しようとするのだ。

あとで話をしようと、それを鏡台の上に落とした。だが正直、何が問題なんだ？　彼女にはこいつを愛する許可を与えた、こいつのことを空想することを。その男の詩を読んだからといって、どうしてとがめる必要がある？

彼女の心は決してぼくのものにはならないかもしれないが、彼女はぼくのものだからだ。これにはあとで対処しよう。今はこの手に金がある。ぼくには喜びが必要だ。深く息を吸って自制心を取り戻すと、マイケルは階段をおりていった。ケイトは玄関扉の近くで、執事と話していた。

「ベクソール」マイケルは執事を呼びつけた。その声を聞いて、召使とふたりだけで話したがっているとケイトはわかったに違いない。

「はい、だんなさま？」礼儀正しく近くに来ると、ベクソールは言った。

「今日、誰かが侯爵夫人を訪ねてきたか？」

「はい、だんなさま。ホークハースト公爵夫人がお見えになりました」

「ほかには？」

ベクソールはごくりとつばを飲んだ。

「ほかには？」マイケルは歯を食いしばって繰り返した。

「今日はございません」

「昨日か？」

ベクソールはうなずいた。「ミスター・ウィギンズという方が」

「家で会ったのか？」

「おふたりは庭を散歩なさいました」

マイケルはかつて持っていた、感情を表さない術《すべ》を取り戻してうなずいた。ケイトのもとへぶらぶらと歩いていき、彼女の肩にショールをゆったりかける。

「何か問題でも？」ケイトが聞く。

「何も問題ない。階上《うえ》の、埃《ほこり》を払う必要がある場所を伝えただけだ。ベクソールが手配してくれるだろう」

「埃よりもう少し深刻な会話のようだったけど」

「ぼくなりのやり方があるから、家の管理については好みがうるさいのさ。出かけようか?」

ケイトは明るく微笑んだ。「今宵《こよい》が楽しみだわ」

残念なことに、彼はもう楽しみではなかった。

22

　ケイトは、舞台の上以外でも演劇が進行していることには十分気づいていた。馬車から降りたとたん、演出が始まる。誰もが陽気を装い、誰もが芝居を演じる。

　だが、劇場のロビーでウェスリーとメラニーに行き合ったときに必要な演技の準備は、きちんとできていなかった。

「わたしはオペラが大好きなの。あなたもお好きじゃない？　わたしは大好き」メラニーが言った。ひどく無理やりのように見える不気味な微笑《ほほえ》みを浮かべたので、馬のように大きな歯が見えた。

「オペラは好きよ」答えるのが親切だと思えたから、ケイトは言った。

「ウェスリーは好きじゃないわ。あなたはいかが、ファルコンリッジ卿《きょう》？　オペラはお好き？」

「特に好きではありませんね。ここに来たのは、ぼくが来れば妻が喜ぶからですよ」

　その言葉に不意を打たれ、ケイトは顔を彼のほうに向けた。馬車の中でマイケルはいつになく静かで、建築業者を雇ったり領地に戻る前に手配したりしておかなければならない事柄で忙しかったせいだろうとケイトは思っていた。だがほんの少し前から、マイケルは、ただ彼女が喜ぶからというだけで何かをしているという印象を与えるようになっていたのだ。

「彼女は幸せね。そして、わたしも。つまりウェスリーがここにいるのは、わたしがいてほしいと思っているからなんです。こんな思いやりのあるだんなさまを持てるなんて、すばらしいと思いません、レディ・ファルコンリッジ？　堅苦しい呼び名を使うのは妙な気がするけど、ウェスリーがそうすべきだと言っていますし、礼儀に関しては、彼はわたしよりよくわかっていますから。わたしはここに住むのが好きじゃないわ。あなたは？」

ケイトは軽い笑い声をあげた。「そうね、雨がなければね。建物の中を歩いているときにも滴が落ちてくるのよ。ああ、ほら、ホークハースト公爵夫妻だわ。今夜はご夫妻のボックス席でご一緒するんです。行かなければ」

ウェスリーが右の耳をこすった。こっそりケイトを誘うときに使っていたサインで、上演が始まったらロビーで待っているという意味だった。どうやってウェスリーは妻のもとから抜け出すつもりだろう、どうやってわたしが夫のもとから抜け出すと思っているのだろう。

「おふたりに会えてよかった。さあ、きみ《マイ・ダーリン》、ぼくたちの席を見つけよう」ウェスリーが言った。

ウェスリーがメラニーとともに去っていくと、あれは本気ではなく、ただそんな演技をしただけではないかとケイトは思わずにはいられなかった。

「彼が来ると知っていたのか？」マイケルが静かに聞いた。

「もちろん知らなかったわ」ケイトは夫の腕に手を置いた。「メラニーのお父さまがわたしの父ほど裕福でなくて、あなたはとても幸運よ。あれでも、彼女は姉妹の中では一番おしゃべりじゃないんだから」

ケイトはマイケルが笑ってくれるだろうと期待していた、少なくとも微笑んでくれるだろうと。彼がふさぎ込んでいる理由を聞けないうちに、ホークハーストとルイザが合流し、ボックス席へといざなわれた。レディたちは前方の椅子に、紳士たちはその後ろに座った。

「今宵《こよい》はあなたが来てくれて、とても嬉《うれ》しいわ」ルイザがケイトの手を軽くたたきながら言う。

「誘ってくださってよかった」

「何も問題はない？」

ケイトはうなずいた。マイケルが何かに悩んでいることを話す気にはとてもなれなかった。家を出るまで彼は思いやりに満ちていた。たぶん、ただ馬車に閉じ込められてきたせいだろう。狭いところに閉じ込められていた影響を振り払う時間が必要なのかもしれない。それともこの人ごみのせいで、すべてが迫ってくるように感じてしまったのだろうか。それとも、わたしが恐れているとおり、ウェスリーの存在のせいなのだろうか。

家にずっといたなら、とケイトは思いはじめていた。一緒に。図書室で読書をして。ベッドに横たわって。キスをして。触れ合って。話をして。お互いのことをよく知り合えただろうに。

照明が薄暗くなり、カーテンが開く。今から十五分間、ウェスリーはわたしが抜け出して劇場の外で彼に会うのを期待しているだろう。彼は右の耳を三回こすった。一回ごとに五分増える。十六歳のころ、母の油断ない監視の目から逃れるのは冒険のように思えた。楽しくてわくわくした。

でも、夫のもとを抜け出そうとするのは？　マイケルのもとを抜け出すのは？　ひどい裏切りに思える。

ケイトはすぐに罪悪感を覚えた。昨日のわたしは、どんな形であっても会う約束はできないとウェスリーにははっきり言ったわけではなかった。彼の魅力はわかっていた、抗《あらが》うのがどんなに難しいか。

ウェスリーと結婚する三週間前に純潔を捧《ささ》げたことは、家族の誰も知らない。彼は贈り物をすばやく受け取った。痛みをともない、控えめに言っても不満が残ったけれど、後悔はしていない。どうして後悔なんてするの？　わたしは彼を愛していたのよ。

でもウェスリーは、クリスマスの朝の子供のように贈り物の包み紙を引きちぎったのだ。

女性が初めてのときは忍耐力を示さなければならない。たとえ彼女が経験ずみだとわかっていてもマイケルが示したような忍耐力を。マイケルはドレスの下にあるものを見つけ出すことを味わっているみたいだった。いや、マイケルはいつも、まるで毎回それが最後であるかのように味わっている。そして、わたしはとうとう彼のキスの味を知ったのだから……。

まったく、どうしてマイケルは、わたしに対する力を持っていることがわからないのだろう？　わたしがベッドで、ほかの人を想像できると思うなんて。彼は自分の力をとんでもなく過小評価している。

まさに突然、彼女は暗くなった劇場に座って、満面の笑みに顎が痛くなりはじめていることに気づいた。オペラは知らぬ間に始まっていた。

まったく、ウェスリーのことをどうするつもり？　もしウェスリーに会ったら、この道を突き進むように仕向けてしまうだけだろう。もし会わなかったら、わたしが拒絶していることにウェスリーが気づいているかどうか知る方法がない。

関係を持つことはできない。マイケルに不実であるわけにはいかない。そう思うだけで、女性は体ではなく心で不貞を働くことができるのだという気がした。マイケルはわたしが、ほかの人の腕の中にいると空想していると思っている。そう信じていることで痛みを感じているとしても、マイケルはまったくそれを見せない。彼は感じていることを何も表さない。母親が襲ってきたときでさえ冷静だった。ただあとになって、苦痛が耐えがたいほど大きくなったのだ。わたしも同じように彼に苦痛を与えるのだろうか？

この数日、ふたりの間で大事な何かが変化した。今ではマイケルはお金を持っているのだから、彼がそうしたいと思う以外に、わたしに親切にする理由がない。もうわたしの好意を手に入れる必要はないのだ。彼が贈ってくれた値段のつけられないネックレスに触れる。でも、彼はわたしの好意を手に入れたがっているように見える。

すでに獲得したものを手に入れようとしている。

わたしも彼と同じで、この結婚に足を踏み入れたときには傷ついていた。愛が傷つけることを知っていたが、どれだけ癒《いや》すこともできるかには気づいていなかった。今夜、劇場を離れたら、ふたりの間に何も入り込ませたくない。それはウェスリーに永遠のさよならを言うことを意味する。

彼女はルイザのほうに身を乗り出した。「化粧室に行ってくるわ」

「一緒に行くわ」

「いいえ」ケイトはささやいた。「オペラを楽しんでいて。長くはかからないから」

腰を上げて振り返ると、立ち上がっていた夫と向き合う形になった。彼の腕に触れて、ルイザに言った嘘《うそ》を繰り返す。

「付き添おう」

「必要ないわ」

ケイトはマイケルをじっと見つめてから、うなずいた。カーテンを抜けて外に出るときも、彼の視線を感じていた。

心の中に疑いをちらちらさせながら、マイケルは妻が去っていくのを見ていた。

「何も問題はないのか?」ホークハーストが聞く。彼もマイケルと一緒に立ち上がっていた。

「そうだと信じている。すぐに戻る」

マイケルはカーテンを抜け、壮麗な階段と堂々とした玄関広間を見下ろすバルコニーに歩いていった。手すりを握りしめ、フラシ天の絨毯《じゅうたん》が敷かれた床を急いで横切っていく妻を見る。彼女は一度も振り返らず、従僕が開けてくれた扉を抜けて出ていった。誰に会いに行ったか、マイケルは疑うのではなくわかっていた。今はぼくには金がある。彼女は必要ない。

行かせてやろう。別の男の腕の中で幸せを見つけさせてやろう。

ボックス席に向かって戻りながら、その考えがもたらした痛みにもう少しでかがみ込みそうになった。きっと彼女は跡取りをもうけるまで貞節を守ってくれるだろう。それから、好きなだけ恋人を作ればいい。

階段をおりる途中で、マイケルは自分がどこに向かっているかに気づいた。簡単なのは彼女を行かせることだ。

とんでもないことに、簡単な道を行かなければもっと多くを手に入れられるのだと、彼女が教えてくれたのだった。


ケイトは、ふたつの建物の間に静かにすべり込んだ。街灯の明かりはほんのわずかしか届かず、暗がりから踏み出したウェスリーの嬉しそうな顔がかろうじて見えた。

「きみは来ないつもりじゃないかと思っていたんだ」

「ウェスリー――」

「ケイト、ぼくたちが一緒になれる道があるはずだ。きみを見るたびに、メラニーと結婚するなんてひどい間違いだったと気づかされる」

「ウェスリー――」

彼はケイトをさらに暗がりへと引き込む。「愛している、ケイト。ずっと愛していたし、これからも愛している。きみの父上がファルコンリッジに五百万ドル払ったことは知っているんだ。きみが相続分を手にする方法さえ見つけたら、ふたりでアメリカに――」

「わたしたちふたりとも結婚しているのよ」

「アメリカでは誰にもわかりはしない。メラニーとファルコンリッジは見捨てられれば離婚を認めるだろう。彼らはほかの人と自由に結婚できるさ」ウェスリーは彼女の両手をぎゅっと握った。「でも一番重要なのは、ぼくたちが一緒になることだ」

ウェスリーの手から両手をもぎ離し、ケイトは手を上げて、かつて愛した人の顔に触れた。ウェスリーはいつもあまり考えが及ばない、計画とか……責任ということに。彼は今だけを生きている人、自分の影が及ぶ範囲しか見ない人、ほかのすべてのことより自分の必要や願望を優先する人だ。「ウェスリー、わたしがあなたに感じているのは――」

「劇場に戻る時間だ、ケイト」

聞き慣れた声に、ケイトはくるりと振り返った。路地には暗がりが広がっているが、マイケルが激怒していることを知るのに明かりは必要なかった。空を横切る稲妻のように、夫は逆巻く怒りに震え、波立っている。

「マイケル――」

「きみは彼とは行かない」マイケルはそばにやって来て、彼女の腕をとった。「ぼくと一緒に戻るんだ」

「わたしはただ、説明をしなければ――」

「説明はあとでも十分だぜ、奥さん」大きな男が暗がりから踏み出してきて脅しをかけ……。

ああ、なんてこと。その男も仲間も拳銃《けんじゅう》を持っていた。みすぼらしい帽子が顔に影を落とし、上着が体型を隠している。

マイケルがケイトをわずかに後ろに移動させ、自分の体を彼女と好ましくない男たちの間に入れた。目を大きく見開いて、ウェスリーはマイケルの横に立っていたが、まるで暗がりの中に消えてしまいたいと望んでいるように、少し後ろに下がっていた。だからといって責めはしないが。

「おとなしくしろってことよ」明らかにリーダーと思われる最初の男が言った。「金めのものが欲しいだけさ。全部出しな、みなさんがた」

ケイトはあまりの驚きに起きていることが信じられないまま、マイケルがマネークリップとベストからはずした時計と鎖を、二番目の男が伸ばした手に落とすのを見ていた。

リーダーが拳銃を振る。「ご婦人のネックレスもだ」

ケイトの手がさっと喉にいく。「いいえ、これは値段がつけられない――」

「どんなもんでも値段はつくんだよ、奥さん。さっさとよこしな。あんたの男が怪我《けが》しなくてすむなんて思うんじゃねえぞ、どっちのやつだろうとな」

男たちはいつからそこにいたのだろう、どれだけ聞いていたのだろう？ そしてマイケルはいつから？

「いやよ」彼女は言った。

「ケイト」マイケルが、反論を許さない低くとどろくような声で言った。わずかに向きを変え、手袋をした手を差し出したが、なんとか男たちを彼女の視野に入れないようにしたままだった。「ぼくに渡すんだ」

指がうまく動くように右手の手袋をとり、ケイトは手を後ろにまわしてネックレスをはずした。「本当にごめんなさい」それをマイケルの手に置きながらささやいた。

「そんなのは大事じゃない。やつらはティアラも欲しがるだろう」

それは彼女の家に四代継承されてきたようなものではない。ケイトは簡単に手放した。マイケルは男たちのほうを向いて、すべてを手渡した。

「あんたはもういいよ、だんな。次はあんたのものをもらおうか」

「価値があるものを持っているのは侯爵だけだ」ウェスリーが言う。

「それを決めるのは俺たちさ。持ってるものをよこしな」

「何も持っていない」

「ウィッグズ――」

ケイトの耳に、マイケルの警告する声が聞こえた。

「ぼくは渡さない――」

「なら、命をよこせ」最初の男が言う。

すべてがあまりにも素早く起き、ケイトはただ言葉もなく呆然《ぼうぜん》と突っ立っているだけだった。ケイトが見たのは、マイケルがウェスリーのほうに動き、彼を押しやって――。

雷のような音が建物の間に響いた。

マイケルが地面に崩れるように倒れた。

「しまった！　貴族を殺しちまったぞ！」

盗賊は逃げていった。

「ああ、なんてこと。なんてこと」マイケルのそばにひざまずくケイトの心臓は、激しく打っていた。彼は肘をついて起き上がろうとしたが、地面に崩れ落ちてうめいた。

ケイトは彼の上着を開け――。

指が触れたのは、温かくべとべとした……ひどく湿ったものだった。「ウェスリー、助けを呼びに行って」ショールをはずし、マイケルの脇腹《わきばら》を押さえる。彼はうめいた。

ウェスリーは膝をついた。「どんな状態か見せてくれ、ケイト」

彼女は押さえていた手を離し、少し動いて、マイケルの顔を両手で揺すった。「どうしてあんなことをしたの？」と聞く。「マイケル、どうして――」

「きみは……彼を……愛している」マイケルは彼女の腕の中でぐったりとなった。

慌てふためいて彼の胸に耳を押し当てると、心臓の鼓動はまだ聞こえた。

「彼は生きているわ」ケイトがそうささやき、わずかに動いて傷口を押さえる役目を引き継ごうとした――が、ウェスリーは押さえていなかった。ウェスリーは彼女の両手を握った。

「ケイト、かなりひどいよ」

「ええ、わかっている。助けを呼びに行って」彼女はどれほど劇場から離れたところに来たのかわかっていなかった。

「ケイト、いとしい人《ダーリン》、よく聞いてくれ。もうぼくたちの間にはメラニーしか残っていない」

信じられない思いで、彼女はウェスリーを見つめた。彼は本当にそう言っているのだろうか？　何もしないと？

「金は相続が限定されているわけじゃない」ウェスリーは続けた。「きみのものになる。ぼくたちはアメリカに行くんだ。一緒に。きみとぼくで」

ケイトは首を振った。「どうか助けを呼びに行って。警官を、ホークハーストを、誰かを見つけてきて！」

「ケイト、これはぼくらのチャンスなんだ――」

「わたしは彼を愛しているのよ、ウェスリー。わたしを追いかけるのはやめるべきだと、あなたに言うためにここに来たの。マイケルに不実であるわけにはいかないし、決して彼を捨てたりもしない。さあ、どうかお願いよ、血を流している彼を放ってはおけないわ。助けを呼びに行って」

「きみを簡単にあきらめると思うなんてどうかしている――」

「彼はあなたの命を救ったのよ、ウェスリー！　助けぐらい呼んできたらどうなの、くそっ！」

ウェスリーが目を見開いたのが、彼女の言葉遣いのせいなのか激しい怒りのせいなのかはわからなかったが、とにかく彼はうなずいた。「わかった」

ウェスリーは急いで立ち上がると、通りに向かって走っていった。

身を寄せ、ケイトはマイケルの頬に頬を押し当てた。「どうか死なないで」

23

「追いはぎは普通、拳銃《けんじゅう》は持っていないものだけど」ルイザが言った。

ルイザはマイケルの部屋の外にある廊下に置かれた綿の入った長椅子に座っており、一方、ケイトは行ったり来たりを繰り返していた。絨毯《じゅうたん》をすり減らして穴を開けそうだった。

「追いはぎが普通どうであろうと関係ないわ。あのふたりがしたことが問題なのよ」

ウェスリーは警官ではなくホークハーストを探し出し、ホークハーストは生まれながらの指導者のようにその役目を引き継いだのだった。きっと生まれながらの指導者なのだろう。貴族の跡継ぎはみなそうなのだ。彼は自分とマイケルの馬車を呼び、マイケルの馬車は従僕に医者を呼びに行かせるのに使い、自身の馬車にマイケルを吊《つ》り上げて乗せた。そのほうが揺れずにすむからだった。移動する間ずっと、ケイトはマイケルの頭を膝にのせていた。今、ホークハーストと医者のレンジングが怪我《けが》の具合を見ている。

ホークハーストはまっすぐ病院に連れていこうとしたが、マイケルはそれをいやがるだろうとケイトは思った。他人が管理する施設の中にいるというのは。そう、彼が主人でいられる家にいるほうがずっといいはずだ。

「ところで、暗い路地でいったい何をしていたの？」ルイザが聞く。

「ウェスリー・ウィギンズと会っていたの」ケイトはあきらめて言った。誰もが聞くだろう。手のこんだ話を作り上げようかと思ったが、結局、真実を話すことに決めた。誰もが真実を話すときだ、すべてが明かされるときだ。もしわたしがかつて結婚していたとマイケルが知っていたら、最初からわたしを妻になどしなかっただろう。もしわたしや父が彼の母親の状態について事実を知っていたら、わたしは結婚を承諾しなかっただろうと、マイケルは間違いなく考えたはずだ。

「あなたもジェニーも、男性に会うために隠れた場所に急いで出かけていくのが若いレディにふさわしい行動だと思っているようね」

ルイザの声には非難の響きがあった。だがルイザ自身、評判を落とすような立場におちいり、そのせいで結婚したことを、ケイトはあえて思い出させようとはしなかった。ケイトは行きつ戻りつしていた足を突然止め、希望を求めてルイザを見た。自分には何も残っていなかったから。「彼が死んだらどうなるの？」

ルイザは立ち上がってふたりの間の短い距離をつめ、ケイトを抱きしめた。「彼は誇り高いのだから、ごろつきなんかにむざむざ殺されたりしないわ。彼は自分のやり方で死に向き合うと主張するはずよ」

抱きしめられてほっとし、ケイトは涙を流した。「彼は誇り高いわ、高すぎるほど。わたしは彼にたくさん要求してきたのよ、ルイザ。ありえないわ」

「あなたの好きな色を当てろとか？」

ケイトは後ろに身をそらして涙をぬぐった。「あなたのところに助言を求めに行ったと彼が言っていたけど？」

ルイザはうなずいた。「夫としての彼をひどく過小評価していたようだわ。彼はあなたのためならなんでもするつもりだったと思う」

ふたりは一緒に長椅子に戻った。「ウェスリーが二日前に訪ねてきたの。わたしに詩を渡したわ。無視するつもりだったけれど、彼のこととなると、いつもひどく弱くなってしまう。今日の夕方、出かける前にそれを読んだの。くしゃくしゃに丸めて鏡台の下に落としたのよ。出発直前、マイケルがショールをとりに行ってくれた。家に戻って……寝室に、服を着替えに行ったら……彼の血がついた服を着替えに行ったら――」指を喉に当てると、脈が不規則に飛びはねている。「それは鏡台の上にあった。彼が見たに違いないわ」

「あなたの小間使いかも――」

「彼女は見ていないと言っているわ」ケイトはすすり泣きを抑えた。「あの男はウェスリーを撃とうとしたの。マイケルがその前に踏み出して、ウェスリーを押しのけた。ルイザ、彼はわたしがウェスリーを愛していると信じているからそうしたんだと思うの。もし選べるとしたら、わたしが彼よりウェスリーの命を選ぶと信じていたから」

ルイザがケイトに腕をまわし、しっかりと抱きしめ、とうとうケイトが涙を流すまで揺すっていた。

「ああ、ケイト、これが自分のせいだなんて考えちゃいけないわ」

「全部わたしのせいなのよ。決して自分自身を許せないと思う。もしマイケルが死んだら――」

マイケルの寝室の扉が開き、医者が出てきた。ケイトはさっと立ち上がった。「どうですか?」

「運がよかった、レディ・ファルコンリッジ。とても幸運でした。弾が貫通して、多量に出血しましたが、臓器の損傷はありません」

「なら、彼は助かるんですね?」

「十中八九」

ケイトは長椅子にどさりと腰を落とした。膝の力が抜けて立っていられなかった。

「もう少し楽観的になれませんか?」

「常に感染の危険がありますから」

「だったら、ここにとどまって、ずっと彼を見ていてください」

医者がその瞬間向けた笑みは、彼女が本気だとわかるとすぐに消え去った。「残念ながら、それはできません。ほかにも患者がいますから。しかし眠れるように薬を置いていきますし、朝には戻ってきて、傷を見て包帯を取り替えましょう」

「いてくださるべきだと思いますが」

「傷を治すには休むことが必要なんです。わたしが見ていても役には立ちません」

ケイトはこれまで病室に入ったことはなかった。だが、強いて足を踏み入れた。

「わたしがしなければならないことを何もかも教えてください」


甘やかされた人生を送ってきたのはわかっていたが、それが意味することをケイトは実際には理解していなかった。誰かほかの人の役に立とうとしたことなど、まったくなかった。いつも召使がすべて彼女のためにやってくれていた。看護婦を雇うこともできたし、今いる使用人のひとりにマイケルの世話をさせることもできたが、誰も彼女ほど優しく忍耐強く接することができるとは思えなかった。

ホークハーストもルイザもとどまると申し出たが、ケイトは医者がいても役に立たないと言っていたのだから、ふたりがいても同じだと言って説き伏せた。ホークハーストはケイトの両親の家に立ち寄って、今夜何が起きたかを家族に知らせると約束した。

「みんなの夜を台無しにしてしまってごめんなさい」

ホークハーストは思いやりに満ちた微笑《ほほえ》みを向けただけだった。「責められるべきは、盗みを働いたやつらだよ」

「警察は捕まえられると思う?」

「どうかな」

「彼らはマイケルの家に伝わる貴重な宝石を盗んで――」

「命より貴重なものなどないさ」

「マイケルはそんなふうには思わなかったのかもしれない」

「宝石を盗まれないようにするために、彼が何かしたのか?」

ケイトは首を振った。

「命をとられないために、何かしたのか?」

ケイトは涙があふれてくるのを感じた。

まるで目的を達したというように、ホークハーストはおざなりにうなずいた。「ファルコンリッジはぼくの長年の友だよ、ケイト」名前で呼びかけたことで、その言葉に親密さが増した。「彼は感情を表すのが苦手な男だ。いつも行動で表していた。ぼくは彼の友達でいられることを光栄に思っている」

行動で表している。

その言葉が、ベッドの脇《わき》に座って夫の裸の胸を湿った布で拭《ふ》くケイトの頭から離れなかった。さっきからマイケルの呼吸は荒くなり、怪我と闘っているように見える。

ケイトは彼の行動について考えた——雨の中、馬に乗っていたこと、馬車を飛び出したこと。上掛けを取り去ると、マイケルはいくぶん落ち着いたようだ。彼の上品さを守る必要があると思ったのか誰かが着せたリネンのシャツを、ケイトは切り取った。そうすると、彼はすっかり穏やかになった。ジェニーがケイトにつき合うためにやって来たとき腰にシーツをかけても、抗《あらが》ったりしなかった。

今、蠟燭《ろうそく》の灯がまたたくだけの静かで暗い部屋で、ジェニーはずっとそばにいた。ケイトは冷たい水に布をひたし、余分な水分を絞ってから、またマイケルの胸を拭きはじめた。これまでは、あえて彼の寝室に入ろうとしなかった。とても男っぽい、とても彼らしい部屋だ。飾りたてたところはまったくない。彼の趣味はどの程度反映されているのだろう、以前の侯爵たちはどうなのだろう、と思う。わたしのことを知らないといって彼を責めたけれど、わたしは彼の何を知っているというの？　読書の好みは？　彼の好きな色は？

部屋をぶらぶら歩きまわるジェニーの足音は静かでも、ケイトの神経をきしませる苛立《いらだ》たしい音だった。ジェニーに立ち去ってくれと言ったら無作法かしら、と思う。でも、本当にひとりになりたいのだろうか？

ひとりだったら、考えることから気をそらしてくれるものは何もなくなる。マイケルは本当に、もし選べるならわたしがウェスリーよりマイケルが死んだほうがいいと思っているると信じているのだろうか？　何よりもそのことに傷ついた。なんてひどい自分勝手な妻だったのだろう、愛されることばかり気にして、お返しの愛を与えていないのではないかとは考えもしなかった。

涙があふれ、喉がつまる。

「起きて、マイケル」ケイトはささやいた。

「何か言った？」ジェニーが聞く。

「いいえ、何も」

ほんのわずかに静寂が流れたあと、ジェニーが言った。「ああ、ケイト、これを見て」

ケイトは肩越しに振り返った。姉は小さな机の前に立っていた。「自分のものをかきまわされたら、彼は喜ばないいんじゃないかしら。本当のところ、絶対にいやがると請け合ってもいいくらい」

「かきまわしてなんかいないわ。これは上に置いてあったの」一枚の紙を持って、ジェニーが近くに来た。「仕立屋からよ。生地の色の一覧表」ケイトのほうにそれを突き出す。「見て。彼はここから、あなたが聞いたこともない色の名前を得ていたのに違いないわ。いくつかは線を引いてある」

涙で視界がぼやけるのを感じながら、ケイトはその紙を手にした。「百はあるわね」胸がひどく締めつけられ、すすり泣きがもれる。

「ああ、ケイト、泣かないで。彼はよくなるわ」ジェニーは妹のそばにひざまずいて抱きしめ、この不幸な状況でできる精一杯のことをした。

「ああ、ジェニー、彼はわたしに一度も愛してくれとは言わなかったけれど、わたしが喜ぶと思うことを一生懸命やってくれた。わたしの好きな色は知らなくても、とにかくなぜか彼に恋してしまったの」

ジェニーは腰を落とした。「どうして?」

ケイトはふんと鼻を鳴らして姉を見つめた。「どうしてって、何が?」

「どうして恋に落ちたの?　彼のことを話して、ケイト。彼がウェスリーによく似ていたから?」

「まあ、とんでもない、彼はウェスリーとはまったく違うわ」ケイトは涙を拭いた。

「マイケルが自分自身を競売にかけて、最も高い値をつけたアメリカ人の父親に競り落とさせたのは知っている?」

「いいえ。パパがそんなとんでもないものに参加したなんて信じられない」ジェニーは一瞬黙り込んだ。「ママのためね」

「そう」

ジェニーは立ち上がり、椅子を引き寄せて座ると、ケイトの手をとった。「だから、彼はちゃんとあなたに求婚しなかったのね」

「ええ、でも、そんな競売台に自分を置くなんて、彼がどれほどのものを犠牲にしたのか想像もできないわ」

「奴隷になったわけじゃないわ」

「だけど、ジェニー、彼はとても誇り高い男なのよ。それでも、どうしても資金が必要で――」

「みんなそうじゃないの？　みんな建て替えなければならない屋敷を持っている」

「マイケルには具合のよくない母親がいるの。お母さまのために家を建てようとしているのよ」

「だから彼に恋したの？　彼が母親思いだから？」

ケイトは首を振った。「マイケルは愛については何もわからないと言っているけれど、実際はすべてを知っていると思うの。彼はわたしを幸せにすることだけをしようとしている」

「だったら、そんな男性が死ねるわけがないわ」

そうだ、とケイトは思った。そんな男性が死ねるわけがない。

わたしが死なせはしない。

「ペンバートンの結婚の申し込みを受けることにしたわ」数時間後、ジェニーが言った。

ケイトは姉を見た。ジェニーはベッドの足元近くの椅子に座り、自分の両手をじっと見つめている。まるでそれが腕につながっていることに、たった今気づいたかのように。

ケイトが眠りつづけるマイケルを見守っている間、姉は慰めと力の源となってくれていた。

「パパから聞いたの?」ケイトが静かに聞く。

ジェニーはうなずいた。

「それが結婚する正しい理由だと思う?」

「正しい理由なんてあるのかどうかわからないわ。もしかしたら、わたしもあなたと同じように幸運で、結婚したあとに彼がぴったりだとわかるかもしれない」

マイケルはぴったりの人なの? そう、彼がぴったりだとわかりはじめている。

「ペンバートンはあなたが求めている情熱を与えてくれるの？」

「そうだと思う。とても魅力的な唇の持ち主だし、手は大きくて、踊るときはその手の中で力強さを感じることができる。彼はとても礼儀正しいの。そんな人には気をつけなければならないらしいわ。密室ではかなり無作法になるようだから」

「それで十分なの？」

ジェニーは妹をじっと見つめた。「愛を見つける努力をするべきだと思っているんでしょ」

「両方とも手に入れられると思っているのよ」

「わたしは愛を信じていない。愛はあなたの人生を台無しにしただけだわ。情熱なら間違いはない。手に入れるか手に入れないかだけ。軽薄な心が判断するものじゃないから」

「わたしが軽薄だったと思っているの？」

「ウェスリーに関することではね。そうじゃない？」

ケイトは首を振った。「わたしは若かった。幼稚だった。ウェスリーに感じていたものは……マイケルに感じているものに比べると見劣りがするわ」

「でも、あなたは残りの人生をウェスリーと過ごすことを望んでいた。それが愛だと思っていた。今感じているものが本当の愛だと、どうしてわかるの？」

ケイトはマイケルを振り返った。どうしてわかるのだろう？　それは、彼に生きていてもらうためにはどんな報いでも受け、どんなことでもするつもりだからだ。

宵闇《よいやみ》が腰を落ち着けると、どうして人々はやって来なければならないと感じるのだろう。ケイトにはわからなかった。死が見えぬ間に訪れる可能性があると思えるからかもしれない。

マイケルはまだ目覚めていなかった。少し熱がある。医者は傷口を消毒し、包帯を換え、何種類かの薬を与えた。回復を助けるために調合されたものと、できるだけ不快感なく確実に眠れるようにするためのものだ。

ジェニーは朝に立ち去り、夕方遅く母が到着するまで、ケイトはひとりで寝ずの番を続けた。相変わらず手に負えないことに、母は死に対する自分自身の闘いに備えているようだった。

ベッドを挟んだ向かい側の椅子に座り、その目はしばらくケイトの上にとどまってから、マイケルに移った。それから母は、部屋の隅のほうや陰になった部分にさっと視線を走らせた。

「愛する人をふたりも失ったら、どうして生きていったらいいかわからない」ケイトは闇に向かって静かに言った。

彼女の母は少しまっすぐに座り直した。「お父さまがわたしのことを話したのね」

「ええ」

「やれやれ、わたしはまだ死んではいないし、あなたの侯爵もそうよ。わたしと同じように彼も、死んで埋葬される前に喪に服されたくなどないと思うわ」

ケイトは軽い笑い声をあげてから、暗い気分に戻った。「怖くないの、ママ？」

「死ぬことが？　いいえ、でもお父さまがとても恋しくなるでしょうね」

「パパとママがどれほど愛し合っているか、まったくわかっていなかったわ」

「人というのは違った方法で愛するものよ、ケイト。違う方法で愛を示すのよ」彼女はレディらしからぬ態度で鼻を鳴らした。「ときどきまったく示されないこともあるけれど、それでも愛はそこにある」

「ウェスリーは財産狙《ねら》いだと思ったのに、どうしてマイケルは同じじゃないと思ったの？」

「マイケル？」

「ファルコンリッジだけど？」

「まあ、彼は財産狙いよ、それは疑問の余地もないわ。でも彼は正直なの。そして正直な心は、愛するすばらしい能力を持っている」

「愛って何？　ウェスリーはわたしに詩を書いてくれた、贈り物をしてくれた、会うたびにわたしを愛していると言った。マイケルはわたしを愛しているとは一度も言わない。わたしに対して好意を持っているとさえ言わない。彼がウェスリーの前に踏み出すまで、知らなかった。どうしてわたしに言わなかったの？　言葉にされないのに、どうして知ることができるの？」

「愛は言葉でわかるものじゃないわ、ケイト。それは静かな瞬間にわかるものなの。まなざしで、ため息で、微笑みで、嬉《うれ》しさで」母はため息をついた。「そして、それはしばしば犠牲という形で示されるのよ」

24

「レディ・ファルコンリッジ、あなたを家にお連れするために来ました」

ケイトは、マイケルの母に話しかける自分の声が、とても穏やかで威厳に満ちて聞こえることに驚いた。胃は硬くよじれ、まっすぐ立っていられるのが不思議なくらいなのに。一緒に来た背の高い従僕は今、侯爵未亡人をケイトから引き離す必要が生じた場合に備えて、開けた扉のすぐ外に立っている。

だが、白髪の女性は生まれたての子猫のように従順に見える。

「家」まるでその言葉がなんの意味も持たないように、彼女はつぶやいた。

ケイトは思いきってもっと近くに踏み込んだ。「ええ、奥さま。あなたの息子さんが怪我《けが》を――」

「また木から落ちたの？」侯爵未亡人の視線が壁をさまよう。「なんとかするべきね――」彼女は手でたたき切るしぐさをした。「彼女には言ったのよ……息子の行動を抑えるようにと……危険は冒せないわ……たったひとりの跡継ぎなのだから」

ケイトには、彼女というのが、唯一の跡継ぎに危険が及ぶのを避けるために暗い衣装戸棚に閉じ込めた女家庭教師だということしか、はっきりとはわからなかった。だが彼女はマイケルを傷つけたのだ、彼が受けたかもしれない肉体的な傷よりももっとひどい形で。

「すぐに、わたしと一緒にいらしてください」ケイトは言った。「家にお連れします」

侯爵未亡人が驚くといけないので、息を殺して近づく。肘に手を添えて、立ち上がるように促した。「そうです。さあ、十分気をつけて」

彼女は汚れた寝巻きを着ていた。家に着いたらすぐ、クロエにちゃんときれいにしてもらって、それからマイケルに会わせよう。

侯爵未亡人はまるで足を上げる力がないかのように、小刻みに足を引きずって歩いた。視線は、その注意力と同じくさまよっている。ひどく途方に暮れたように見え、ケイトの胸は引き裂かれた。マイケルの母を今家に連れて帰るのが正しいことなのだろうかと思ったが、母親を彼に会わせたかったたし、母親がそこにいると彼に知ってもらいたかった。

マイケルに闘う意志を与える必要があった――ケイトのためではなくても、彼が初めて愛した女性のために、彼を初めて傷つけた女性のために。彼は自分の心を守れなかったと思う。マイケルにとって大きな意味を持つ女性たちが、彼の感情を気遣っていないのだから。その評価は自分にも当てはまる。

従僕のジョンが静かに注意深く、前に踏み出す。ケイトがこれまで見た中で、男性が示す最も優しいしぐさだった。それに忍耐強くもあった。ケイトは心から急いでほしいと思ったが、すぐに出発するとわかっていたし、どんなものであれ口論は最も避けたかった。

〈グレンウッド〉のスタッフはまわりに立って見つめていた。この施設から誰かが付き添われて出ていくところなど一度も見たことがないとでもいうように。

「みんなぼうっと見ているより何かましなことはできないの？」

何人かが急いで立ち去り、ケント医師が近づいてきた。「これが本当に賢い行動ですか？」

「いいえ」ケイトは確信を持って言った。「でも必要なことなんです」

マイケルの母を馬車に落ち着かせるまでには永遠の時がかかりそうに思えた。ケイトは彼女に進行方向に向いた席を譲り、自分は向かい側に座った。窮屈な思いはさせたくなかった。馬車は進み、彼の母親は窓の外に過ぎゆく景色をただじっと見ているだけだった。

何キロか進むと、ケイトは緊張を解きはじめた。うまくいきそうだ。マイケルのお母さまをうまく扱えるだろう。ジェニーの助けを得て、看護婦と追加の召使を雇うことができた。侯爵未亡人の面倒を見る専任のスタッフだ。そして、マイケルが回復したら——彼は回復するはずで、それ以外の結果は受け入れられない——そうしたら、領地に戻って、彼が母のために建てたいと思っている家を建てるのだ。お母さまはそこで幸せになる。みんながそこで幸せになる。

「わたしは彼を怒鳴りつけたわ」マイケルの母が声に出して言い、ケイトはもう少しで飛び上がるところだった。

「知っています」ケイトは優しく言った。「でも、彼は理解しています。あなたを許しています」

マイケルの母はまだ窓の外をじっと見つめているが、本当に視界に入る建物を見ているのだろうか、とケイトは思った。それとも、人生の別の部分を見ているのかもしれない、今は失ってしまった人生を。「わたしはオペラに行く支度をしていた。わたしの部屋に駆け込んできた彼は……とても興奮して新しい発見を話そうとした。とても小さなことよ。彼はわたしの膝に腕をまわした。しっかりとしがみついた。わたしは怒鳴りつけたわ。わたしの服にしわをつけたから」しわの寄った彼女の顔をかすかな笑みがかすめ、そして消えた。「とってもいい子で、喜ばせようと一生懸命だった。二度とわたしに抱きついたりしなかった」彼女は注意をケイトに向けた。ケイトは怖がったり神経質になったりしないように必死だった。

マイケルの母は泣きそうになっているように見える。「母親はいつもしわの寄ったシャツを着ているべきだわ」

「マイケルをとても愛していらしたんですね？」ケイトはそう聞いた。

向かい側に座った女性は顔をしかめた。「マイケルって誰？」彼女の目が空を見つめ、地獄のような場所に戻ってしまったのが、ケイトにはわかった。

「わたしが愛している男性です」ケイトは答えた。涙で目がひりひりした。彼なしではどうやって生きていったらいいかわからない男性です。

マイケルは疲れていた、とても疲れていた。まるで誰かが脇腹《わきばら》に火をつけて燃え上がらせ、炎が無慈悲に体じゅうをなめ、自分を消耗させているように感じる。額に冷たいものが触れるのを感じ、ささやく声が聞こえた。「わたしのもとに戻ってきて」

ひどく必死の嘆願で、無視したいと思っていたとしても、とても無視できなかった。彼はなんとか目を開けた。部屋の明かりは薄暗かった。冷たい指が彼の熱っぽい額をなでつづけている。姿は見えなかったが、ラズベリーの香りはわかった。

「どうか、わたしを置いていかないで」彼女はささやいた。

ある場面が頭にひらめいた。ほかの男に会うためにオペラを抜け出したケイト、暗がりで寄り添うふたりの姿。泥棒。閃光《せんこう》。激しい苦痛。だが、目にした光景に心が感じたものに比べれば、肉体的な痛みはたいしたことはなかった。ほかの男が彼女を連れ去ろうと……。

しかし、彼女はここにいる。罪悪感が彼女をぼくのもとにつなぎとめているのだろうか?

「ぼくは彼じゃない……」その言葉は、しわがれたささやきにしかならなかった。

ケイトは紐《ひも》を引っ張られた操り人形のように、さっと顔を上げた。「目が覚めたのね。さあ、お水よ」

だが、グラスを渡す代わりに、彼女はマイケルの唇に水滴を垂らした。十分ではなかった。干上がった舌にとっては、十分にはほど遠かった。彼同様ケイトも欲求不満を募らせたかのように、医者について何かぶつぶつ言うと、身をひるがえし、頭の下に腕をすべり込ませて彼をわずかに起こし、水の入ったグラスを近くに持っていった。最高の幸せだった。というか、これまで得た中で、最高の幸せに近かった。

マイケルが何口か少しずつちびちび飲むと、彼女はグラスを取り去り、汗ばんでいた首から胸を湿った布で拭《ふ》いた。ここは耐えがたいほど暑い。

「ウィギンズは?」マイケルはきしむような声で言った。

「ウェスリーは大丈夫。あなたがあんなことをするなんて信じられない」ケイトの手は今も、高鳴るマイケルの胸の上にとどまっていた。「わたしは彼と行くつもりなんてなかったのよ、マイケル。なかったわ。それは信じて」

「きみは彼を愛している」

その言葉が断言だったのか質問だったのか、マイケル自身にもわからなかった。

「以前はそうだったけれど、もう違うわ」

頭が痛み、目が燃えるようだ。彼女に聞きたいことも、答えたいことも、説明する必要があることも山のようにあるが、それは千の流れ星のようにマイケルの心を通り抜けていった。意味をなすように言葉をつなぎ合わせるために、それらに掛け金をかけて長くとどめておくことはできそうになかった。

「死にたくはない――」

「あなたは死んだりしない」

「――きみの好きな色を知らないうちは」

ケイトは涙ぐみながら微笑《ほほえ》みを向けた。「緑よ」

熱と脇腹の痛みで耳がおかしくなっている。彼女の言ったことがちゃんと聞き取れなかった。

「ずいぶん平凡だな」

ケイトは優しく、彼の額から髪を後ろにやった。「あなたの目を見ているときは別よ」

「それはわかる」鏡を見たとき、いつも答えを見つめつづけていたわけだ。

はるか彼方《かなた》から彼女の声が聞こえてきたが、疲れすぎていて答えられなかった。あまりにも疲れている。暗闇《くらやみ》にのみ込まれたときも、闘う力はなかった。

この三晩はケイトの人生で最も辛《つら》いときだった。彼の熱が引いてくれさえすれば……。

そこここでわずかに睡眠をとったが、彼女自身も熱があるのではないかと思えるほど体に痛みを覚えていた。今宵《こよい》はしばらくの間、彼女の父親が一緒に付き添っていた。まるで家族が順番を決めているみたいだ。父はここにいる間、ケイトを休ませようとしたが、そんなことはできなかった。彼女が一番恐れていたのは、マイケルが目覚めたとき自分がその場におらず、ウェスリーのために彼を見捨てたと思われることだった。

夜明け近く、扉を軽くたたく音がしたかと思うと、すぐに開いてジェレミーが顔をのぞかせた。「入ってもいいかい？」

「お兄さまの番なの？」ケイトはうんざりして聞いた。

ジェレミーはにやりと笑い、ひどい様子で入ってきた。服はしわくちゃでゆがんでいる。

「お酒とタバコみたいな匂《にお》いがするわ」兄が近くに来て頬にキスをすると、ケイトは言った。

「ひと晩じゅう外にいたんだ」

「〈タッソー蠟《ろう》人形館〉？」

ジェレミーはまたにやりとした。「というより、〈麗しの人形館〉だな」深刻な表情になって近くの椅子に座り、ベッドのほうにうなずいた。「彼はどう？」

「何時間か前に目を覚ましたわ。彼に言いたいことはたくさんあるけれど、それをすべて覚えていられるくらいよくなってほしいの」

ジェレミーがあくびをした。「十分よくなるさ、ケイト。心配するな」

「彼のことが好きなのね」ケイトは断言した。

ジェレミーはうなずいた。

「どうして？」

「はっきりとは言えないな。ただそうなんだ」

ケイトとジェレミーはいつも、ジェニーとの間にあるものとはまた別の、特別な絆《きずな》を感じていた。成長してからはしばしば、ケイトはジェレミーが一度も持ったことのない弟であるような気がした。ふたりとも数字に強い。ウェスリーと結婚したあと、両親がケイトの相続権を奪うと脅したとき、本当の愛なら五年後もまだ続いているだろうといってジェレミーが彼女を説き伏せたのだった。ウェスリーは三年も待てなかった。

「ウェスリーはマイケルを見捨てようとしたの」かつての夫の行動が恥ずかしく、悔しくて、ケイトは耳障りな声で言った。ジェレミーはその言葉にもまったく驚かなかったようだ。「どうしてわたしだけが、本当のウェスリーの姿がわからなかったのかしら？」

「おまえが心で彼を見ていたからだよ」

「わたしの心はどうしてそんな間違いを犯したの？」

「ひどく若かったせいさ」

彼女は苦々しげに笑った。「そして、お兄さまはとても年取っていて分別を備えているというわけね」

「ぼくはおまえやジェニーほど守られてきたわけじゃないから、とだけ言っておこう」

マイケルはありえないほど疲れきっていたが、それでもまだ生きていた。

あきらめるほうがよほどたやすいだろうが、ケイトが人生に現れて以来たやすいことなど何もなく、また、これほど価値があったこともかつてなかった。彼は人生において、最も妨害のない道を進み、最も楽なルートを選び、最も手っ取り早い解決法を探してきた。ケイトと一緒だと、何かと闘うこと、彼女の期待に沿おうと努力することで、もっと満足感が得られるのがわかった。彼女は最もよい部分を引き出してくれたのだ。

暗い部屋で、マイケルは目を開けた。立ち上がったケイトが彼の上に身をかがめ、熱のせいで出た汗を湿った布でぬぐってくれている。人々がやって来ては彼女につき合い、ずっとにぎやかだった。熱が最も高かったときには、彼の手を握っているのが母だという幻覚さえ見た。ひどく現実的な感じで、母の手はひ弱でしわが寄っていたが、とても温かかった。そして優しかった。その目も、これまでにないくらいとても優しかった。一瞬、息子のことを忘れてはいない女性の目に思えた。

しかし、そんなことは熱がもたらした幻だ。ありえない映像で心をいっぱいにしたのだ。

「ああ、やっと目が覚めたのね」ケイトが言い、突然顔をそむけた。

ケイトがたやすく自分のもとを離れていくとわかっていたら、目を閉じつづけて、ただ彼女の優しい世話を心に刻みつけていただろう。それからケイトは水の入ったグラスを手に戻ってくると、彼の肩の下に腕をすべり込ませて起こし――。

「さあ、喉が渇いているでしょう。飲んで」ケイトはそう言い、彼の唇にグラスを押し当てたが、傾けすぎて胸に水がこぼれた。

「まあ、ごめんなさい」彼女が手を離したので、マイケルはベッドの上に落ちてうめき声をもらした。「わたしは下手ね」胸をぱたぱたとたたくケイトの目から涙がこぼれ、頰をころがり落ちる。

大変な努力を要したが、マイケルはなんとか彼女の手首をとらえてじっとさせた。

「大丈夫だ、ケイト。いい気分だ」

「本当にごめんなさい、マイケル。これまで誰の世話もしたことがなかったし、この役目をやり損なってしまうんじゃないかと心配でたまらなかった。あなたが死んでしまうんじゃないかと――」

マイケルは頭を左右に動かした。「死ぬ気はない」

手を伸ばす力が彼にあったらいいのにと思いながら、涙を振り払う。彼女は鼻をすった。「スープが飲めると思う？　力が出るんじゃないかしら」

彼がうなずくと、ケイトの顔にすばらしい笑みが浮かんだ。

「あなたに話すことがたくさんあるの」彼女はマイケルの手を強く握った。「もっと力がついたときに」

彼女がスープの入った碗《わん》を持って戻るまでに時間はかからなかった。マイケルを助けて少し起き上がらせ、それからとても注意深く、一度にほんの少しずつスプーンですくって、彼の口元に持っていく。それをちょっと傾けて、まるで奇跡のように消えていくのを見守る。

こんなにひどい姿のケイトは見たことがない。髪は頭のてっぺんにまとめてあるが、顔のまわりに明らかに乱れ落ちている。彼女は自分と同じくらい青白いのではないだろうか、とマイケルは思った。目は落ちくぼんで、その下には隈《くま》ができている。

スープ碗が空になると、彼女はそれを脇に置き、湿った布で彼の体を優しく拭きはじめた。「みんな、とても心配していたのよ。熱が下がって、よくなるだろうと聞いたら喜ぶわ。あなたはよくなるわ。そうでなくちゃ我慢できない」

「それで……きみが喜ぶなら」マイケルはしわがれ声で言った。

まるで手が届かない興味深いものを見つけた雲雀《ひばり》のように、彼女はちょっと首をかしげた。「あなたがそう言うとき、まったく別の何かを意味しているんじゃないかと思いはじめているの」

マイケルはできる限り努力したが、ケイトの目からまた涙があふれてきたのを見て、口元が自分の望んでいたようなにやりとした形になったかどうかは自信がなかった。

「泣かないで」

彼女は涙を払って鼻をすすった。「ごめんなさい、こらえられなくて」

「いつ眠ったんだ?」

ケイトは首を振った。

「一緒に横になるかい？」いつまでヒキガエルのような声を出しているのだろうと思いながら、マイケルは尋ねた。

「でも、あなたは怪我をしているから」

「もう一方の脇は無傷だ。抱きしめさせてくれ。きみは休まなきゃだめだ」

身をかがめて彼の額にキスをしてから、ケイトは優しく微笑んだ。「それであなたが喜ぶなら」

体を起こし、ゆったりしたドレスのボタンをはずして脱ぐと、綿のシュミーズとブルーマーが現れた。ケイトは上掛けの下にすべり込み、彼の怪我をしていないほうの側にぴったりと収まった。これほどすばらしい気分を味わったことがあるだろうかと、マイケルは思った。

温かい涙が胸を伝うのを感じる。

「ケイト、どうかやめてくれ」

「こらえられないの。とても幸せで、とてもほっとして――」

「きみを幸せにするために、ぼくがどれほど頑張ったか考えてくれ。その褒美が涙だとわかっていたら、まったく頑張らなかっただろうな」

ケイトは顔を上げて彼と目を合わせた。「あなたは頑張ったわ。わたしはわかったの、ファルコンリッジ卿《きょう》。あなたはみんなの幸せを気にかけている、あなた自身の幸せを除いて。あなたの不運は、結婚した相手が自分の幸せしか気にしない女だったこと。そして、決してあなたの幸せに思いを寄せなかったこと。わたしはこれからの人生をあなたに捧《ささ》げるわ」

　彼女の頬をなでるにはありったけの力をかき集めなければならなかった。「じっと静かに横になって。きみは休まなきゃだめだ。話はあとでしよう」

うなずいて、ケイトは彼の肩に頭を預けた。マイケルは彼女の腕をなではじめたが、その動きは彼女にというより、彼自身に心地よさをもたらした。

「お母さまがここにいらっしゃるのよ」ケイトは静かに言った。

　マイケルは手を止めて、部屋を見まわした。「どこに？」

「今は、ご自分のお部屋に。召使を雇ったの。お母さまがひとりになることはないわ。何度かあなたに会いにいらしたのよ。お母さまはあなたを愛しているわ」

「母はぼくのことを覚えてもいないんだぞ、ケイト」

「それでも、あなたを愛している」

　あまりにも疲れていて反論できない。その代わりに彼は命じた。「寝るんだ」

　実際そのとおりに従ってくれたので、マイケルはいくらか気分がよかった。ほとんど即座に穏やかな寝息が聞こえてきた。たぶん、人生でこれほど清らかだったことはないだろう。彼女は数えきれないほど何度も体を拭いてくれたに違いない、これまで……いったい何日過ぎたんだ？　そして、彼女はほとんどずっと、ぼくのそばについていていたのだろう。一度だけ目覚めたときケイトが見当たらなかった。母を迎えに行っていたときに違いない。物事を元どおりにしなければならない状況だ。だが、母をひどい人生に戻すことは考えるのさえ難しい。家をできるだけ早く完成させるために、建築業者に余分の支払いをしよう。

ほかの問題も同じようにする必要がある。最も重大な問題は、この結婚だ。

25

幾夜かが過ぎたあと、マイケルはようやく寝室を出る力がわいてきた。すっかり回復したわけではないが、ベッドに縛りつけられていることにうんざりし、部屋の壁が迫ってくるように感じはじめていた。そして、妻と過ごす時間に苛立《いらだ》ちはじめていた。マイケルは――認めるのはいやだったが――結婚した当初、彼女にしていた扱いを、今度は自分がされるようになっている気がした。彼女の言うことすべて、することすべてに、用心深さが感じられる。不信。心を開くことに対する恐れ。間違いのない大きな罪悪感。

罪悪感や良心の呵責《かしやく》や、背負っていく重荷を軽くしようという気持ちを起こさせるものは理解できる。自尊心を売ってでも、女性に安息の地を提供しようとするのだ。女性を喜ばせるためだけに好きな色を当てようと努力するのだ。

面倒を見ることに煩わされたくなかったから、母を病院に入れた。求愛することに煩わされたくなかったから、自分自身を競りにかけた――しかし、いずれにしろ、気がつくと求愛していたのだが。それが、ケイトをひきつけたいという熱心な願望にいつ変わったのかは、はっきりしない。泥の中に座った彼女の笑い声を初めて聞いたときかもしれない。それとも、ぼくの愛人に支払いを続けるつもりはないと告げたとき彼女の目が燃えているのを見たときかもしれない。ぼくにはもう何も残されていないと知ったとき彼女が示した同情のせいかもしれない。精巧な細工の万華鏡のように心をよぎる瞬間があまりにも多く、彼女に対する愛情の流れが変わった瞬間を正確に示すことはできなかった。

回復するまでケイトが面倒を見てくれたことで、希望を感じた。ほかの男といる彼女を見つけたときには、希望を持ちつづけるのは不可能だと思えた。

湯を浅く、腰より上には来ないようにして、従者に風呂の用意をさせた。医者から、まだ傷をぬらしてはいけないと警告されている。ぬらさなければ治りはいいかもしれないが、傷は不潔なままになる。マイケルはそれを勇気のしるしとみなすべきか、愚かさのしるしとみなすべきか、まだ決めかねていた。

裸で銅の浴槽の側面に寄りかかって横たわり、もっとという誘惑に駆られながら、温かい湯を楽しむ。従者にはしばしひとりにしておくようにと言っておいたので、静かな孤独をただ楽しむことができた。ケイトとは今日は夕方ほんの少し一緒に過ごしただけだったのが、ありがたかった。考える必要があったし、彼女がいると考えられないからだ。彼女の存在はマイケルの心を苦しめていた。弱っているのに、気がつくと、彼女が近くにいると何かできるかのように反応してしまう。彼女に喜びを、ふたりにとって喜びをもたらす強さが、自分にあるかのように。

扉がかちりと開く音が聞こえた。もうしばらくひとりでいられたらよかったのだが、ネズビットは今日はもう役目を終わらせて下がりたいと思っているのだろう。マイケルはざらざらするひげをこすった。「ひげをそってもらうころだな」

「前は拒否したのに、どうして？」

ケイトの声を聞いて、マイケルは即座にさっと体をひねり、無理な体勢に体から抗議を受けて息をのんだ。彼女は以前ひげをそろうと申し出ていたし、彼もそうしてもらいたいと思ったが、世話はしてもらわないほうがいいとわかっていた。強くなる必要がある、最後通牒《つうちょう》を突きつけるためには――。

「きみに男のひげをそる腕があるとは思わなかったからだ」マイケルはぶつぶつ言った。

「そんなの難しいわけがないじゃない」

ひげそり用のカップとよく切れる剃刀《かみそり》を手に、彼女は浴槽のそばに膝をついた。

「あとで髪も切りましょう。ちょっと不格好になってきているから」

「いつも不格好だ。それに、ぼくの世話をするために十分な賃金をもらっている人間がいるんだ。彼を連れてくればいい」

「夜の間はいつも下がってもらっているわ」彼女は薄いネグリジェを着ているので、影がうっすらと見えている。マイケルの体は奇跡的に反応した。自分が気づいているより、もっと回復しているのかもしれない。

「ケイト――」

「わたしがやりたいのよ」

「きみはもう十分よくしてくれた」

「でも、楽しいことはなかったわ。これは楽しいと思うの」ケイトはひげそり用ブラシを使って石鹸《せっけん》を泡立てるのに夢中になっていた。まるで彼が抵抗していないかのように、自分自身を喜ばせるために絶対にやると決めているかのように。だが、それが彼女のやり方なのだ――彼女自身を喜ばせることをするのに慣れているのだ。

しかし、ケイトが膝をついたまま腰を上げて顎に泡をのばしはじめると、彼女が望むとおりにするというのは本当ではないと、マイケルはすぐに認めなければならなかった。彼女はぼくとの結婚を望んでいたわけではない。両親が強要したのだ。彼女はウィッグズとの結婚を続けたいと望んでいた。両親はその願いを却下した。彼らはなんらかの形で結婚を無効にした。マイケルはその過程についてはまったく知らない。ウィッグズの同意は必要だったのだろうか？　もし彼らが金をすべて取り上げてしまうとなったら、ぼくはケイトを容易にあきらめるだろうか？

　彼女は集中して、眉間にしわを寄せている。

「面白かったら普通、笑うものじゃないか……少なくとも微笑《ほほえ》むとか」マイケルはつぶやいた。

　ケイトはぱっと目を合わせ、ほんのわずかにっこりした。「わたしはただ、ちゃんとやりたいだけ」ブラシをカップに入れて脇《わき》に置く。そして剃刀を取り上げた。

「やり方はわかっているのか？」彼は尋ねた。

「小さいころ、父を見ていたから」

「父上とは親密だね」

　ケイトはうなずいた。「息子に生まれたらよかったのにと、いつも思っていたわ」

「きみが息子に生まれなくてよかったよ」

　マイケルは、彼女が赤くなるのを見るのが楽しかった。ジェニーと結婚したらどれほど違ったものになっていたかはわからずじまいだ。情熱を示す機会は決して拒まないだろうが、愛を与えるとなるとどうだろう？

「どうして打ちひしがれた顔をしているの？」ケイトが聞く。「すごく慎重にやると約束するわ」

「脇腹が痛む、それだけだ」嘘《うそ》が容易に口をついて出たのは、真実が耐えられなかったからだ。ほかの男といる彼女を見たときに感じた、冷たい嫉妬《しっと》、凍りつくような怒りは、自分の金をとられるかもしれないということとはなんの関係もなかった。自分の人生から彼女を失ってしまうということがすべてだった。

マイケルは顎を上げた。彼女が喉に沿って剃刀でなぞると、その手はしっかりしており、硬い顎ひげのがりがりいう音が聞こえた。洗練された外見になれば、体の状態ももっとよくなるかもしれない。

何回かこすったあと、彼女は湯に剃刀をひたしてすすいだ——彼の脚の間で！

ほとんど目を閉じていたマイケルは、急に目を開いて彼女の手首をつかんだ。「そこで振りまわすんじゃないぞ、いいな？」

ケイトはくすくす笑った、本当にくすくす笑った。「近くに持っていくつもりはないわ、あなたの——」そこで咳払《せきばら》いをする。「ええと、あなたの……」

「だが、腰の近くの湯を使っている」

「わたしを信用していないの？」

信用しているだろうか？

笑みを消して、彼女はひげそりに戻った。「十分体力が戻ったら、お母さまに会いに行かなくちゃね」

「たぶん明日。一瞬前までは無法者のように見えたから、母は怖がったに違いない」

「わたしは顎ひげが好きになりはじめていたんだけれど。口ひげは残すべきかもしれないわね」

「残すべきじゃないかもしれない」

「わたしを喜ばせるのはあきらめたの?」

「話がしたかったら居間に行っていたさ。ぼくは風呂に入りたかったんだ。普通それは黙ってするものだ」

「一瞬で不機嫌になるのね」

「ケイト――」

彼女はマイケルの唇に指を押し当てた。「静かにするわ……それであなたが喜ぶなら」

これほど素直なら、立ち去ってくれと言おうかと、マイケルは考えた。その代わり、頭を後ろにそらし、目を閉じた。顎ひげのむずがゆさからどうしても逃れたかったし、自分の手がちゃんとしっかりしているかどうか心もとなかった。完璧《かんぺき》に回復したと感じる瞬間もあるが、子猫との闘いにも負けてしまうのではないかと思えるときもある。

彼女の触れ方は優しい。従者よりしっかりはしていないが、ネズビットはこれほどいい匂《にお》いでもない。ケイトがすでに風呂に入ったのは明らかで、もう休む準備ができていた。おやすみを言いに来て、入浴しているのを見て、かつて彼女を見つけたぼくのように引き寄せられたのではないだろうか。

ひげをそり終えると、ケイトは温かいぬれた布で残った泡を拭《ふ》いた。まるで役目を果たすためには近くに寄る必要があるとでもいうように、胸が彼の肩に押しつけられる。

「もう少し頭を後ろにそらして。髪を洗うから」

マイケルは言われたとおりにし、目を閉じて、頭皮を優しくもむ彼女の指に集中した。甘やかされることには慣れるものだと思った。彼女の手はネズビットの手ほど力強くはないが、それでも有能で、何にもまして心地よい。それにしても、どうして従者は男でなければいけないのだろう？　どうして男は、女の召使を持てないんだ？　不適当というよりも、もっと楽しい経験に違いない。きっと女性に世話をされると、男は行儀よくするだろう。

体は硬くなっていても必要以上に抑制して、男としての信用を得ようとするだろう。

タオルで髪をぬぐい終えると、ケイトは背中を洗いはじめた。注意深く傷を避けて指を走らせ、肩から右脇、そしてお尻のまわりになめらかな石鹼をこすりつけていく。何度も何度も繰り返すが、肌を痛めたりはしなかった。ほかの部分に移る前に彼女は少し熱い湯を足した。

両手が胸をすべると、マイケルは目を開けた。彼女はどういうわけか、ドレスの大事な部分をわざと湿らせているようで、ぴんと張った乳首がぬれた生地を押し上げていて想像の余地がない。それに反応して、彼の体が硬くなる。

ぬれて石鹸でなめらかになった手が下に動く。押しやるべきだったが、彼はうめき声をあげ、その手を受け入れた。

「きみが注意深くなかったら、また別のごたごたを起こしてしまうだろうな」

「わたしは注意深くする気なんてないわ」

マイケルは彼女をにらみつけた。「ゲームをしているのか？」

「ゲームじゃないわ。わたしはあなたを……喜ばせたいの。入浴はほんの前奏曲よ」

「喜ばせてほしくなんかない」

「あなたに抗《あらが》う力があるとは思えないけど」

「きみが気づいているよりもっと回復しているさ」

「肉体的な力のことを言っているんじゃないわ」

「きみは何を証明しようとしているんだ？」

「何も証明しようとなんかしていないわ」

部屋に響き渡った耳障りな笑い声に、ケイトは明らかに驚いたらしい。世話をするのをやめたので、マイケルは立ち上がることができた——望んでいたより突然ではあったが。タオルに手を伸ばすと、その手から彼女がタオルをひったくった。

「浴槽から出て。わたしが拭くから」

マイケルは首を振った。

「無理だよ、ケイト。思っていたより、ぼくは強くないようだ。自分を競りにかけようとしたときには、どんな代償を支払うことになるかわかっているつもりだったが、まるでわかっていなかった。

正直言って、考えていたほどぼくたちの結婚は心地よいものじゃない。現実は期待していたのとはまったく違っていた。ぼくは自分がもたらしたものを、なんとかよいほうに向けようとしてきた。ずいぶん人から恩を受けてきたが、きみに感じているような恩義は誰にも感じたことがなかった。ひとりの人間にこれほど借りがあるのは大変なことだ。想像していたよりずっと難しいとわかった。きみに求められて、聞き入れられないことはないと思っていた。誓いを交わした瞬間から、きみの召使になった。いつの日か、きみの夫の地位に上れたらと思っていた。だが、今はそれが不可能だとわかっている。

きみの心はずっと彼のもとにありつづけるだろう――」

名前を口にするのは耐えられなかった。

「――そして、それを受け入れられるだろうと思っていた。しかし、無理だ。きみが愛を求めるのを、正直、陳腐でくだらないと思っていた。そんなものがなくても結婚はやっていけると考えていた。だがぼくは、きみが彼を見つめるときのように見つめてくれる妻が欲しい。ぼくが触れているとき、彼のことを考えてほしくない。暗い路地で彼に会ってほしくない。きみに幸せをもたらすものを与えないわけにはいかないのが、ぼくにとっての災いなんだ。しかし、もうこれ以上続けていくことはできない。きみの父上がぼくにくれた金を持って、彼とアメリカに行け。ぼくには母を幸せにできる分だけ残してくれ。それだけが頼みだ。それで、きみも幸せになる」

涙がケイトの頬を流れ落ちた。幸せの涙は悲しみの涙にとてもよく似ていることに、マイケルは驚いた。彼女が胸のところでまだつかんでいるタオルは、こちらに向かって唯一誘うように突き出されたものだ。ぼくは抑えがきかない男だ。

「タオルをくれないか。自分で拭いて、寝る用意をする。細かいことは朝、話をすればいい」

「わたしが去ったら、何が起きるかわかっているの?」彼女は静かに聞いた。

「遺棄を理由として離婚を求めるつもりだ」

「わたしは決してあなたを忘れないわ」

彼はまた抑えきれずに笑い声をあげた。今度は耳障りなというよりも苦々しげではあったけれど。「忘れるさ。ぼくは覚えているのが難しいやつだからな」

「あなたのお母さまは――」

「ぼくの母はさておき、愛人がぼくのもとを去った次の日には別のパトロンを見つけていたのは知っているか？」

「彼女を愛していたの？」

「もちろん違う」

「彼女の愛情を手に入れようと努力したのね」

「ばかな」

「傷ついたでしょうね……あなたは自由にできるお金をほんの少ししか持っていなくて、それを彼女を喜ばせるために使ったんだもの」

「愛人を持つ者としては自然な――」

「でも、彼女は去った」

「ぼくは彼女をまるで満足させられなかった。そう聞けば嬉《うれ》しいのか？　ぼくにとって、認めるのは――」

「あなたは間違った愛人を選んだのよ」

愛人は美しく、ベッドでの技に長《た》けていて、そして冷ややかだった。肉体的な要求は満たしてくれたが、マイケルはそれ以上を望んでいた。しかし、肉体的なもの以上を欲しがるのは恐ろしかった。心が手を伸ばして得られないとわかったときには打ち砕かれて、その結果、耐えがたい痛みが残る。

「そして、間違った妻を選んだ」マイケルは穏やかに言った。

「あなたはわたしを選ばなかったわ、マイケル。もし選択権を与えられたら、あなたはジェニーを選んでいた」

彼はそれについては何も言えなかった。

ケイトは一歩踏み出し、タオルを彼の肩にかけ、両端を前で合わせた。「わたしはウェスリーとアメリカには行かない。あなたがベッドで眠っている間、彼のことは一度も考えなかった。実際、目の前に立っているとき以外は、ウェスリーのことはまったく考えないわ。そう、彼はここに会いに来た。そう、わたしに詩を渡した。そう、わたしはそれを読んだ。そう、オペラに行ったとき、彼はわたしに会おうという合図を送った。そして、わたしは会った。わたしをそっとしておいてと言うために。ふたりの間には二度と何も起こらないと言い渡すために。どういうわけか、わたしの好きな色を当てることもできない人にどうしようもなくすっかり恋をしていると伝えるために。それでもどういうわけか、その人に心を盗まれてしまったと」涙がこみ上げてくる。「あなたがわたしを追いやっても、わたしはあなたを忘れない。最後の息が止まったとき、あなたの思い出を持って天国に行くの」

「ケイト……」彼はごくりとつばを飲み込んだ。「きみが死んだら、ぼくは生きていけない」

「あなたが銃を持つ男の前に踏み出したとき、まさにそう感じたわよ、ばか。絶対に、もう二度と、あんなふうに自分を犠牲にするようなことはしないで。我慢できない。一文無しで放り出すわ――」

「きみにはもうそんな力はない」マイケルの指が彼女の頰をかすめた。「金など必要としていなかったらよかったのにと思うよ、ケイト。きみに求婚していたらと思う。きみに言うことができたらと……」

背伸びをして、ケイトは彼の喉に唇を押しつけた。「わかっているわ、マイケル。大事なのは、わたしがわかっているということ」

「きみをベッドに運んでいく力があればな」マイケルは顔をしかめた。「このところあまりにも長い間そこで過ごしていたから、レディを招くにはふさわしくないかもしれないが」

「ここに来る前に寝具を換えたのはよかったわ」

マイケルは目を細く狭め、彼女はいたずらっぽい笑顔を向けた。「わたしがこの部屋に入ってきた唯一の目的は、あなたを誘惑することだったの」

「それなら、ぼくがしゃべったことはすべて――」

「必要なかったけれど、でも、とてもありがたかったわ」

彼は両手でケイトの顔を挟んで揺すった。「きみが大好きだ」どうしてこんな言葉を簡単に言えるのかわからなかったが、重大なものではないように思えた。「ずっとそうだった」

「そして、わたしはあなたを愛している」ケイトは彼の手に手をすべり込ませた。

「一緒にベッドに来たら、実際どれほどか見せてあげる」

マイケルはベッドまでの道のりをほとんど覚えていなかった。ドレスを床にすべり落とし、止まることなくそこから踏み出したケイトの、むき出しの背中にすっかり注意を奪われていたからだった。彼女がベッドに上がるのを見た瞬間、満足感を覚えた。

「今夜は目を閉じるんじゃないぞ」マイケルは注文をつけた。

「そうするつもりだけど、約束はできないわ。わたしが目を閉じても、それはただあなたがすばらしい苦痛をもたらしたというだけ。誓うわ、マイケル、わたしたちのベッドに彼は一度も存在していない」

「一度も？」

ケイトはゆっくりとうなずいた。「最初の夜、わたしは彼にしがみつこうとしたけれど、あなたがうまく彼を追い払ってしまった」

マイケルはベッドの端に座った。「それなら、きみの叫び声はすべてぼくに向けられていたのか？」

「すべてね。横になって。今夜はあなたを苦しませてあげる」

「お互いをいじめるほうがいいな」

横向きに寝そべったとたん、それが傷ついたほうだったので、マイケルはうめき声をあげて仰向けになった。詫《わ》びる前に、ケイトはすでに腰にまたがっていた。嬉しいことに体が獰猛《どうもう》さを見せて反応し、マイケルは手を上げて彼女の髪に指をくぐらせた。

「任務をやり遂げられるかどうか自信がなかった。自分の力の判断を誤っていたのがわかって嬉しいよ」

ケイトは額にしわを寄せた。「いったん服を脱いだら、あなたはいつも話さないのに……」畏敬《いけい》の念がその目にあふれ、それから涙になった。「ああ、なんてこと。わたしの夢想の邪魔をしたくなかったから、黙っていたのね」

マイケルはこぶしで彼女の頬をなで、温かい涙を受け止めた。「泣かないで、ケイト。泣く価値なんて、ぼくにはない」

「あなたにはすべての価値があるわ、マイケル。それを証明するために、わたしは残りの人生を費やすつもりよ」

誰かが人に触れたがっているときの感覚は、触れなければならないときとはまったく違うことに、マイケルははっきりと気づいていた。ケイトの触れ方は優しく穏やかで、恐れを知らず熱烈だ。これまでは決してしなかったことをする。彼のあらゆるところに触れる。余さずあらゆるところに。柔らかい手で、熱い唇で、ベルベットのような舌で。彼は苦痛に身もだえし、歓喜に身もだえした。

マイケルに一夜で可能な限りの喜びをもたらそうと、ケイトは決心していた。彼が幾夜もの間にもたらしてくれたものをすべて合わせて。だが彼は、彼女の夫は性急だった。唇を唇に戻したとき、その機会をとらえて彼女のお尻をつかみ、いったん持ち上げて、下へと導いた。

甘い言葉をささやき、彼女の美しさをたたえ、彼女の腕前をたたえ、彼女自身をたたえる。ケイトは初めて、今夜とうとう、彼のすべてを手にしたと感じた。そして彼が、彼女のすべてを手にしたことになんの疑問も持たないようにしたかった。

喜びを募らせ、前後に体を揺らしながら、彼の目を見つめる。ケイトは決して目を閉じることはなかった。歓喜のあまり気を失いそうになったときでさえ。

そのあと彼の喜びに満ちた笑い声が部屋に満ちあふれるのを聞き、自分の下にある彼の胸がとどろくのを感じたのは、とても不思議な体験だった。

「きみは本当にぼくのものだ、ケイト・ローズ・トレメイン。きみは本当にぼくのものだ」

「本当にあなたのものよ」ケイトはささやいた。満ち足りて彼に身をすり寄せると、眠りに落ちた。

ケイトはぼくを愛している。マイケルが畏敬の念を抱いて目覚めると、彼女はまだそばに寄り添っていた。今朝ふたりは愛を交わした、一度ではなく二度も。マイケルは妻を一日じゅうベッドにとどめておいた、彼女がしなければならないことがあると言い張ったとき以外は。社交シーズンは終わりに近づいている。すぐにロンドンの家を閉める予定で、計画にとりかかるために領地へ戻る用意はできていた。

彼は寝室から初めて出ようとしていた。従者の手を借りて着替えても、まだとても洗練された姿に戻れたとは感じられなかった。朝食が用意されているのは間違いなかったが、特に空腹でもなかった。望んでいるのは庭を散策することだ。花の香りをかぎ、妻の肌のなめらかさを思い起こさせる、つややかな花びらに触れることだった。顔に日の光を、髪に風を感じたかった。傷口が再び開かなかったら、オブシジアンを荒々しく駆りたいところだ。

テラスに出て、そこに母が座っているのを見てマイケルは驚いた。きちんとした様子の母を見るのはずいぶん久しぶりだ。淡いピンクのドレスを着て、髪はシンプルに結い上げている。隣に座っていた若い女性が立ち上がって微笑んだ。「だんなさま」

まるでマイケルに引き継ぎの招待状を出しているかのように、彼女はちょっと首をかしげた。母が襲いかかってきて以来、会っていなかった。今、ぼくの存在にはほとんど気づいていないようだ。しかし、とても落ち着いて見える。彼は椅子に座り、若い女性はお茶を注いでから、ふたりだけの時間を与えるために立ち去った。

しばらくして母がついに彼を見た。「ひどいものよ」

「えっ？」

「お茶。まったく理解できないのは――」

「イギリス人がそれに魅了されていること？」マイケルがあとを引き取った。

母は微笑んで、うなずいた。それから庭に注意を戻した。マイケルは母の目に涙があふれるのを見た。

「ライオネル？」

マイケルの心がぐらりと傾いた。それは父の名前だった。母は、夫のそばにいると錯覚しているのだろうか？

「それがわたしたちのやり方だというのはわかっているの――」言葉を探しているように、彼女の額にしわが寄る。「乳母をつけるのが……でも、わたしたちがどれほど愛しているかが、あの子にはわからないんじゃないかしら？」

マイケルは胸に痛みに満ちたしこりを感じた。母の心は記憶を失ってしまったかもしれないが、ぼくのことがほんの少しは片隅に残っているようだ。テーブル越しに手を伸ばして、彼は大きな手を母のか弱い手に重ねた。「彼にはわかるよ、奥さん。間違いない、彼にはわかる」

「あなたはまったく信じられないでしょうね」ジェニーが言う。

ケイトは夫婦の夕食に家族を招待し、みなは到着したばかりだった。領地に向かう前に一緒に過ごしたかったのだ。居間に案内すると、マイケルが男性たちにブランディを注いだ。彼は顔色も戻り、それほど恐る恐るということもなく動きまわっている。そして妻を見ると必ず、その目は夜部屋に引き上げたときの喜びを約束した。

「ウェスリーはアメリカに発《た》ったわ」

マイケルの視線が向けられるのを感じ、ケイトはその知らせを自分がどう感じているかがはっきりと顔に表れていればいいと思った――まったく何も感じていないということが。喪失感はほんのわずかも存在しない。「メラニーは向こうで幸せになるでしょう」とケイトは言った。

「そこなんだけれど、彼はメラニーを連れていかなかったの。彼女を捨てたのよ」

ケイトは姉をじっと見つめた。「嘘でしょう」

「事実なのよ。彼女の姉妹から、メラニーは彼が去って以来、涙に暮れていると聞いたわ。彼女が離婚を求めるのは間違いないわね」

「ウェスリーはアメリカでどうやって生きていくのかしら？」

「受け継ぐ財産はほとんどないはずだものね」

疑いが明らかになってきて、ケイトは目を細く狭めた。まるでその色合いを初めて見たとでもいうように、ブランディグラスをじっと見つめている三人の男性に注意を向ける。「いいでしょう。わたしは真実が知りたいの、今すぐに。彼をお金で追い払ったのは誰なの？」

「わたしよ」彼女の母が言った。

ケイトはくるりと振り返って母をにらんだ。

彼女の母親は顎を上げた。「お金は有益に使われたのよ」

「いくら？」

「下品なことを言わないで、ケイト。レディはお金のことをいちいち細かく話したりしないものよ」

「条件は？」

「あなたとの間にできる限りの距離を置くこと。海を越えなさいと勧めたわ」

「そんなことをする必要はなかったのよ、ママ。わたしは彼を避けるとはっきり決心していたんだから」

「もう干渉する機会は与えないというの？」

ケイトは目をぐるりとまわした。「明日、領地に発つのがとても嬉しいわ」

「十月のお姉さまの結婚式には戻ってくるのよ」

「十月には誰もロンドンにいないわ」

「それは考えなかったわ」

ケイトはジェニーを見た。「〈レイバーン〉で結婚するのはどうかしら？」

ジェニーは微笑んだ。「それはすてきね」

驚いたことに夕食は、ジェニーが最近ロンドンに間断なく降りつづく雨をどれほど嫌っているかを口にするまで、楽しく進んだ。

マイケルはワイングラスを上げ、真紅の中身をまわした。「ぼくはむしろ雨が好きだな、特にそれが木の葉の間を飛びはねる音が」

そしてケイトは、彼が池のほとりにある木の下で過ごしたときのことを考えているのがわかった。そう思うと体がほてり、今となっては、どうして長い間彼が触れることに激しく抵抗していたのかわからなかった。

夕食が終わるまで、ジェニーとふたりきりになる瞬間はなかった。ケイトがジェニーを戸口で引き止めたとき、父と母とジェレミーはすでに馬車に向かっていた。

「本当にペンバートンと結婚するつもりなの？」

「ええ、わたしを公爵夫人と呼ばなければならなくなるわよ」

「ママは二週間あれば、信じられないような結婚式を手配することができるわ。どうして二カ月も待つの？」

「結婚する前にしたいことがあるからよ」

ケイトは姉の手をぎゅっと握った。「何か愚かなこと?」

ジェニーの目に涙がきらりと光ったが、彼女はそれをまばたきして押し戻した。

「たぶん。レイヴンスレイにさよならを言いたいの……きちんと」

「気がついたら公爵ではなく伯爵と結婚していたなんてことにならないように注意してね」

「そんなことは起こらないわ」

「わたしはかつて、愛に満ちた結婚なんて絶対にできないと思っていた。でも、そうなったのよ、ジェニー。こんな幸せは知らなかったわ。決して」

「あなたは愛を手にした。情熱は?」

「どちらかがなくて、もう一方を手に入れることができるのかしらね」

ジェニーは微笑んだ。「でも、やってみるわ」


マイケルは夫と妻が別々の寝室を持つという、この伝統が気に入らなかった。とりわけ、ケイトと一緒に眠りたくない夜など思い描くことができなくなってからは。

彼女の寝室に入っていき、彼女がベッドにいないことに驚いた。長椅子にも座っていない。浴室にいるに違いない。だが、彼女の体を洗うところを想像しながら浴室に向かうと、暖炉の前の床に座っている妻を目にした。箱からものを取り出して、くねる炎に放り込み、次々に燃えていくのを見つめている。

マイケルは隣に座り、彼女が次の封筒を火に投げ入れる前に、その手をつかんだ。

「ケイト、何をしているんだ?」

「ウェスリーの詩から抜け出しているの」

「ぼくのためにそんなことをする必要はない」

彼女はもの思いに沈んだ笑みを向けた。「わたしのためにやっているの」

「かつては彼を愛していたんだ。それを割り引いて考えるべきじゃない」

ケイトは封筒を火にくべ、炎が紙の端をなめていくのを見つめた。「そうだったかどうか自信はないわ」マイケルを見る目に、葛藤《かっとう》が見て取れる。「あまりにも簡単にウェスリーをあきらめたものだと思うの」

マイケルは、まるで彼女が持っている火かき棒で突かれたように感じた。「彼とアメリカに行けたらよかったという意味か?」

ケイトは身を乗り出して、唇で彼の唇にさっと触れた。「いいえ。ウェスリーと結婚していたとき、父とジェレミーに説得されて、わたしは簡単に結婚を無効にした。あなたとの結婚をやめるように説得できる人は、誰ひとりいない」

マイケルは大きなため息をついた。「それを聞いて、大いにほっとした」

ケイトは首を振った。「あなたはきちんと理解していないと思うわ。お金を取り上げられても、わたしはしっかりとあなたのそばに立っている。勘当すると言われても、わたしはあなたから離れない。どんな脅しをかけられても、あなたを捨てたりしない。そしてウェスリーと離れるのは、実際とても簡単だった」

「若かったんだ、ケイト」

「ジェレミーもそう言っていたわ」

「詩はとっておくべきだと思うな。ぼくが決して詩を書かないのは、神がご存じだから」

ケイトは箱ごと火に放り込み、それがぱっと燃え立つのを見てから、夫に向き直った。「詩なんて必要ないのよ、マイケル。わたしに必要なのは、あなただけ」

そして彼女はマイケルの腕の中で彼をしっかりと抱きしめ、愛をこめてキスをした。

エピローグ

数年後

「ママが行く前に、ここに来て抱きしめて」

子供部屋の戸口に立ち、マイケルは妻がかがんで息子ふたりと娘を集めるのを見ていた。どうにか一度に三人をうまく抱きしめる。ぼくのケイト以上に子供を溺愛《できあい》する貴族の母親を見たことがあるだろうか。

子供たちは愛されているということに、深く愛されていることに、まったく疑問を感じていない。ケイトは子供たちと遊び、遠出をし、本を読んでやり、機会があるごとに彼らをきつく抱きしめる。マイケルはまだ愛情をあけっぴろげにするのが難しかったが、ケイトはそれを補って余りある。子供たちといる彼女を見る瞬間が好きだった。動物園やピクニックに出かける彼らに同行するときが好きだった。だが、領地の管理と病院の状況の改善をする合間では、一緒に過ごす時間は十分とれなかった。ビジネスに対するケイトの洞察力を頼りに賢い投資をし、マイケルは最初の一度以外は、彼女の父親から一シリングたりとも受け取っていなかった。実際、財産は増えてきているので五百万ドルを返したかったが、父親はそれを聞き入れてくれなかった。〝わたしが死んだらきみのもとに戻るわけだし、わたしにはまったく必要ないからな。役に立つことに使いたまえ〟

そして彼らはそうした。

最初の結婚記念日に、ケイトはマイケルに彼の父親の指輪を返した。彼は深く感動した。マイケルの贈り物はひどく下手な詩だった。

ケイトは子供たちをもう一度抱きしめた。「さあ、いいわ。ばあやに言われたら寝るんですよ。パパとママがおうちに戻ったら、こっそり行ってみんなにキスするわね」

マイケルが子供たちにおやすみを言い、ケイトも廊下に出た。

「きみのスカートはしわくちゃだ」とマイケルが言う。

「母親はしわくちゃのスカートをはいているべきなのよ」彼に腕をまわしながら、ケイトは言った。「あなたのお母さまがそう教えてくれたわ」

彼の母親はある夜、眠っている間に静かに逝《い》った。池の近くの家は未完成のままだった。ケイトとマイケルは力をほかに向け、地所のはずれにもっと大きな建物を建てた――〈トレメイン回復病院〉だ。精神病院より優しい名前だと、マイケルは思った。居住者はみな、なんらかの精神的な病を患っているが、治る見込みがあるかどうかは問題ではなかった。塀の中で暮らす人の家族が支払えるかどうかでもなかった。支払う手段を持たない人々に提供されているが、患者の世話は最高ランクのものだ。

ケイトは装身具を集めたがる人間ではない。お金はほかの人々を助けるために使われるほうがいいと思っている。彼女をこれ以上愛することなどできるだろうか、とマイケルは思っていた。

何時間かのち、彼女の隣に横たわり、満足しきって眠気に誘われながら、それは無理だと思った。今夜ベッドに入った以上は、彼女のそばを離れることはないだろう――数年前に傷が癒《い》えて以来ずっと、一緒に眠っている。

いつものように、妻は身をかがめて彼の脇腹《わきばら》の傷跡にキスをした。まるで、彼がいるのは当たり前だと思わないように、自分自身に思い出させるかのように。彼がいるのは当たり前だと思わないように、妻はすてきな習慣を作り出した。

ケイトは彼をじっと見つめて微笑《ほほえ》んだ。「どうして顔をしかめているの?」

マイケルは彼女の髪に指をくぐらせた。「もし母の病気が……もしぼくが、きみをもう思い出せないときが来たとしたら? きみを覚えていないほど残酷なことは考えられない」

ケイトはゆっくり体を起こし、彼の腰にまたがって優しくキスをした。「あなたはわたしを忘れたりしないわ」彼の額に、鼻に、唇にキスをする。「もう一度愛してくれる？」

「それできみが喜ぶなら」

そしてケイトは、いつものようにマイケルの言葉に、きみを愛しているという響きを聞き取っていた。

訳者あとがき

『侯爵の甘く不埒な賭け』（原題 Just Wicked Enough）は、十九世紀後半のロンドンを舞台にしたヒストリカル・ロマンスです。

一八八八年、イギリスには近代化の波が押し寄せ、永々と続いてきた制度や暮らしも変革を迫られていました。そのあおりで貴族の中には経済的危機に瀕する者が多く、第四代ファルコンリッジ侯爵マイケル・トレメインもその例にもれず、日々の支払いもできないほど追いつめられていました。おまけに彼には、自分の暮らし以外に多額の資金を必要とする理由があったのです。

そこでマイケルは、裕福なアメリカ人との縁組をもくろみます。お金を必要とするイギリス貴族と称号が欲しいアメリカ富豪の結びつきは珍しくなかったのですが、彼が選んだ手段は、なんと自分を競売にかけて最も高値をつけた富豪の娘の花婿となるというものでした。令嬢を口説いたり求婚したりする面倒を省いて、手っ取り早く大金を獲得する方法でしたが、プライドの高い彼にとっては自分を売りに出すなど屈辱以外の何ものでもありませんでした。

予想をはるかに超える価格で落札したのは、入札者の中でもとりわけ大金持ちで知られる銀行家のジェイムズ・ローズでした。彼の娘ふたりとすでに知り合いだったマイケルは、情熱を求めている長女のジェニーのほうが面倒がなくていいと花嫁に望みますが、相手として示されたのは愛を求めている次女のケイトでした。

案の定、婚礼の夜にケイトは早速マイケルに注文を出します。愛情のない相手とはベッドには行かない、少なくともわたしの好きな色がわからなければ、と。マイケルはなんとか要望にこたえようと努力するのですが……。

この物語に登場する人物は一見、自己中心的な人間ばかりのように見えます。お金のために自分を売りに出すマイケルも、自暴自棄で半分あてつけのように申し出を受けるケイトも、娘に貴族との結婚を強要する両親も、別の人との結婚を考えながらも恋人との逢瀬を繰り返すケイトの姉も……。しかし、その裏には、どうしてもそうしなければならない事情があり、実行するために大きな心の葛藤を抱えてもいるのです。そのことがわかると、すべての景色がまったく違ったものに見えてきます。マイナスのイメージを持ったところから出発した人たちの距離がどうやって埋まっていくか、心の動きがこまやかに感じ取れる描写がなされている点は、さすが王道をいくロマンス作家だと思います。

この物語の中でマイケルの母親は病に侵されていましたが、それに関する作者自身の解説がありますので、ご紹介いたします。

「今日《こんにち》では、わたしたちはマイケルの母親がアルツハイマー病にかかっていたことがわかります。衝撃的な、悲痛な病です。しかし、それは一九〇六年にドイツの精神科医アロイス・アルツハイマー博士が、ある女性患者の脳を検死解剖するまでは明らかになっていませんでした。患者は、ひどい記憶障害と混乱を起こすその病気が注目されはじめた数年後に亡くなったのです。脳の異常に関する彼の発見は、さらなる研究につながりましたが、わたしたちのアルツハイマー病への理解に多大な寄与をしてくれたのは、その女性患者の子孫だったのです。

わたしはハッピーエンドを望んでいるので、マイケルが母からアルツハイマー病の遺伝的体質は受け継いでおらず、愛するケイトを生涯忘れることはなかったとお伝えしておきましょう」

著者のロレイン・ヒースは、ＲＩＴＡ賞をはじめとして各賞の受賞経験を持ち、ニユーヨーク・タイムズやUSAトゥデイなどのベストセラーリストにも登場する人気作家です。この作品も、ロマンチック・タイムズ誌の批評家賞ベスト・ブリティッシュ・ヒストリカル・ロマンス賞を受賞しています。登場人物の心理を丁寧につむいでいく正統派ロマンス作家ですが、イギリス人とアメリカ人の対比をうまく取り入れているのも特徴と言えます。それは、イギリス生まれのアメリカ育ちであることと、母親がイギリス人であることが大きく影響しているのでしょう。彼女はテキサス大学で心理学を学びました。これまで約二十作品を手がけており、ヒストリカル・ロマンスが中心ですが、レイチェル・ホーソーン名義でティーンズ向けの作品も書いています。

すでにお気づきのように、この『侯爵の甘く不埒な賭け』は〝The Rogues & Roses（悪党と薔薇）〟という連作物の二作目で、一作目の『公爵の危険な情事』では、マイケルの友人ホークハースト公爵と、もうひとりの友人レイヴンスレイ伯爵の妹であるルイザの、結婚までの物語が描かれています。二作とも設定は同じ年。登場人物も多くが重なっています。一作目では、本作品の主人公マイケルとケイトはふたりとも悩みを抱えた社交的でない人物として描かれています。伏線となる場面がいくつもありますので、そちらも併せてお読みいただければ、さらに面白みが増すのではないかと思います。

◉訳者紹介　伊勢由比子（いせ　ゆいこ）
東京女子大学文理学部卒業。出版社の編集長として数多くの翻訳物に携わる。翻訳講座の講師も務める。訳書にホーキンス『さらわれた花婿』、『花嫁に雪は舞い降りて』、ローズ『誰にも聞こえない』、ヒース『公爵の危険な情事』、ピケンズ『殺しは絹をまとって』（以上、扶桑社海外文庫）などがある。

侯爵の甘く不埒な賭け

発行日　2012年2月10日　第1刷

著　者　ロレイン・ヒース
訳　者　伊勢由比子

発行者　久保田榮一
発行所　株式会社 扶桑社
〒105-8070　東京都港区海岸1-15-1
TEL.(03)5403-8870(編集)　TEL.(03)5403-8859(販売)
http://www.fusosha.co.jp/

印刷・製本　中央精版印刷株式会社
万一、乱丁落丁(本の頁の抜け落ちや順序の間違い)のある場合は
扶桑社販売宛にお送りください。送料は小社負担にてお取り替えいたします。

Japanese edition © 2012 by Yuiko Ise, Fusosha Publishing Inc.
ISBN978-4-594-06545-4 C0197
Printed in Japan(検印省略)
定価はカバーに表示してあります。
本書のコピー、スキャン、デジタル化等の無断複製は著作権法上での例外を除き禁じられています。本書を代行業者等の第三者に依頼してスキャンやデジタル化することは、たとえ個人や家庭内での利用でも著作権法違反です。

扶桑社海外文庫

誘惑のベリーダンサー
ディアーナ・キャメロン　村田悦子／訳　本体価格933円

シカゴ万博で人気のベリーダンスに卑猥だとの声があがった。追放を図る婦人団体の監視役に真面目なドラが指名されるが。エキゾチックな異色ヒストリカル。

氷の戦士と美しき狼
ナリーニ・シン　藤井喜美枝／訳　本体価格1048円

サイの元暗殺者と狼チェンジリングの女が立ち向かう過酷な運命とは？　大人気パラノーマル〈サイ＝チェンジリング〉シリーズ第三弾。巻末に特別短編も収録。

蘇えるスナイパー（上・下）
スティーヴン・ハンター　公手成幸／訳　本体価格各848円

四件の狙撃事件が発生。浮上した容疑者の死で事件は落着かに見えたが、ボブ・スワガーは敢然と異を唱える。怒濤のスナイプ・アクション！〈解説・野崎六助〉

殺しは絹をまとって
アンドレア・ピケンズ　伊勢由比子／訳　本体価格876円

スパイ養成機関〈マーリンズ・アカデミー〉の生徒シエナは、初任務で潜入した集まりで危険な魅力を放つカートランド伯爵と出会い……人気作家の初紹介作！

＊この価格に消費税が入ります。

扶桑社海外文庫

偽りの誓いに心乱れて
コニー・メイスン　中村藤美／訳　本体価格914円

伯爵のジュリアンは政府の密命を帯びた諜報員。密輸団内部を探索中、重傷を負いロマの美しい娘に救出される。二人は目眩く時を過ごすが、やがて別れが……。

君への渇きがとまらない
スーザン・サイズモア　上中　京／訳　本体価格876円

パイロットのジョゼフィンはアリゾナの砂漠で謎の男に拉致されてしまう。彼こそは現代のバンパイヤ。逃避行の果てに二人を待つ運命とは？　官能の第二弾！

策謀の法廷（上・下）
スティーヴ・マルティニ　白石　朗／訳　本体価格各848円

IT企業の美人社長が殺された。容疑者は無罪を主張し、権力の陰謀を仄めかす。弁護士マドリアニの活躍を描く法廷ミステリーの力作！〈解説・香山二三郎〉

愛と偽りの結婚式
シェリル・ホルト　藤倉詩音／訳　本体価格933円

縁談が破談続きの公爵令嬢ペニーは老齢の伯爵と婚約。ある晩その伯爵に乱暴されかけ、謎の青年に助けられる。二人は惹かれ合うが、青年にはある秘密が……。

＊この価格に消費税が入ります。

扶桑社海外文庫

見知らぬ人のベッドで
メアリー・ワイン　篠山しのぶ／訳　本体価格933円

代理結婚の身代わりにされた伯爵の庶子アンは、夫の領地スコットランドへ赴くことに。思いがけず優しく迎えられたものの、彼女は秘密を口にできなくて……。

切ない想いが伝わらなくて
ルーシー・モンロー　岡田葉子／訳　本体価格952円

貴族の庶子ながらも模範的なレディとして振る舞うアイリーサ。そんな彼女と婚約した、奔放な母を持つ伯爵ルーカス。揺れる想いの行方とは。待望の第二弾！

硝子の暗殺者
ジョー・ゴアズ　坂本憲一／訳　本体価格952円

元CIAの暗殺者ソーンは、FBIの罠にかかり秘密任務を帯びて動きだすが。スリリングな展開と意外な結末。ハードボイルドの巨匠が描く傑作ミステリー！

月光のプロローグ
マーガレット・マロリー　柚木千穂／訳　本体価格952円

騎士ウイリアムとモンマス城の姫キャサリンが交わしたただ一度のキス。五年後再会した二人を待ち受ける波乱の運命とは？　M・バログ絶賛の大型新人初紹介。

＊この価格に消費税が入ります。

扶桑社海外文庫

暗い瞳の誘惑
シャーロット・ミード　本山ますみ／訳　本体価格933円

ロンドン万国博の会場・水晶宮の秘密を握るリリーと彼女に迫る謎の男セント・マーティン。伝説の宝玉と設計図をめぐる巨大な陰謀の中、真実の愛が生まれる。

再会のブラックヒルズ（上・下）
ノーラ・ロバーツ　安藤由紀子／訳　本体価格各876円

クーパーは十一歳の夏休みにサウスダコタの田舎で九歳の少女リルと出会った。やがて恋人になりながらも別れを経験した二人に十二年後、運命の再会が訪れる。

殺人感染（上・下）
スコット・シグラー　夏来健次／訳　本体価格各876円

猟奇的殺人が続発し、正体不明の病原体に疑惑の目が。極秘調査を始めるCIAとウィルスに挑む女性疫学者。サイエンス・ホラーの傑作！〈解説・風間賢二〉

恋の勝負に勝つ方法
カレン・ホーキンス　伊勢由比子／訳　本体価格914円

父親が賭で奪われた家を取り返すべく、新たな所有者の貴族ドゥーガルに勝負を挑むソフィアだったが、いつしか想いに火がついて……待望のシリーズ第三弾！

＊この価格に消費税が入ります。

扶桑社海外文庫

聖なる森の捜索者（上・下）
ノーラ・ロバーツ　野川聡子／訳　本体価格各829円

心に傷を抱え愛犬と共に暮らすフィオナ。米国本土からやって来た木工アーティストのサイモン。愛し合う二人に迫りくる姿なき殺人者。ラブ・サスペンス巨編！

燃えさかる炎の中で
ベラ・アンドレイ　上中　京／訳　本体価格895円

火災調査官のメイヤは容疑者である森林消防リーダー、ローガンと面会するが、彼がかつて行きずりの関係を持ちかけた相手だと知り……。官能のサスペンス！

隻眼の海賊に抱かれて
コニー・メイスン　藤沢ゆき／訳　本体価格876円

十九世紀ニューオーリンズ。農園主の娘は父の承諾なしに厩番の青年と結婚。激怒した娘の父は青年を投獄する。だが、青年は脱獄し海賊となり復讐を誓う……。

唇泥棒にご用心
スーザン・イーノック　戸田早紀／訳　本体価格933円

馬の繁殖家サリヴァンには怪盗としての夜の顔があった。ある日盗みの現場を令嬢イザベルに見られた彼は、思わず唇を奪ってしまい……感動の歴史ロマンス。

＊この価格に消費税が入ります。